春夏秋冬代行者

春の舞 上

しゅんかしゅうとう だいこうしゃ

暁 佳奈
illustration スオウ

春夏秋冬代行者

春の舞

上

はじめに、冬があった。


世界には冬しか季節がなく、冬はその孤独に耐えかね、生命を削り違う季節を創った。

それは春と名付けられた。春は冬を師と慕い、常にその背を追いかけるようになった。

冬は春から向けられる敬愛に応えるように教え導き、二つの季節は仲睦まじく季節を互いに繰り返した。


しかし、途中で大地が悲鳴を上げた。まるで休まる時が無い、と。

動物が愛を育んでは眠り、木々は青葉に包まれたと思えば凍てつく。これならば、ただじっと耐えるばかりの冬の世界だけでよかったと。

一度春を知ってしまったからこそ、冬の世界が来ることが耐えられないと。


冬はその言い分に悲しんだが、大地の願いを聞き入れて、自分の生命を更に削り生命を創った。それが夏と秋だった。厳しい暑さの夏は自分を疎んだ大地への嘆き。段々と生命の死を見せていく秋は自分をまた受け入れてもらう為の時間として。

大地がそれを受け入れたので、季節は春夏秋冬と巡るようになったのである。

四季達はそれぞれの背を追いかけて世界を回ることで季節の巡り変わりを齎した。

春は冬を追いかけ、それに夏と秋が続く。後ろを振り返れば春が居るが、二つの季節だけだった時とは違う。春と冬の蜜月はもう存在しなかった。

冬は春を愛していた。動物達が夫婦となり生きていくように、春を愛していた。春もまた、運命の如く冬を愛し返した。

その密やかな情熱に気づいていた秋と夏は、彼らの為に提案をした。大地に住まう者に、自分達の役割を任せてはどうかと。


力を分け与え大地を一年かけて巡り歩く、その名を四季の代行者。

初めは牛に役目を与えたが足が遅く、冬だけの一年になった。

次に兎に役目を与えたが途中で狼に食われて死んだ。

鳥は見事に役目を果たしたが、次の年には役目を忘れた。


どうしたものかと頭を抱えた四季達の前に、最後に人が現れ申し出た。自分達が四季の代行者となりましょう。その代わり、どうか豊穣と安寧を大地に齎して下さい、と。

春と夏と秋と冬は、人間の一部にその力をお与えになり、冬は永遠に春を愛す時間を得た。

かくして世に四季の代行者が生まれたのである。

第一章
春の代行者
花葉雛菊

少女の姿をした春の神様が、窓の外を眺めている。

世にも珍しい黄水晶の瞳に映るのは、曇天が晴れたのちの青い空と、白の大地。

世は冬。やわらかな朝のひかりが、『大和』と呼ばれる国すべてを照らしていた。

銀色の雪に覆われた山々を、朝が優しく包み込んでいる。


「……」


ほう、と彼女の唇から感嘆の吐息が漏れた。

冬の神が齎したこの季節は春に比べて色彩を欠くが、美しい。

だが、人々に与えるのは目に見える美しさだけではない。

冬は死の季節。食料は乏しくなり、日照は減り、寒さが体を蝕む。

だが、冬なくして大地は休まらず、やがて枯れてしまう。

季節とは必然だ。大地に住まう人々の人生を彩る季節というものは、自然発生するものではない。現代の現人神によって行われている神技。それこそが四季というもの。

繰り返し、繰り返し続いていく毎日が、大いなる奇跡と犠牲によって齎されていることは深く知られていない。人々は無情にもその恩恵を日常へと溶かしていく。

明日が来なければいいと願う人の上にも。

明日が来ることを祈っている人の元にも。

神代に大いなる存在と契約した人間達の手によって、等しく四季は降り注ぐ。

古より、そう決まっている。

「いよいよ、到着します。雛菊様」

焦がれるように、恋するように、少女雛菊は銀世界に見惚れていた。

車窓からの風景は色を失ったような雪景色で、この世界の者達からすれば代わり映えしない日常風景だ。もうかれこれ数ヶ月、世界は冬という厳しくも寂しい季節に抱かれていた。

これが日常となっている者達からすると、見るべきものなどはないように思えるが、彼女は虜になっている。外の世界が珍しいのか、冬という季節の象徴たる雪が好きなのか。

どちらかは不明だったが、声掛けに反応出来ないほど瞳も心も奪われていた。

ほう、とまた吐息が漏れる。

「雛菊様」

雛菊は再度呼ばれた。声音にはたしなめるような響きがあった。雛菊はようやく意識を現実へと引き戻し声の主へと顔を向ける。

するとその時、大きく列車が揺れた。雛菊の身体は毬のように跳ねた。

すかさず、彼女の身体は細い腕に支えられた。隣で従者然としていた娘が助けたのだ。

「ご無事ですか」

咄嗟のことで従者も驚いたのか、猫のような瞳が更に見開かれている。花唇、花瞼、花顔。三拍子の美少女だ。市松模様の髪飾りで総髪に結い上げられている黒髪は夜に咲く桜。漆黒から灰桜へと段階を経て染め上げられ、螺旋を描いている。彼女は雛菊に怪我など無いとわかると『失礼しました』と、手を離した。スーツジャケットに光沢のある蘇芳のネクタイ、桃花色のベスト、下は七分丈の袴パンツに編み上げブーツを合わせた姿は現代の侍女と言えた。腰に下げられた刀は彼女の凛とした美しさと同じくらい人目を引く。

「……」

雛菊の方が離れゆくその手を自らの手で搦め取った。そしてじっと娘を見る。

けしてわたしを離さないで欲しい、という気持ちが言わずとも溢れていた。

従者の娘は孔雀の羽根のような長い睫毛を驚いたように瞬かせる。

「まだ揺れますので、お気をつけ下さい」

それから唇に微笑を浮かべた。親愛に、親愛を返すが如く、その手をぎゅっと握る。

お互いの体温がじんわりと交ざりあった。

ガタンゴトン、ガタンゴトン。海沿いを走るローカル列車は娘二人を優しく揺らす。

「ねえ……きれい、だ、ね」

雛菊は、またちらりと視線を外に向けた。

「雛菊、は、ふゆ、が、好き」

舌っ足らずな、それでいて透き通った砂糖菓子のような声。

特徴的な、途切れ途切れの話し方は、初めて聞けば眉をひそめてしまう者も居るだろう。

「そうでしょうか。自分は春のほうが綺麗かと」

受け答える方の声は、響きが美しく、良く通る。

「……さくら、冬、嫌い、だもん、ね」

「大嫌いです」

従者、さくらは今にも舌打ちしそうな顔で言った。

「自分にとっては……忌むべきものです」

その言葉には、隠しきれないほどの怒りが含まれていた。

「それ、は……」

雛菊はさくらの言葉に眉を下げた。

「雛菊の、せい、だから、だ、よ……」

「違います、冬のせいです。御身のせいではありません」

「ちがう、よ……雛菊の、せい、だよ……」

さくらは複雑そうな顔で『貴方は悪くない』とつぶやく。話題を変えるように雛菊が言った。

「………今日から、復帰……これから、冬の、御方に、会う、こと、ある、かな？」

「四季庁が『春帰還』の触れを出したいま、いずれは接触することになるでしょう」

「雛菊、いつ、冬の……狼星、さま、に、あやまり、に、いく……？」

「どうして雛菊様が……？　冬が謝罪に来るならわかりますが」

「……だって、雛菊は……ちがう、し、狼星、さま、は……でも……」

「貴方様は、花葉雛菊様です。この国の春の代行者です」

「そう、だけど……狼星、さま、は、きっと、がっかり、する、と、思う、の……。がっかり、の、気持ち、にごめん、ね……」

「……それはもう終わった話でしょう。貴方が良いと、千回でも言いましょうか」

さくらは切なげに囁き、より一層ぎゅっと雛菊の手を握った。すると、雛菊も同じくらい強く握り返す。二人の会話は他者には理解不能で、どこか誰も入り込めないような濃密な空気があった。雛菊は何か不安なことがあるのか、袴の下から覗くブーツに包まれた小さな足をバタバタと動かす。そして、ぽつりとつぶやいた。

「……今日の儀式、成功、する、かな？」

自信のなさが表れている言葉だ。それを察してか、さくらは静かに断言した。

「します。必ずします。自分がお約束します」

胸元に片手をあてて、毅然とした態度で言われるその返事に雛菊は眉をひそめる。

「…………やるの、雛菊、なのに？」

責めるような、しかしどこか甘えている口調の雛菊に、さくらは艶のある笑顔を見せた。

「御身は……」

さくらは、黒髪の隙間から雛菊の黄水晶の瞳をまっすぐと見つめる。

雛菊もまた、そのまなざしを受け止める。

「御身は、さくらを手放さない為なら何でもして下さるのでしょう？　そう、お約束された」

まるで、口説き文句のような台詞だ。

それに対して、雛菊は笑いもせず、怒りもせず、ただ淡々と、当然の如く返した。

「するよ。さくらを手放さない為なら、何でも、する。春も、咲かす。雪も、解かすよ」

春の代行者と呼ばれる少女。そしてその下僕たる娘。

「言いましたね」

「いった……」

背格好の違う娘同士の主従関係。

「では自分は、御身が務めを果たす為ならば……この身を犠牲にすることもいといません」

「そこ、は、いとわ、なきゃ、だめ」

春の花の名前を冠した二人の少女。

「御身のご命令とあれば、努めましょう」

「つとめ、て、くだ、さい」

「……はい、我が主のお望みのままに」

ちょっとへんてこな二人は、ローカル列車が駅に到着すると、揃って立ち上がり、雪景色の大地に足を踏み入れた。

大海原の中に浮かぶ『大和』。

世界地図では東の位置に存在し、東洋の桜とも言われている。

大和と呼ばれる国は、大和列島なる島々で出来ており、手折られた満開の桜の枝に島々の並びが似ていることからそう称されている。大和列島は北からエニシ、帝州、衣世、創紫、竜宮と大きく分かれて五つとなる。

エニシは自然資源が豊富だ。大和の国内食料自給率はほぼエニシで賄われている。土地も広大で、牧歌的な風景とは何処かと問われれば大和人はエニシを想像するだろう。

帝州は大和の首都である帝都が存在し、国際都市として栄えている。大和にとって主要な空港は帝州帝都にあり、国にとって空の玄関だと言える。

大和人以外の外国人も多く住んでいる国際色豊かな土地だ。

衣世は温泉群が有名であり、昔から湯治の土地として栄えていた。近代に於いても主要な財源は温泉街での観光業だ。国内旅行地として非常に人気が高い。

創紫は大和の歴史に於いて名高い霊山や火山が点在しており、歴史的建造物が多い。古都、という印象を多く持たれる土地だが、実際は近代都市であり観光業、産業と共にバランス良く成功している。

そして最後に竜宮。大和最南端の島であり、他の島々とは植物も動物も異なる生態系を育んでいる。海には珊瑚、山には風守と呼ばれる木々。大和屈指のリゾート地として名高く、本来であれば年間を通して温暖な土地だ。

この少女主従が足を踏み入れた場所は大和最南端、竜宮だった。

「竜宮、町も、雪、すごい、ね……飛行場、だけ、かと、思った……」

今現在、竜宮はリゾート地という特色を雪によって失っており、見る影もない。

「本当は、南国、みたい、な、あった、かい、とこ、だよ、ね……？」

雛菊の戸惑いまじりの問いかけに、さくらは苦笑して答える。

「……今は四季が崩れていますからね。必然的に他の季節の力が強くなってしまいます。均衡の崩れと言いましょうか……夏、秋、冬だけだとどうしても……」

雛菊は途端に憂いげな顔になり、うなだれた。

「……………ごめ……な、さい」

「御身が気になさることはありません。それに……我々は長らく続いたこの現象を解決する為に此処を訪れたのですから」

「…………………う、ん」

「……雛菊様、これからもこういう景色を各所で見ます。無理して見ないで下さいね。雪は目を焼きますし……あまり長く見ない方が良い。何なら、さくらだけ見ていて下さい。それが良い。雪なんて、毒です」

茶目っ気を出すようにさくらは言ったが、雛菊は首を振った。

「……甘やかし、だ、め。雛菊、は、目が、焼け、たって、見る。これ、が、仕事な、の」

「だめですか」

「だ、め、です、よ」

黎明二十年二月十日。

とある神様と従者が竜宮に訪れたという話は島内にすぐ広まった。

さくらが島の一番大きな町役場に電話連絡を一本入れたところ、五分後には役所職員が自家用車でドリフトをきめて駅に迎えに来た。年若い娘二人は顔色が悪い職員に運ばれ役所へと辿り着く。可哀想に、役所の担当者はこの来訪で万が一何か問題が発生した場合、誰に責任を押し付ければいいのか必死に考えている様子だった。

「四季の代行者様！　その……まさか、今日来られるとは。あの、我が島は毎年代行者様方にご利用していただいておりますが四季庁からの通達がなかったので大変驚き……そうですか……春の代行者雛菊様が、隠密の旅を所望されたと……いえ、その……文句などは……ただ、本日突然のご来訪でしたので、何分、こちらもお迎えの態勢が整っておらず……こちらの支援は必要ないと？　かしこまりました……ただいま入山許可証を発行させていただきます……」

さくらは言外に含まれた「責任の所在」を疎ましく思い、打ち切るように話を終わらせた。

――小物め。

うんざりした顔で雛菊が待機している個室まで戻る。

部屋の前には何処から噂を聞きつけたのか、この役所に届け出書類の申請や身辺の相談などをしにきた人々が彼女を一目拝もうと人だかりを作っていた。職員が扉の前で対処しているが、強引に扉を開けようとしている者も居る。ほとんどが年配者だが、中には若者が携帯端末片手に、今か今かと雛菊の登場を待ち受けている姿も見受けられた。さくらは慌てて駆けつける。

「雛菊様！　雛菊様！」

人だかりをかき分けていくが、中々たどり着けない。

「……群がるな！　見世物ではない！」

さくらが一喝すると、ようやく人々は道を空けてくれた。簡素な応接室といった内装の個室に入ると、さくらが血相を変えて守りに来た主は部屋の隅で膝を抱いて丸くなっていた。

「雛菊様！　ご無事ですか！」

さながらその姿はダンゴムシのようだ。

雛菊は、さくらが近くまで寄って肩に触れるとようやく上体を起こした。

「……さく……ら……しらない、ひと、勝手に、おへやに……」

よほど恐ろしかったのだろう。顔面蒼白になって手も震えている。

「嗚呼、雛菊様……おいたわしい。怖かったですね。握手や写真などに応じましたか？」

雛菊は首を振る。どうやら途中から役所の職員が守ってくれてはいたらしい。

「……申し訳ありません。御身はお立場柄、どうしても注目を受けますから……」

雛菊はそれを聞くと、心底困ったような顔をしてからさくらのジャケットの中に物言わずもぐりこんだ。

「雛菊様……あの、かくれんぼですか？」

「……さくら、の、傍に、いる」

「さくらは主が近くて嬉しいですが、御身は動きにくいのでは？」

「……さくら、の、傍（そば）に、いる……」

「雛菊（ひなぎく）様……」

さくらは震える主（あるじ）の背中を撫（な）でてやる。

——ただでさえ注目されやすいのに。

さくらは少女雛菊（ひなぎく）を見た。彼女の主（あるじ）は神がかって端整な姿形をしていた。

まるで海底に佇（たたず）んでいるように波打つ豪奢（ごうしゃ）な琥珀（こはく）の髪。彼女が身動きする度にゆらり、ゆらり、ゆらゆらと、海月（くらげ）の舞踏の如（ごと）く揺蕩（たゆた）う。佇（たたず）まいは正にお伽噺（とぎばなし）の姫君。純白の花と長い髪紐（かみひも）で出来た花飾り。右頰の横に一房だけ三つ編み。その人を構成する要素一つ一つがまばゆいほどに清い。芸術家が丹精込めて『春の少女』を作れば、恐らくはこんな形を成した。そういう容姿をしている。

可憐（かれん）な身を包むのは淡い桜色の袴（はかま）に真白の着物、ハイネックの内衣。リボンや布花、刺繡（ししゅう）に装飾が至る所に大胆に施され、帯には大輪の花とも言える蝶々結（ちょうちょうむす）びの飾りがつけられている。足元を飾るのは華美になりすぎず全体を引き締める印象をもたらせる革のショートブーツだ。古式ゆかしき大和（やまと）の民族衣装に異国と現代の意匠を織り込んだ見事な着こなしである。

——本人が望まずとも魅了の力がある。近づく虫は排除せねば。

主（あるじ）の衣装を任され、人目を引くような愛らしさに仕立てているのはさくら自身なのだが、そういうところは無視して強く決意した。

「ご安心下さい。裏口にタクシーを手配済みです。隠密に行動出来ますよ。もう自分が傍におりますから、悪漢どもは追い払います」

「雛菊、たち、もう、やま、入れる、の……？」

「ええ、雛菊様。許可はもぎ取りました」

「……もぎ……もぎとった、の？　きょか、もぎとる、もの、なの……？」

困惑気味の雛菊に、さくらは苦笑いを見せる。

「もぎとりました。今回、強行で来ていますからね。島の者には申し訳ないことをしました」

「雛菊、考え、な、しでした……ご、めん、な、さい……」

さくらはかぶりを振る。そして主の気持ちを落ち着かせる為に優しく言った。

「いいえ。これくらい、何てことはありません。雛菊様。御身は御身が為すべきことだけお考えください。自分は御身を取り巻く雑音をすべて消します。それが役目ですから」


役所で入山許可を経てからはタクシーを拾って竜宮岳と呼ばれる山の麓へ。

タクシー運転手はもっと上まで車を走らせると言ったが、さくらが断った。

——ついてこられて、ネットに動画でもあげられたら困る。

あまり人と関わらないようにしているのも一応理由があった。

謎めいたへんてこな二人は、これから秘匿すべき行為をする予定で、そしてその様子は門外不出というわけである。車窓の外は一面雪景色。無駄な色は何一つ無い。

登山道を進むと島の観光資源である竜宮神社がある為、道の除雪はされている。

——目標地点まで歩いて四十分くらいか。

さくらは注意深く携帯端末の地図を見る。彼女がこの旅のあらゆることを取り仕切っていた。

あまり表情には出していなかったが、さくらの心は常に少しの緊張と恐れに満ちていた。

——大丈夫。今の所、大きな問題は無い。万事順調だ。

自分を励ますように心の中でそう言い聞かせた。それから対主専用の微笑みを浮かべて雛菊に話しかける。

「雛菊様、儀式の設定場所まで自分が背負います。よろしいですか？」

気を利かせて言ったつもりだったのだが、主はぽかんとした顔を見せた後拒否した。

「だ、だ、め、です」

「……ご自分で歩かれると？　でも……」

「ん……雛菊、りっぱ、に、務め、はたし、ます」

可愛らしく頷かれて、さくらは暫し骨抜きになる。それからハッとして言った。

「いえ、今回は、四季庁からの動員なしですから、通常はあるはずの駕籠がございません。なので、自分が駕籠の代わりを……」

「か、ご？」

で担ぐ。正に時代活劇などで見る古めかしいものである。

雛菊も疑問符を浮かべた駕籠とは人を乗せて運ぶ物だ。木製の箱などに木の棒を通して前後
雛菊は説明を聞くとぎょっとしたように目を見張り、絶対に嫌だぞという意思を強く表した。

「や……雛菊、ある、き、ます。駕籠、なんて、いと、はず、か、し」

「……照れすぎて言葉が時代がかってますよ、雛菊様。しかしですね……恥ずかしくても疲れないことが大切なのです。そして駕籠がないので自分が背負おうと。疲労のことだけではないですよ。外は寒いです、背負えば少しは……」

「着物、の、した、カイロはってるもん……それ、いう、なら、さくら、も、つかれてたら、だめ、でしょう。雛菊、さくら、守る、でしょ？」

「もちろん、守ります」

「じゃあ、守る、ひと、つかれ、て、も、だめ……でしょう？」

白魚の指で、つんと鼻を弾かれて、さくらは無言のまま数秒顔を赤らめた。

「……自分を気遣って下さっているのですか？」

「もち、ろん。さくら、雛菊の、大事な、ひと、だもの……」

「嗚呼、雛菊様……さくらなどにそんな……勿体ないお言葉です」

「では私が背負いましょうか？」

美しい主従愛の横からタクシー運転手がいらぬ言葉を挟んできた。会話がタクシー内だった

ので不自然ではないのだが、さくらは射殺すように運転手を睨んだ。

「……要らん。割り込むな。次やったらぶっ飛ばすぞ」

さくらは、こと、自分と主の世界を乱す者には敏感であった。

「ひえ……」

タクシー運転手はさくらの睨みに肩をすくめる。

「すみません。しかし……春の代行者様がいらっしゃると聞いていたら、町の衆一同で担ぎましたのに……除雪もしてありますが、その後にまた雪が降っていますからお足元も危ないですよ……はあ、言ってくだされば、雪かきもしましたのに……」

しつこく、そして悲しげに言うタクシー運転手に、その必要はないと冷たくさくらは言う。

「我々が来たのだから、やがて雪は去る。携帯電話が通じるようなので、儀式が終わり次第またそちらの会社のタクシーを利用させていただきたい。それでよいか」

タクシー運転手は破顔してその申し出を受け入れた。『神様を乗せた』と子どもや妻に自慢が出来ると喜び感謝の言葉を何度も重ねる。別れ際、雛菊と握手をしてその手を離そうとしないタクシー運転手を今度はやんわりと剝がし、さくらは雛菊にインバネスコートを羽織らせ、マフラーをリボン巻きにすると、自身もコートとマフラーを着込んで車外へと出た。

「さて、ようやくお仕事の時間です。雛菊様」

どどん、と効果音が鳴りそうな言葉に、雛菊は両手をぎゅっと握って拳を見せながら言う。

「は、い、雛菊、春の、代行者の、しごと、します」

さくらもまた雛菊の真似をして拳を握ってみせた。

今現在の雛菊は心配性な従者に着ぶくれするほど防寒をさせられてもこもこになっている。

「素晴らしい意気込みです」

「ですっ」

「しかし……やはり次回からは儀式で邪魔する地域には連絡を入れたほうがよいですね……四季庁の者達も今頃我々のゆくえを知って必死に探しているでしょうし……」

「……」

その言葉に、やる気に満ち溢れていた雛菊は花がしおれるようにしゅんとした。

──しまった、失言だった。

さくらは慌てて付け足す。

「いえ、あのですね。雛菊様が隠密に行いたかったというお気持ちは理解していますよ。復帰されてから初めての儀式ですから……それに」

主から視線を少し逸らして、思い出したくもない過去を頭に浮かべながらさくらは言う。

「意気込んで四季庁の奴らが総勢五百名の関係者を集い、衆人環視の場でやるという企画を持ってきた時に最初に激怒したのは自分ですし……春の職員との関係が最悪なものになってしまい……その……申し訳ありません。今後の活動に支障がないと良いのですが……」

「……うう、ん。さくら、雛菊の、かわり、してくれた、だけだもの。さくら、わるくないよ」

自分をかばってくれる雛菊の優しさにさくらは心うたれた。

「それに……代行者の、ぎしき、秘匿、じこう。かんけいしゃ、なら、ごひゃくめい、もいい、とか、へん、で、す……絶対……。おまつり、じゃ、ない、です……」

「はい。それは仰る通りです。十年ぶりということもあって、春の部門の四季庁職員も浮かれているんでしょう。あれらにとってはお祭りでしょうが、我らにとっては違います」

「はい、ちがい、ます」

「命を賭して、行うもの。秘匿されるべき儀式です」

「うん」

――それに何より、雛菊様が自信を持って春を召喚出来ることが大切だ。特に今回は……。

さくらは内心の恐れを顔には出さず言う。

「ここの道、真っ直ぐ行けば、竜宮神社へと続く登山道があります。所定の場所までさくらがしっかりとご案内しますのでご心配なさらずに。そこで儀式を行いましょう」

「……うん、あの、ね、さく、ら」

「はい、どうなさいましたか？　やはり背負いましょうか？」

「ち、がう。あれ……ね……ひと、じゃない、かな？」

突然の報告に、さくらは疑問符を浮かべてから、雛菊が指し示す方向を見た。

今、二人が居る位置から少し離れて始まる二股道の片方に、黄色い点が見える。

「……？」

さくらは更に目を凝らして見た。視力一・五のさくらの瞳に、どうやらその小さな黄色い点は人間だということが判明した。

「……本当だ。人が、いますね」

「こど、も、だね」

「え、あれ子どもですか？」

「雛菊、しりょく、ろく。こども、たぶん、小学生、くらい、です」

視力六・〇とは驚異的な目の良さだ。

「さく、ら、あの子、まいご、じゃ、ないかな……と雛菊、おもう、よ」

主の健やかな身体に感動するさくらだったが、言われて現実の問題に目を向け直した。

「山に警報を鳴らしてもらったばかりですし。人払いは済んだはず……子どもが一人で居るのはおかしいですね」

――親は何をしている。イノシシにでも食われてしまうかもしれないのに。

大袈裟とは言い切れない。竜宮岳は猪が出没する土地だった。

深夜に列車が猪を轢いてしまうという悲しい事件は日常茶飯事だと聞く。

「……保護が必要でしょう。雛菊様、人と接触しますが、大丈夫ですか？」

「だい、じょぶ、あの子、子ども、だ、から……怖く、ない」

それは、子ども以外の者は怖いという意味に聞こえる。さくらは心配そうに雛菊を見たが、彼女の主はまっすぐ視線を返し、訴えかけるように言ってきた。

「子ども、は、ね……守って、あげ、たいの」

ひどく、実感のある言葉にさくらは大きく頷く。

「……はい、もちろんです。全て貴方のお望みのままに」

結局、さくらは雛菊を背負って小走りで雪道を駆けた。子どもを保護する為には早く追いつかなくてはいけない。雛菊は背負われるのは嫌だと言った割には楽しそうに歓声を上げている。

やがて、さくらの視界に可愛らしい防寒着と、黄色のニット帽を被った子どもが山へ向かう姿が映った。ソリを引いて歩いている。歩き方は迷いがなく、目的がはっきりしている様子だ。

さくらは近づきながら子どもを観察した。雛菊の言う通り小学生くらいだろう。小柄で、もし後ろから人さらいが現れたら、簡単に攫われてしまいそうだ。

「おい！　そこのお前！　止まれ！」

人さらいに遭う。攫われる。危害を加えられる。この三点に関しては、さくらは大変過敏な娘だった。なので、さくらとしては善意の声掛けだったのだがその親切心がすぐに伝わることはなかった。突然後ろから人を背負いながら走ってきた高身長の女性に声をかけられて、子どもは驚いて逃げてしまう。数分追いかけっこをして、ようやく会話が出来るようになった。

「雪かきにいくの」

雛菊とさくらが駆け寄り事情を聞いた子どもは、やはり近隣に住まう女児だった。

名は薺、今年で十二歳になるという。

「おやまに……ソリ、と、スコップ、もって、雪かき、いく、の？」

「雪で遊ぶなら家の前でも出来るだろう。帰れ」

知らない人間の口から出る強い口調の言葉に、薺は困惑のまなざしを返す。

——身分を知らせれば言うことを聞くかもしれないな。

さくらは自分達が何者であるか話すことにした。

「…………自己紹介が、まだだった。自分は姫鷹さくら。身分は四季の代行者護衛官。そして
こちらにいらっしゃるのが花葉雛菊様。この国の春の代行者であらせられる」

驚くのを期待していたが、薺はいまいち雛菊の身分の凄さがわかっていないようだった。

首を傾げて、ますます不審そうなまなざしを向けてくる。

「……さく、ら、小さい子、に、雛菊、を理解、むずかしい、と、思い、ます」

「はい、ご指摘の通りで……反省しております……」

どう説明しようか考えていたら、雛菊のほうが薺と目線が合うように膝を折って笑顔で話し

かけた。さくらは驚いて見守る。

「あの、ね、雛菊は、春、を呼ぶ、ん、だよ」

それは相対する者のこわばった心を、まるで雪を解かすように優しく包む声音だった。

「ハルって、なに？」

薺は至近距離で見る雛菊の容姿の良さにどぎまぎした様子を見せる。

雛菊は雛菊で薺の初歩的な質問に目を大きく見開いた。

「……春、しり、ま、せんか……？」

「しらない」

その回答は、雛菊の心に少しのからっ風を吹かした。隣で聞いているさくらの心中は穏やかではない。だが、雛菊はすぐに『そっか』とつぶやいてから優しく言った。

「春、は、ね……」

まるでお伽噺を語るように薺に説明する。

「季節、のひとつ、なの。いままで、十年、なかった、けど、ことしから、あり、ます。四季って、四つの季節って、かく、でしょ。いま、三つ。本当は、四つ、なの」

「……お姉ちゃんは、その四つめの……ハルをよぶの？」

「そ、う、だよ。本当はね、春、夏、秋、冬、なの」

「今は冬だよ……冬の代行者さまが、季節を呼んだの」

「すごい、物知り、だ、ね。そのとおり、です」

褒められて薺は嬉しそうな顔をした後照れた。

「……学校の授業で習うんだよ。ハル……はる……あっ」

「春、思い、だし、て、くれ、た？」

「うん、でも……春って失くなったんでしょ？　春が居なくなったから、竜宮も昔とは違うんだってお父さん言ってたよ。本当はこんなに雪も降らないし、ずっと暖かいんだって」

薺は彼女達を囲う雪景色を指差す。雪原は果てしなくどこまでも続き、終わりがない。

「……うん。いままで、雛菊、いなかった、から、春、大和に、贈ること、出来なかった、の。……でも、ね、戻って、きた、ん、だよ……」

「……本当に、春の代行者さまなの？」

「うん、雛菊、この国の、春の、代行者で、す」

「えー……なんか怪しい。偽者っぽい」

「えっ」

「だって、変な喋り方。とぎれとぎれ。どうしてそんな喋り方するの？　やっぱり偽者？」

子どもの矢継ぎ早の質問攻撃に、雛菊はたじたじになる。

「おい、お前、あまり調子に乗るなよ……」

さくらは大人しく見守っていたが、今の台詞は許せなかった。さくらには許せないことがたくさんあった。基本的に短気なのだが、怒るのは主に仕えている春の少女のことだ。そしてその中でも、自分の主の特殊な喋り方を馬鹿にする者は何より嫌いだった。

「小童。お前がどう理解しようが、この方は四季の代行者様。春の御方だ。これから十年ぶりに儀式をされる。お前は春の顕現をする我らの仕事を邪魔している。大人しく此処を去れ」

自然と冷たい声が出る。容赦ないさくらの言葉に、薺は萎縮したように肩を縮めた。

「さく、ら」

「子どもにはこれくらい言わないとわかりませんせん、雛菊様」

「怖く、いうの、だめ、だよ……えと、ね、なずな、ちゃん。雛菊、は、本当に、春の、代行者、です。竜宮を、ね、春に、するの。そしたら、雪が解けて、春がきて、冬が、おわる、から、なだれ、起きるかも。みんなに離れてね、ってお願い、したの。だから、ね……」

「ねえ、ひなぎくが神様だって証拠見せて。そしたら言うこと聞くか考えてあげる」

告げられた言葉に、さくらと雛菊は顔を見合わせる。手強い子どもだ。

子ども特有のらんらんと輝く大きな瞳で見つめられ、これは見せた方が話が早いのでは、という問答が主従間で無言でやりとりされた。

「わ、かった。あの、ね、なずなちゃん、いまから、見せます。でも、ね、一つ……訂正、あり、ます。雛菊は、神様、じゃ、あり、ません」

これは定義が難しい問題だった。大和ならず、世界各国で様々なことを言う人がいる。

『彼ら』は神だ、否、神ではない。人だ。否、人ではないと。

「どちらかと言えば、現人神でしょうか……雛菊様」

「……ええと、雛菊、は、神様、のつもり、ない よ。ちがい、ます、雛菊達、四季、の代行者は、神様では、あり、ま、せん」

「ちがうの？　四季の代行者さまは、魔法のちからで季節をくれるのに？」

「はい、その、とおり、です」

「でも、神様じゃ、ないの……？」

その問いに、雛菊は困ったように微笑いながら、着物の袖から巾着袋を取り出した。中から花の種を摑み取ると、温めるように握る。

「神秘、の、力は、あり、ます。で、も、それは、あずけられてる、だけ」

雛菊が柔らかく握った手のひらを開くと、しばらくして卵から鳥が孵化するように小さな緑の芽が種から出た。

「雛菊、たち、のもの、じゃ、ない、です。ただ、こういう、こと、できる。それ、以外、ふつうのひと、と、雛菊は、自分を、思って、ます。おなじ、かわりません」

芽が葉をつけ、花を咲かせ、やがては一輪の薔薇として開花する。

きっと何処の山林を探しても、これほど美しい薔薇はない。作られた美しさだ。

「四季の、代行者、は、春、をつげ、夏を、こし、秋を、そそぎ、冬を、捧げます」

薔薇に魅せられた薺に、春の代行者雛菊が物語を始めるように囁いた。

「けれど、も。あくま、で、代行者。春夏秋冬、を、つか、さ、どる、代行者、です」


春夏秋冬は如何にして巡るか。

問えば教科書の答えではこう返ってくる。

『春夏秋冬は四季の代行者が巡らせる』と。

世界の創生は、国によって違うものだが季節のあり方と朝と夜のあり方だけは共通している。

春夏秋冬は四季より力を賜った四季の代行者が齎し、朝と夜は暁の射手と黄昏の射手が空に矢を放ち齎す。遠くの人と電子機器で会話をし、演算で未来を予測し、鉛の塊を撃ち殺し合いをするこの時代でもそれは変わらない。

神代の時代に四季からその仕事を『代行』した末裔達。彼らを総称して四季の代行者と呼ぶ。

山を越え、谷を越え、世界の果ての果てまで、どんな場所にも四季を届けるのが彼らの仕事だ。春の代行者、夏の代行者、秋の代行者、冬の代行者と四人の代行者が存在し、極東のこの国に於いては四季庁なる機関まで存在し滞りなく運営が行われている。

かつてはそれこそ大陸を練り歩き季節を齎す巡業をしていたが、馬に代わり馬車が、馬車が車となり、車が飛行機となった。

近代的なやり方をとってはいても、やっていることは遥か昔から変わらない。

彼らは盟約を守る為に延々と四季を巡らせている。

春の代行者が花を咲かせた後、夏の代行者が灼熱の太陽が映える緑野を召喚させれば、数ヵ月後には同じ場所を秋の代行者が生命力を吸い取り腐敗させ、紅葉と銀杏の絨毯を敷く。そして冬の代行者が秋の代行者が染めた世界を順番に銀色の雪原に変える。

それが四季の代行者である。

「四季の代行者さまはさ、どうしてここにいるの？」

無垢な問いかけに、さくらは苛々してきた様子で答える。

「だから、春を咲かせに来たと言っているだろうが」

「じゃあはやく竜宮を春にしてよ」

「お・ま・え・な！　お前のせいで出来てないんだぞ！」

さくらは思わず大きな声を出す。

「なずな、何かわるいことした？」

「現在進行形でしてる！　お前のような児童が一人出歩いている場合、年長者が保護か指導をすべきなんだ！　だから我々は動けなくなった！　神事を控えているのにお前に時間を割いている！　いいか、反省をしろ！」

「さく、ら。そん、な、こわい、いいかた、だめ、だよ」

さくらは主にだけは笑顔を貼り付けながら、しかし青筋を立てて言う。

「……雛菊様。こういうのはちゃんと言わないと……おい、さっさと竜宮岳から去れ。というか何をしにいくつもりだったんだ？」

「……雪かき」

「はあ……？　いま時期、山を雪かきしてどうする？　全部雪じゃないか。誰かに言いつけられたことか？」

「違う」

「じゃあ、自分でやりたくてやっているのか。そんな馬鹿な話があるか。嘘をつくな」

「嘘じゃないもん」

さくらも苛立っていたが、薺も段々とさくらに腹が立ってきたようだ。頬をふくらませる。

「自分でやりたいから来てるのっ」

「雪かきが好きなら家の前でもやってろ。いいか……お前が居なければ我々は今頃春の儀式をしているんだ。我々とお前の一秒は対等ではない。速やかにお前を親元へ帰すぞ」

さくらは言ってから荷物のように薺を小脇に抱えた。薺はただでさえ小柄な上に、身長百七十センチメートル近いさくらに抱えられるとぬいぐるみのようだった。

「やだやだやだやだっ」

まるで空を泳いでいるかのように手足をばたつかせる。

「くっ……こいつ海老か」

海老のように反り返って抵抗する薺に脇腹を蹴られてさくらは手を離した。華麗に着地した薺に舌をべえと出されてさくらはわなわなと震える。

「何だこの餓鬼は！　海老だ！」

雛菊は二人の様子が面白かったのか、着物の袖で口元を隠して震えた。

「雛菊様！」

「な、なあに……ふふ」

「笑い事ではありませんよ！　時間は無限ではないのです。日が暮れる前に儀式をする予定なのに……！」

「ち、ちがい、ます……雛菊、まじ、め、です。わらって、ません。ほら、まじめ」

「いや、今笑ってましたよね？　何で嘘つくんですか。可愛いからいいですけど……」

さくらは、はぁとため息を吐いた。

――速やかに、儀式を終了せねばならないのに……。

薺は、いつの間にか逃げて雛菊にぴったりと抱きついてしまっている。

「ねえ……さく、ら。この子、の、おとう、さん、おかあ、さん、探して、呼んで、きて、もらっても、いい……？　待ってる、あいだ、雛菊、この子、に、ついて、る」

「駄目ですよ！　護衛なしになどさせられません」

「だいじょ、ぶ。ちょ、と、のあいだ、だし……さくら、足、はやいし」

「そのちょっとの間が駄目なんじゃないですかっ！　わかっているでしょう！」

思わず、さくらは悲鳴じみた声を上げてしまった。言ってから自分で自分の口元を隠す。

「……うん、ごめん、ね」

雛菊(ひなぎく)は、微動だにせず、真(ま)っ直(す)ぐにその激情を受け止めた。

「………さくら、もう、気に、しなくて、いい、ん、だよ………？」

それは傍(はた)から見れば、ただの優しい声掛けだったが、さくらは心の古傷をえぐられた。

——どうして、そんなことを言うんです。

「……します。一生、します」

手のひらを、今度は自分の顔全体に当てて覆い尽くす。目の前の少女を見るのが辛(つら)かった。

彼女が清廉であればあるほど、優しければ優しいほど、小さな痛みがさくらの胸に走る。

——この方の一挙手一投足、何もかも。

見ないでいられたら。

——目を塞いでいられたら。

傷つかなくてすむのに。

——だがどうしても、見てしまう。

焦がれるように、視線を注ぐ。

　この少女を、けして見失うな、と、自分自身に戒めを授ける。

　さくらはそれを、随分と長いこと肝に銘じてきた。従者の葛藤を知ってか知らずか、雛菊はやはり暖かな陽光のようなぬくもりの声音で言う。

「ん……でも、ね、いまの、雛菊、は、いっしょ、でしょ。だから、だいじょ、ぶ、だよ……」

　罰と罪悪感を齎すその人は、いつだって、さくらに優しいのだ。

「……雛菊様」

「な、あ、に」

「さくらは、雛菊様の駒です」

「駒、じゃ、ないよ」

「では刀です。貴方が唯一信用していい味方です」

「……うん」

「申し訳ありません。一時ですが失念しておりました。私は雛菊様の守り刀なのだから、御身の為すべきこと、為されたいこと、それを助けなくては」

　さくらは、心を切り替えることに成功したのか、普段の涼しげな雰囲気のまま言う。

「御身を守りつつ、特例ではありますが、その小童も守りましょう。きっと雛菊様は……そうされたいのですね？」

「いいの……？」

　雛菊は、太陽でも見るような目つきでさくらを見つめた。そしてにっこりと微笑んでから、薺に微笑みかける。

「あり、がと、う……！　なずな、ちゃん。さくらが、いいって、言った、から、雛菊、なずなちゃん、の、ご用事、つきあっても、いいです、か？」

「一人でだいじょうぶだもん」

「なずな、ちゃん。お家のひと、に、ちゃんと、言って、から、出て、きたの、かな？」

「……」

「でも、雛菊、と、さくら、いれば、おうち、のひと、に言い訳、出来ます」

「…………………いいの？」

「うん、いいん、だ、よ……なず、な、ちゃんは、まだ、小さい、ん、だから……」

　菓子のように甘い声で囁く雛菊をさくらは盗み見た。

――偶に、大人びたことを言われる。

　さくらの瞳には、雛菊はもっと小さな子どもとして映っていた。

　だから時々彼女が大人びたことを言うと、はっとするのだ。

――そう言えば、この方は十六歳なのだと、思い知らされる。

出会った頃はもっと幼くて。

『■■さま、■■さま』

小さな主（あるじ）に仕える毎日が楽しかった。

『さくら、いつも傍（そば）にいてくれてありがとう』

選ばれた誉れが胸に嬉（うれ）しくて。

『■■さまのこと……さくらも好き……？』

どんな嫌なことがあっても、頑張れると信じていて。

『さくら、さくら』

何からだって守れると。

『■■さま！　■■さま！　さくら！』

根拠もなく、そう、思っていた。

『お願いです……さくらを殺さないで、■■さまを殺さないで……』

過去に戻れるなら、当時の自分を殺してやりたい。

『さくら逃げなさい』

殺してやりたい。

『逃げて生きるの』

お前のせいで、『雛菊(ひなぎく)様』は死んだんだぞ。

「さくら」

名前を呼ばれて、さくらは意識を心の奥深くから引き戻した。

「……はい、雛菊様」

さくらは、いつの間にかじんわりと冷や汗をかいていたことに気付いた。汗はすぐに寒風に晒されて肌が冷えていく。だが、今のさくらには必要な寒さだった。

――しっかりしろ。今度こそ、完璧な従者となるんだ。

「おい、海老娘……」

「な・ず・な！」

「薺、お前に貴重な時間を割いてやる。さっさと、山で雪かきしなければならないという場所を教えろ。手伝ってやるから……」

さくらとしては手を差し伸べるつもりで言ったのだが、薺はぷいっと顔を横に向けると、雛菊の後ろに隠れてしまった。そしてまた舌をべえと出す。

さくらの口元がひくひくとひきつった。

「雛菊様。この海老娘の用事が終わったらタクシーを呼んで娘を車に放り投げ、我々は儀式を再開しましょうね。そうしましょうね」

「う、ん。そう、し、ましょう」

「えーおばさんはこないで」

「この糞餓鬼、自分はまだ十九歳だ。大和ではお前と同じ未成年だぞっ」

「ふたり、とも、けんか、しない、で」

娘三人は、そういうわけで肩を並べて道を進むことになった。


行く手には竜宮神社へ続く登山道と、もう一本別の道があった。

本来なら雛菊達は登山道へ行く。だが薺がもう一本の方の道を選択したので、そのまま従った。朽ちた木々が折り重なるように倒れ、その上に粉雪がまぶされた少し不気味な林道だ。

冬の間は来訪者が少ないのだろう。看板が埋もれてしまった駐車場と、周辺のおおまかな道だけは除雪がされて歩けるようになっている。

「なず、な、ちゃん、も、少し、かな?」

雛菊の問いに薺は嬉しそうに頷いてみせる。

「も、ちょっと」

しかし次の瞬間には目をぎゅっと瞑って苦しげな顔をした。山の中を遊ぶように駆け抜けていく寒風が吹き付けてきたのだ。薺の被っていたニット帽が頭から浮いて飛ばされかける。

「あぶないぞ、そら」

さくらは反射的に手が動いて、帽子ごと薺の頭を押さえた。

薺は目を瞬いて、それから驚いたように礼を言う。

「……おばさん、ありがとう」

さくらが自分を守るようなことをするとは思わなかったのだろう。

「……おばさんは本当にやめろ。姫鷹さくらだと言っているだろうが」

「じゃあ……さくら、ありがとう」

初めて薺がさくらにはにかんだ笑みを見せた。少しだけ打ち解けた空気が流れる。

「なずなちゃん、の、その、お帽子、かわいい、ね」

「……本当？　これね、お母さん選んでくれたんだよ」

薺の機嫌は更に良くなった。

「なずなもこれお気に入りーっ」

ちょこまかと雛菊とさくらの前を歩いていくが、度々後ろを振り向いて褒められた帽子に触れては笑顔になる。雛菊はそれを見てふふと微笑った。

「小さい子、かわいい、ね。ね、さくら」

「……そうですか？　御身のほうが可愛らしい……それより雛菊様、寒くありませんか？」

「ん、大丈夫」

「山はやはり寒いです。お風邪を召されないか心配です……」

「雛菊、ぽかぽか。さくら、たくさん、着せるん、だもの……さくら、のほうが、薄着……」

「自分は何かあった時に抜刀して動けないといけませんから……」

二人が話していると、会話に入りたくなったのか薺は速度を緩めて並んできた。

「ねえ、ひなぎくはさあ！」

「おい、聞き捨てならないな。様をつけろ様を」

せっかく良い雰囲気だったのだが、雛菊至上主義のさくらの一言によりそれは瓦解した。

「もう、さくら……ど、して、そんなこと、いうの？」

「しかしですね……御身はこの国でも最高位の……」

「そんなの、関係、ない。なずなちゃん、に、もっと、やさしく、してっ……めっだよ！」

雛菊が人差し指を立てて、『怒ったぞ』という顔をして言う。

「めっですか……」

まったく怖くはない。

「うん。さくら、めっ、です」

主の愛らしさにあてられてさくらは腑抜けた笑顔になった。

「雛菊様……そんな……もっと言ってください……」

頬を薔薇色に染めて、恥じらいつつも喜んでいる。

「反省、して、ない、でしょ。さくら」

「してますしてます。だからもっと言ってください。小首もかしげてもらえると……」

雛菊は反省の様子がないさくらに『もう』とむくれた。

「なずな、ちゃん、さくら、気にしなくて、いい、から、ね。雛菊、が、なあに？」

薺もぷうと頬を膨らませてむくれていたが、雛菊が聞いてくれたので再度口を開いた。

「あのね、ひなぎくさまは、どうして十年もかくれんぼしてたの？」

それはなごやかな雰囲気に突然寒風と槍の雨を降らせるような言葉だった。

「……えっ」

この『ちょっとへんてこな二人』がどうして此処に現れたのか？

どうして春を知らない子どもがこの国に居るのか。その失われた十年、雛菊はどう生きていたのか。そういう暗闇を孕んだ事情を、無遠慮に問い詰めるものだった。

「教科書にはのってないけどみんな言ってるよ。『神様のかくれんぼ』、『神隠し』って。神様なのに『神隠し』されちゃったの何で？」

無邪気な問いかけに、雛菊は優しい顔つきのまま困り顔を見せる。主に語らせることなく代わりにさくらが答えた。

「……雛菊様とてされたくてそうなったわけではない。不幸な事故だ」

「事故……？　じゃあ、事故でお怪我して、それから十年病院にいたってこと？」

「詳細は言わない。お前に語るべきことではない。関係者でもないのに話すわけないだろう」

「……か、かんけいあるもん」

「子どもがなにを言っているんだか……」

呆(あき)れたように言われて薺(なずな)はまたむくれた顔を見せる。

「あるよ！　うちのお父さん、観光のおしごとだもん。竜宮(りゅうぐう)は南の島なのに冬が長くて雪も降るようになったから、困ってるんだって！　うち、お金あんまりないのそのせいだもん！　春ないの、なずなにだってかんけいあるよ！　好きなものだって買ってもらえないもんっ」

その言葉に雛菊(ひなぎく)はひどく悲しそうな表情を見せた。

「それは……ごめ、ん、なさい……」

目の前に自分が犯した罪や、傷つけた人達を突き出されてまざまざと見せられたような、そんな罪悪感でいっぱいの顔をする。

「……お前な、人を責めて楽しいか？」

さくらすら辛(つら)そうに眉を下げたので薺(なずな)は少し慌てた。

「なっ……なずな、いじわるで言ったんじゃないよ……」

「……なずな、ちゃん。だいじょぶ、だよ。いじわる、じゃない。わかって、る、よ」

「……いじわるじゃ……いじわるじゃ、ないんだよ」

「……なずな、ちゃん」

雛菊(ひなぎく)は更に悲しげな顔をしたが、雑念を追い払うように首を振ると、次の瞬間には穏やかな笑顔に戻っていた。落ち込んだ薺(なずな)を励ますように明るく言う。

「……なずな、ちゃん、あのね、ないしょ、だけど、教え、ます」

「うん？」

「雛菊、十年、言いつけ、を、守って、たの」

「……いいつけ？」

「雛菊ね、……『耐え忍び、戦機を待つ』を、してた、の。それが、やってた、こと、だよ」

「……たえしのび……？　せんき……？」

薺が首をかしげる。意味が理解出来ていないのだろう。そんな薺に雛菊は柔らかく微笑んだ。

「うん、これはね……雛菊……の、し、しりあい、の、お母様、に、言われた、こと、で……」

笑顔の雛菊を、さくらは見つめた。

「……今は、まけていても、たちあがれる、戦うこと、できる、日を待つ、こと」

世にも珍しい黄水晶の瞳の持ち主。春の化身。そんな彼女は当たり前のようにそこに居る。

生きている。だからさくらは雛菊の一挙手一投足を見つめる。

見つめられない期間があったから、喪失を埋めるように傍に居て見る。

「ゲームとか、スポーツの勝負のおはなし？」

「ええと……違くて……もし、いまは、戦えない、困難……が、おきても、ふゆの、間に、冬眠する、どうぶつたち、みたく……その時期を、たえて、たえて、たえるの……」

視線の先の春の少女神は誰にでも優しい。

「……あきらめて、は、だめ」

しかしその優しさは、困難から培われたものだとさくらは知っていた。

「生きていれば……かならず……いつかは、雪が、解けるみたい、に、春が、くるから……」

傷ついた分、優しくなった人だということを、さくらは知っていた。

――しなくていいのに。

さくらは寛容ではないので、自分以外に注がれる優しさに嫉妬した。

「けして、投げ出さないで、生きるの。戦える日、は、困難に勝てる日は必ず、くる……」

――私だけでいいのに。

浅ましくも、そう願った。実際は叶わない願いだ。

「その、お知り合い……のお母様、は、雛菊、にだけ、は、そうして、欲しい、と、言って、ました。それ、とても、難しい、こと……です。できない、人、も……いるの。でも、雛菊は……その、方、が、好き、だった、から、頑張って、守って、る、ん、だよ……」

一連の雛菊の言葉の意味を、すべて理解出来る者はこの世でも数が限られていた。

「……それを十年してたの？」

薺の問いに雛菊は苦笑いをした。

「うん、と、それだけ、じゃない、けど、雛菊なりに、戦って、いまし、て……」

「……よくわからないけど、ひなぎくさまも大変だったってことなんだね」

「うん、と……そう、なの、かな……でも、大和の、みんな、に、迷惑、かけた、ぶん、これから、すごく、頑張るから……雛菊、のこと……見てて、ね……」

力無く微笑む雛菊に耐えられなくなったのか、さくらはこの話を終わらせるように言った。

「さあ……もういいだろ。深いご事情があったのだ」

「何でさくらが口を挟むの」

勝手に会話に入ってくるなと言わんばかりの薺に、さくらは売り言葉に買い言葉で言う。

「竜宮の観光問題はいずれ解消される。もういいだろ、雛菊様にそれ以上喋らせるなっ」

「怒鳴らないで！」

「……怒鳴ったつもりはないが」

「怒ってる声だもん。ちょっと声大きいもん。大人ってどうしてすぐ怒鳴るの……」

薺は地団駄を踏む。小さな子どもについムキになって言っていることに、ようやくさくらも自覚して声を抑えた。己の振る舞いを恥じ、謝罪を口にする。

「悪かった……あと私は未成年だと言っているだろ。大人じゃない。大和ではな」

「なずな、本当に大人きらい……」

「だから、私は未成年だ。十九歳なんだぞ。おい、無視か」

「おうちのひともおかあさん以外きらい……さくらは大人だよ、いじわるだもん」

さくらは言われてお手上げというように両手を上げた。子どもの機嫌をとるのは苦手だった。

「……大人、のひと……なずな、ちゃん、に、つらく、あたるの……？」

雛菊が気にするように聞くと、薺は何とも言えない顔をした。

「だって、なずなのこと、かまってくれないんだもん……」

「お忙しい、かた、なの？　おとう、さま、おかあ、さま」

「うん……たぶん、そう……」

薺の顔に少しの寂しさが過った。それを振り切るように、薺は小さい足を機敏に動かし二人より先に行ってしまう。さくらは雪の中をゆく子どもの背中を見て、思った。

――少し複雑な家庭なのだろうか。

子どもが言っていることなので、全てが真実ではないだろうが、総合すると『無関心な父親』、『忙しい母親』、それにより孤独を強いられる娘、という構図が出来上がる。

だから、一人で家を抜け出しても、誰にも気づかれずに歩いて来られたのか。

「……雛菊様」

「は、あ、い」

「別に私はあれがどうなろうが一向に構わないのですが……」

「……」

「……引き渡す時に、少し親に話してやる必要があると思いませんか。我々は迷惑をかけられた立場なのですから、言う権利はあるでしょう。あれが寂しがっている、と」

「……雛菊、さくらの、それ、知ってる、よ」

「え、何ですか」

「さくらの、そういう、の、つん……つんどらって、言うん、でしょ」

雛菊は『物知りでしょう？』と言わんばかりの顔をする。

「……いやそれ、多分、絶対、違うと思いますよ、雛菊様」

さくらは冷静につっこんだ。頭の中では樹木も育たぬ凍土の絵が浮かんでいた。

「さくらは、冷たい、ふり、するけど、本当は、すごくすごく、優しい女の子、だもの」

「ち、違いますっ」

「そうです。ちがい、ません。優しい、さくら、が、言うこと、雛菊、さんせい、です」

さくらは顔を赤くしながら『違うのに……』とつぶやく。

「私が優しくするのは雛菊様だけですよ。……なにはともあれ……雛菊様もその時は加勢してくださいね。自分は、人当たりがあまり良い方ではないので……」

「ん……。それ、に、しても、なずな、ちゃん、は、なにが、目的、なのかな？」

「雪かきと言っていましたね」

「で、も、誰にも、ないしょ、で、すること、じゃ、ないよね……」

先を行く薺の後ろでさくらと雛菊はこそこそと話し合った。

薺の行く道はどんどん山奥になっていった。

満足に除雪されているとは言えない細い道は急な勾配を描いている。ここを車で登るのは困難だろう。年配者が通ることがあれば大変だ。

「雛菊様、傾斜があります。お手をどうぞ」

「ん、しょ、よ。よよよ」

雛菊は袴の下はブーツを履いていたが、いかんせん歩幅が限られる為、歩くのが遅くなる。

「はやくー」

薺はおかまいなしに先に行く。自然と、どんどん距離が出来た。

「おい、薺！　先に行き過ぎるな！」

「だって、遅いんだもん」

薺はこの道をもう何度か来たことがあるのだろう。傾斜のきつい雪道をひょいひょいと登っていく姿はさながら小さな忍者だ。取り残された春主従は坂を登り薺を追いかける。

傾斜はある程度登ると少しずつなだらかになってきた。

――何だかおかしい。

薺が選んだ山道に入る時点で思っていたことだが、こちらの道はどう考えても子どもが雪かきをしに行くような場所ではない。

――まさか、あれが狐で、我らが化かされているわけではないよな。

そう疑ってしまうほど、自分達が異次元に入り込んでしまったような感覚が拭い去れない。

それでも幼女一人を見捨てて引き返すわけにはいかない。

――もしこれが『賊』の手口なら。

さくらは薺の小さな背中を見ながら刀の所在を確認した。

――もしそうなら。

この現代に持つにはあまりにも時代錯誤な代物だが、さくらの唯一の味方だ。

――そうなら、斬らねばならない。

薺が進む先を見守りながらついていくと、やがて頂上にある開けた場所へ辿り着いた。

「わ、あ……」

雛菊が声を上げる。そこは雪と光と木々が織りなす自然の美の結晶が詰まっていた。

雪の華が空気中にきらきらと煌めいて、日向の中を降りていく様は美しい。

木々に囲まれている為圧迫感はあるが、頭上は開けていて空からの陽の恩恵をたっぷりともらえる仕様だ。山の中に隠された静謐な隠れ家。天女が舞い降りてきても不思議ではない、自然が作り出した特別な空間だった。

「……さく、ら」

だが、雛菊とさくらは単純にその場所を素敵な場所だと認識出来なかった。

「……雛菊様……」

想定外のものが鎮座していた。

――この状況は、何だ？

それは、ここまで歩いてきた娘二人に意図せずとも不気味な印象を与えるもので、思わず、互いに名を呼びあい怯えるように身を寄せ合ってしまう効果があった。

――何故、我々はこんなところに連れてこられた？

連れてきた当の本人は、こっちにおいでよと笑っている。

「……」

さくらは、雛菊を背に隠した。本能が雛菊を守れと警告していた。しかし、さくらが口を開くより前に、雛菊がさくらの背から顔を出して問いかけた。

「……なず、な、ちゃん、なに、してる、の？」

それは、この状況で紡ぐにしてはひどく優しい声だった。明らかにそこに『問題』があるのに、非難せず、まずは話を聞こうとしているのが声音でわかる。

雛菊とさくらの怯えを作り出した犯人である薺は、そんな二人の心中など知らず、笑顔できょとんとしていた。

「見てわからないの？　雪かきだよ」

薺は上機嫌だった。

「つかれたけど、やっと着いたし。会えたから、頑張ってやるの」

薺は自身が今していることをまるで普通のことのように話している。

だが雛菊とさくらにはどの言葉も冷気を纏って耳に届いた。

見る景色すべて、正常の中に小さな異常を孕んでいる。そう見たくない。だが、異常さを否定出来ない。他の場所だったら良かった。『異常』だと恐れることなど無かった。

だが、そう思わずにはいられない。等間隔で存在している雪の山。薺が掘る度に見えてくる、雪の下に隠されたもの。木々の隙間から差し込む陽の光がすべてを晒してしまう。

「……なずな、ちゃん、で、も……」

何かが明確に壊れていることを、晒してしまう。


「でも、ここ、お墓だ、よ」


雛菊達と薺の間には、相互理解を阻む障害が設置されていた。

しかし、異常を指摘されても薺が動揺する様子は無かった。

むしろ、何故そんなわかりきったことをわざわざ言うんだ、というような顔をした。

「知ってるよ」

「……しって、る、の？」

「うん、知ってる」

山々の静寂に、少女達の声が響く。それと同時に、ざくり、ざくり、という音が。

「あのね」

ざくり、ざくり、刺す音。薺は、恐らくは誰かの墓である位置に、まるでナイフを刺すようにスコップを刺す。躊躇いもなく、刺す。ざくり、ざくり、と。

「このしたにね、お母さんが寝てるの」

ざくり、ざくり。

「ちょっと、くるの大変だよね。でも……お母さんの為だから……」

ざくり、ざくり。刺して、刺して、掘る。

ざくり、ざくり。ざくり、ざくり。ざくり、ざくり。

「ソリ、運んでくれてありがとう」

ソリは掘った雪を移動させる為の運搬器具。スコップは雪をかきだす為に。

「お母さんが、寒いとかわいそうだから」

彼女は本当に、真実を語っていたのだ。その為に、誰にも内緒で家を出て、ここまで来た。

「なずなは雪かきしにきたんだよ」

そう囁いて、雪降り積もる墓の前で笑う様はなんと無邪気なことか。

「……」

さくらは口を開いて、また閉じた。何か言おうとしたが言葉が出てこない。

気の利いたことを言うような場面でもないが、言葉を失ってしまった。ややあって言う。

「……墓参りか？　こんな冬に」

「……違うよ。雪かき。寒いからって言ったでしょ」

「……おい、もう一度聞くが。それは墓だろう」

「うん、お墓だよ」

薺の受け答えはしっかりしていた。出会った時から、そうだった。幼いが言葉は明快に返してくるのだ。そういう聡いところがある子どもだ。だからこそ、怖い。

「……墓の下に、母親が……いるのに、墓参りじゃないのか……？」

「うん」

薺は小さな身体を駆使して雪かきを続ける。

——違うなら、これは何だ。

大和の墓参りは、通常夏に一回は先祖の墓を見に行き雑草などを片付けるものだ。それは恐らくはどこの地方でもしていることで理解出来る。墓掃除は墓参りという行為における礼節だ。

——だが薺は違うと言う。

明確に、何かがずれている。

——そもそも、最初から墓参りなら墓参りと言えば良かったのに頑なに『雪かき』だと。

何か、大きな齟齬がある。

——死を明言せずにここまで来た。

その齟齬が、恐ろしいものとして目に映る。

——まさかとは思うが、死を理解していないのか？

さくらは、なるべくきつい口調にならないよう、努めて言った。

「なあ……お前は……母親が死んでいることは……理解しているよな？」

「……」

少しの間があって、薺は頷いた。さくらはほっとする。だが緊張感は続いたままだ。

まるで、重大事件の交渉人か何かになってしまったかのような心地だ。

「……もう一つ聞くが母親が寒いと言っているのか？　薺、お前にはその声が聞けるのか？」

手を止めずに、薺は首を振った。何を馬鹿なことを、という顔を一瞬した。

「じゃあどうして寒いとわかる」

薺は、質問に答えず質問で返した。

「……さくらは、お母さんに、お昼寝してるときにお布団かけてもらったことないの？」

さくらは面食らった。家庭的な暮らしをしてきていないので、自分の経験としては、はっきりと断言出来なかった。少し口ごもった後に答える。

「母親からはわからないが……」

自分の記憶に思い当たることがなくとも、薺が言っている主旨は理解出来た。

「雛菊様には、よくそうする……」

さくらにとって、愛すべき主に自分の上着を貸すことは、努力義務というよりは『したいこと』だった。雛菊が喜んでくれるなら、いつだってしたい。

「お体を大切にして欲しいからな」

──他に大切にしたい人は居ない。

言ってから、そっとさくらの手が掴まれた。雛菊だ。さくらは心音を高鳴らせてから、掴まれた手を握る。この神様の手を握ると、どんな状況でも勇気が出るのだ。

「それって、その人が好きで……寒そうだからかけるんでしょ」

「そうだな……好きな人には、そうするものだ。だが、これは墓だぞ……墓は……」

──その下に居る者に口は無く、そこに魂すらあるかもわからない。

どうしたって不可解な顔をしてしまうさくらに、薺は苛立ちを隠さず大きな声で言い返した。

「なずなは、お母さんに、してもらったこと、してあげたいだけっ」

それは世界全体に不満をぶちまけるような叫びだった。

「だが……寒いかどうか、わからないだろう……？」

さくらの戸惑いを薺はただただ拒絶する。どうして拒絶されるかは理解している。だがしてほしくないと顔には表れていた。

「絶対寒いもん！　もし、そうじゃなくてもしたいの……！　ダメなことなの？」

「いや……それは……」

もう居なくなった人を想うのは禁忌なのか。

「……変だって、おかしいって言うんでしょ……！　おとなって、だからやだ……！」

その問いに、誰が否と言えることだろう。

薺は自分の思いを、行動を、彼女だけの偲びを否定する『正しさ』を憎んでいるようだった。

「死んでいるのがわかってるならって……お父さんも言うよ。お父さんはもう何でもないみたいにする。それが正しいって、子どもだって、わかるもん……」

段々と言葉が涙混じりになっていく。つばを飲んで涙を零すのを我慢している。

顔をぐしぐしと手袋で拭う。だが涙はすぐ生産されてしまう。

「……わかるもん、それくらい、馬鹿じゃないもん。なずな、馬鹿じゃないもん」

きっと、家族に買ってもらったであろう手袋に、家族を想って流した涙が染み込んでいく。

その涙を止められる人は居ない。止めてくれる家族は居ない。

「……でも、ね。お家から、山が見えるの」

だから訴える。行きずりの相手でも、この苦しみを誰かわかって、と。

「…………お家がね……山に近いの……どうして、あんな所にお家を建てたんだろう」

恐らくは、これが初めてではないのだ。

さくらはようやくこの異質さを受け入れられるようになってきた。

「朝、起きて、カーテンを開けると……お母さんの居る場所が見えちゃうの」

薺は、今までも、父親の目を盗んでこうしてきたのだろう。

「竜宮岳。そうしたらね、どうしたって、見るの。毎日毎日、見ちゃうの」

彼女は山へゆく。もう居ない相手に会いたくて山へゆく。

「馬鹿みたいなのわかってる。でも、山が、見えるの……山にお墓があるの……」

意味があるのか、無いのか、自分でも考えたことがあるはずだ。

だが、止められなかった。他の人はうまく出来たことが、薺には出来ない。

「夏は良かった。お花が綺麗で、寂しくなさそう」

墓で雪をかく。掘るように。無心に、丁寧に、精一杯、気持ちを込めて。

「秋は良かった。紅葉がお布団になってくれるから」

死を受け入れていないわけではない。その下に何が居るかわかっている。

「……でも、冬は……ね」

もう居ないことはわかっているのに。

「……ああ、お母さん、寒いんじゃないかって……」

止められない。

「あんなに真っ白の中、一人で、寂しいんじゃないかってそう思うの……」

止められないのだ。

「そう思うの……だって、見えるんだもん……学校に行く時も、帰ってくる時も、お父さんを玄関で迎える時も、いつも、いつも、いつも、いつも、いつも……」

何故なら、彼女の中ではまだ母は生きている。

「山にお母さんが居るの、だからね、これは変なことじゃないの」

存在として生きているのだ。そこに居る。理屈ではない。

誰が何を言おうと、薺の中ではそうだと決まっている。誰かが変えることは出来ない。

——それでお前自身が擦り切れて孤独になったとしても？

さくらは言おうとした言葉を呑み込んだ。言えなかった。

「……」

言えない。自分もそうだった癖に人に言うのか、という疑問が心の中で浮かんだ。

——私の時も、もうやめろと言われても、捜すのをやめなかった。

さくらもまた、喪失を経験していた。

今の薺を揶揄することは、過去の自分を否定するのと同じことだとさくらは思った。

——そうせずには、いられない病というのはある。

何かを悲しむ、ということは、誰かを愛するように、多くの人が似たような行動をとる。

だが、一概にすべてが一致しているわけではない。さくらの目には奇異に見えたが、薺(なずな)の悲しみ方が偶々(たまたま)『母の墓の雪をかく』ことだっただけなのだ。

その悲しみが、彼女の悲しみ方だと言うなら他の人間がとやかく言ってどうにか出来るものでもない。結局は自分の内面で起きる戦争のようなものだ。

薺(なずな)は家に居れば常に意識して山を見てしまうだろう。朝も、夜も、山を見る。見る度に思う。

『あそこにお母さんがひとりぼっちで居る』と。だから、母の墓を訪ねて雪をかく。

寒そうだからと、可哀想(かわいそう)だと。これが薺(なずな)の悲しみ方なのだ。

独りぼっちで山を見る薺(なずな)を想像したら、さくらは何も言えなくなってしまった。言葉を返せない従者の代わりに、雛菊(ひなぎく)が言う。

「わかった、よ。なずなちゃん、は、お母さん、の為に、したい、だけ、な、んだ……ね？」

「うん」

「雪かき、したら……よろこんで、くれ、てるかも……だもん、ね……？」

「……うんっ」

「お墓の、した、でも、寒くない、ほうが、きっと……」

「きっと喜ぶから！」

沈黙するさくらに薺(なずな)は問いかけるように視線を寄越す。お前はどうなのだと、問いかけてくる。

「さく、ら」

黙り込んでいるさくらに、雛菊が後ろから声をかけてきた。

「雛菊様……」

雛菊はいつの間にかインバネスコートもマフラーも脱いでいた。現在、気温が何度なのかわからないが、上着一枚脱げば相当寒いことには違いない。

「……あのね……悲しみ、かた、って……人によって、ちがう……から……」

どうして防寒着を脱いだのか、さくらはその理由にはすぐ思い至ったが動揺した。

「否定、しないで……ね……なずな、ちゃん、は、なずな、ちゃん、なりに………」

この神様が、何をしようとしているかわかって心臓がぎゅっと締め付けられた。

「おかあさんに、すきだって、いいたい、んだ、よ。それ、だけ、なの……」

——貴方は、いつも、他人のことばかりだ。

さくらは、主が何かを決意している姿を見て、胸が熱くなる。それから、さくらもまたその決意に促されるように薺に向き合った。

「薺……理解した……お前は、御母上が、ただ好きなだけなんだな……」

さくらの言葉に、薺はやっと怒りの意思表示を止めた。

「うん、そう」

そして表情を緩め、それからまた、薺はスコップで雪かきを始めた。手助けは不要なのか黙々としている。

「雛菊様」

残された二人は、互いにもう何をすべきかわかっていた。

「は、い」

少女主従。お互いの視線を絡ませて、二人だけの世界で会話をする。

「……あれは知らないのです。御身が居ない十年。薺はほとんど春を知らずに生きてきました」

「……うん、そう、だね」

小さな背中が、雪をかく姿が、さくらの胸を嫌に鋭く突く。

「あれは……あれこそ、きっと……」

さくらは考えた。この少女に何をしてやれるだろうかと。

「きっと……」

共に雪かきでもしてやれば、一時は満足させてやることができるだろう。それから親元に帰して、それから、それから。

——解決にはならない。

おそらくは、慰めにもなりはしない。他人が出しゃばるような問題でもない。

だが、此処で何もせずにいるような人間ではいたくなかった。

「我々がすることを必要としている民です。雛菊様」

何故、自分達春を齎す者がこの世に存在しているのか。

『春』とはどのような効果を人々に与えるのか、その意味を伝えるべきだとさくらは思った。

「ん……さく、ら。そう……だ、ね……雛菊、も、そう、思う」

春の神様はそれから、日向のように暖かい笑顔で言う。

「ひつよう、と、してくれてる、ひと、本当に、いた……ね。さくら……雛菊、いま、ひつよう、されてる、だよ、ね？」

「ええ。勿論です……勿論ですともっ……」

さくらは恭しく雛菊のコートを受け取り、荷物の中から扇を取り出して渡した。

「雛菊様、いざやいざや、桜見物といたしましょう。春を呼ぶのです」

繊細な細工が施された豪奢な扇だ。この年の娘が持つような物ではないが、雛菊の手にはしっかりと馴染んでいる。ばさり、と扇を開けば、春の香りがした。

「……代行者は、みだりに能力を使ってはなりません……しかし幼き民の悲しみを憂い、此処で儀式を行うことくらいは……四季は許してくださるはずです。そして此処にあらせられるのは春の代行者。花葉雛菊様でございます。雛菊様……お願い致します。竜宮に春を……」

さくらの言葉を受け、雛菊はこくりと頷いた。

「ごあんしん、ください、ませ」

砂糖菓子のような甘い容姿に、少しの妖艶さをにじませて言う。

「春、の、顕現、みごと、はた、して、みせ、ましょう」

雛菊は、一度ぶるりと震えた後、意を決して雪景色の墓に近づいていった。

さくらは唾をごくりと飲んで見守る。

「なずな、ちゃん」

雛菊は、一生懸命スコップで雪をどけていた薺に声をかけた。薺の動きがぴたりと止まる。

「あの、ね。雛菊、きめました。ここ、で、ね。春をよび、ます」

白い吐息が漏れる視界の中で、小さな薺は凍えて頬も鼻も赤くなっている。

もし、薺の母親がこの姿を見たなら心を痛めたことだろう。それこそ、墓が寒いのではと雪かきをしに来た娘のように、体を気遣ったはずだ。

だが、薺の母は死んだ。

「春が、くると、雪は、とけるの。だから、ね、おかあさん、も、ね。寒く、なくなる、んだよ……だからね、雪かきは、必要、なく、なります」

もう、母から気遣う声がかけられることはない。

「……ほんとう?」

帽子もマフラーも手袋も、選んではもらえない。

「うん……でも、ひみつ、ね。ほんとうは、ね、あんまり、みせちゃ、いけない、の。でも、ね、きっと……いま、ね、なずな、ちゃん、は、雛菊を……ひつよう、して、くれる……雛菊、の、こと、いらなく、ない……だから……」

残されたのは、喪失を経験した薺だけ。感傷は現実を解決してはくれず、できることは、限られていて。慰めは、共に明日へと生きる者へと託されている。

「だから、此処、に、春の、顕現、を、おみせ、しま、す」

雛菊は一等優しく微笑み、この娘に春を授けることを決めた。

さくらは後ろから薺を抱き上げて墓から離した。

儀式を邪魔させない為の拘束だったのだが、薺は今度は暴れず、されるがままになっている。一度、さくらを見上げて微笑んだ。この小さな娘とはそりが合わないままここまで来たが、ようやくお互い少し打ち解けられた気がする。さくらの声も自然と優しくなった。

「薺、いいか……今から雛菊様がすることを簡単に説明する」

雛菊は比較的開けた大地となっている位置で入念に足元の雪を固めて、自身が儀式を執り行う範囲を作っている。

「四季の代行者とは四季に代わって季節を大地に届ける為、とある能力を授けられている」

地面を均し終えたら、次に精神統一。腹式呼吸で息を吸って、吐いていく。

「春の代行者は生命促進、夏の代行者は生命使役。秋の代行者は生命腐敗、冬の代行者は生命凍結。それらを駆使することが出来る。春の開花の儀式には種類が様々あり……初めて出会った時に雛菊様がお見せしてくれたような、花をただ咲かせるだけでは春の顕現とは言えない」

衣を少しはためかせて、身体がうまく稼働するように扇を振る。

「まず発声による音声術式。我々が歌と言えばそれは『四季歌』を指す。春夏秋冬、それぞれの代行者達が受け継いできた歌を所有してる。春の代行者は春歌を唱えることにより日照及び生命の成長促進を行うことが出来る。次に舞踊術式。舞踊というものは世界中至る所で、太古から我らに力をお与えくださる四季へ奉納する儀式として行われてきた。音声術式と舞踊術式を組み合わせることで広範囲に力を届けることが可能となるんだ」

言葉や習慣が違っても、歌うことと踊ることは何処の国々でも行われている。

そして往々にして、歌や踊りは神々に捧げられる。

四季の代行者は、四季から授かった力を行使すること自体は何もせずとも出来るが、こと、季節を広げていく顕現に関してはこの方式に則らなくてはならなかった。

一息に説明したが、さくらに抱かれたままの薺は三分の一も理解していなさそうだった。顔を上から覗き込むが、目が合って疑問符を浮かべられる。

「わかんない」

「……」

子どもでもわかるように言うのにはどうすればいいのか。

「ええと……」

少し考えて、さくらは投げやりに返した。

「今から、雛菊様が歌って踊る。そしたら春が来る。そういうものなんだ。お前も春景色を見たことがきっとあるはずだぞ……まあ、二歳までの記憶なんて無いかもしれんが……」

「……お母さんと見てた……かもしれない？」

「四季の代行者は国の隅々まで季節を届ける。竜宮に居たなら、きっとどの土地よりも早く春を見ていたはずだ。春はここから始まるからな。それはそれは美しい季節なんだぞ」

薺は、何度も興奮気味に頷いた。

「……いよいよ始まる」

銀の鈴と、色とりどりの長紐がついた扇がばさりと雛菊の顔前で広げられた。

見る者すべてを耽溺させてしまいそうな流し目で虚空を一瞥し、扇を振り大地を蹴る。

鈴がシャンと鳴り、雛菊が再び大地に足をつけた時にはもう空気が変わった。

薺が息を呑む音が、さくらにも聞こえた。

雪が敷かれた墓地で、春の衣を纏った少女が祈るように踊る。

はためく袖が空を斬る。祈りは四季に届き、力が事象として具現化する。

――目が。耳が、肌が、五感が。

ただでさえ、心をかき乱してくれるさくらの神様が。

――奪われる。

目の前で春を乞うその様は、あまりにも美しい。

「朧月夜　剣の鋭さ潜め」

歌はまさしく歌。
ただ唱えるのではなく、明確に音色があった。
扇の飾り紐が空中を緩やかに漂う。
赤、桃、緑、青、それらの紐が混ざり合って、踊る雛菊の肢体に絡まっては解ける。

「暗夜霞み揺蕩う」

足取りは軽やかで体重を感じさせない天女の舞だ。
雛菊のその身には、明確に何かが降りていた。
春の化身のような娘に、春を乞われて。
その身がこの場を神域へと変化させる何かが降りている。
春の風が鼻をくすぐる。

「恋しさ堪え　春の宴　絢爛に」

気がつけば、あれほど足元を覆っていた雪が消えていっている。
雛菊が踊り、歌う、その場所から春が始まっているのだ。
雛菊が踏む大地に、飛び跳ねる度に花が、草が、咲き始めた。
春の代行者は生命促進。

「藤に彩られよ　山野　菜の花に染め上がれ　大地」

まさにその言葉を体現する現象がこの場に起きている。
先程まで、吐息すら凍りつかせそうだった冷気は霧散した。
いまはただ、日照に心躍らせる春の陽気が一帯を包んだ。

「永久に咲く花は無し　あはれいと恋し　冬の君よ　月の如く　その背を　永久に追う」

雛菊が流し目をして跳ねるように飛び回る。
すると、急速に緑の葉を纏った周囲の桜の木が一斉に開花した。
まさに桜花爛漫、花鳥風月。
この世の春とはこれぞ、と謳われるであろう風景が完成した。

——出来た。

桜吹雪が舞う中で、さくらはこみ上げてくる感動を噛み締めていた。

——立派ですよ、雛菊様。

さくらは本当は不安で一杯だった。ここまで二人が歩いてきた道のりは長く険しく、こんな日が来るとは思えない時が何度もあったのだ。

——けど、貴方は出来た。

くじけそうになった瞬間は数え切れない。雛菊と子どものように泣いていた時間も少なくはない。二人には味方が居なかった。守ってくれる者は居なかった。だから少女二人で旅をした。

——完璧な春の顕現です。

此処に至るまでの困難や苦労が思い出されて、胸がぎゅっと苦しくなる。

「薺、これが……これが春だ……どうだ、素晴らしいだろう?」

喜んでくれていることを期待してそう声をかけたが、薺の反応は予想とは違った。

「……さくら」

雪解け水のような水滴がさくらの手の甲に落ちる。薺の胴に回していた腕に降り注いできたのは少女の涙だった。さくらは、そこで初めて気づいた。

「しってる……」

春を授けた幼き民が泣いている。人の瞳というのは、こんなにも美しい宝石を作れるのかと思ってしまうような大粒の涙を流している。

「あのね、これ、しってた……」

涙まじりの声。薺は、ぽろぽろと涙のしずくを零しながら必死に言う。

「なずな……これ、お母さんと、見たことがある……」

その声には、どうしてこの思い出を忘れていたのだろう、という気持ちが現れていた。

「ぴんくのやつ、見たことある」

空中を浮遊する桜の花弁に手を伸ばしたが、薺の手は空振りした。泣き笑いをしてしまう。

「この、あったかい、空気、すいこんだこと、ある」

まだ生まれて十数年の、艶やかな髪や肌を照らす陽光。

解けてゆく雪と共に生まれる陽向の場所を見て、嗚咽を漏らす。

薺の母の墓が段々と雪の衣を脱いでいく。

「これ……」

興奮して喋る薺の脳裏には、遥か遠い昔の記憶が思い出されていた。

それはもう二度と彼女の人生で起こらない出来事だ。

「これ……『春』を、お母さんと見たことあるよ」

その場所が、何処だったのかはわからない。

薺の頭の中では、もう霞がかってしまっていた、過去の風景だ。

恐らくはどの土地でもある、花見の名所を訪れた時の記憶なのだろう。

『混んでるね、座れるかなあ』

赤ん坊の彼女の視界には、きらきらした世界が映っていた。周りにたくさんの大人が居るが、誰が誰かもわからない。屋台がずらりと並び、人々の笑い声が満ち溢れ、鳥達が上空を飛び交っている。不安定な視界に、一番多く映るのは母親と父親だ。

『赤ん坊に見せてもわからないんじゃないかな』

『こういうのは体験だから、そういうこと言わないで。ねえ、なずなちゃん』

その人達は薺にとって毎日自分に語りかけてくれる存在で、不安になれば体温と甘い声をくれる守護者だった。

『よし、なずなちゃん、こっちにおいで』

薺はしばらくしてベビーカーから母親の腕の中に移された。目隠しがなくなり、たくさんの人が桜並木を歩いている様子が先程より良く見える。

『ほぅら』

閉ざされた世界では体験出来ない、色鮮やかな景色が視界に広がった。いつもは外に出るとむずかる薺も、その日は気分が高揚していた。桜の花びらを掴まえようと、小さな手を伸ばす。

手は空を切ったが、花びらを捕まえられなくても楽しかった。

『見て、喜んでる。花びらが欲しいんだよ。とらせてあげよう』

すると母親が舞い散る桜の花びらの中、薺を高く掲げた。薺の瞳には青い空と、白い雲、薄桃色の花弁が夢のように映る。なんて美しいのだろう。

『ふふ、ねえ、笑ってるよ』

こみ上げてくるこの感情の名前がわからずとも、薺の心には強く刻まれた。これは何と素晴らしいのだろうと、気分が高揚する。眼下に広がる世界は色鮮やかで、希望に満ち溢れていて、薺は嬉しくて嬉しくて、笑い声を上げる。取り合うように、次に父に抱かれた。

母よりも少し乱暴な高い高いの後に、甘い香りのする母が顔を覗き込んで言った。

『なずなちゃん』

名前を呼ぶ。

『なずなちゃん、見て、春だよ』

もう失われた声で薺の名前を呼ぶ。これが春だと、我が子に教える。

新しい命に色んなことを覚えさせたかったのだろう。


その時、家族の未来は守られていて、傷つくことなどあるはずがなかったのだ。

「薺（なずな）、お父さんの言うことをよく聞いて。お母さんが……帰ってきたよ。お仕事の途中で帰ってきた。けど……帰る途中の道で大変なことが起きて、それで……眠っている。ずっと、これから、ずっと、起きない。もう、な、お父さんも、顔も見られないうちに、眠ってしまってな。だから、これからは……これからは……」

あの時、家族の未来は輝いていて、傷つくことなどあるはずなかったのに。

「……なずな、春、見たことある」

薺は、夢心地のままつぶやいた。

「見たこと、あった……お母さんと、あった」

まるで、隠れていた宝石箱を見つけたような心地だ。

「……すっごい、小さい時にね、なずな、これをお母さんと見たんだよ」

嬉しくて、嬉しくて、つい興奮気味に喋ってしまう。

「お家にきっと、アルバムあるよ。お父さんに、探してもらわなきゃ」

もう母との思い出は作れない。悲しいことだけだと思っていたのに。まだ嬉しいことがあった。何と素晴らしい発見なのだろうと薺は思う。

「ねえ、さくら、さくら」

さくらの腕を掴んで揺らした。だが、さくらはすぐに返事をくれなかった。

「……少し、待て」

やっと聞けた時には、声が震えていた。

「…………待て……お前のような者の為に……雛菊様は頑張ってきたんだ……」

必死に泣くのを我慢しているような声だ。薺はそれを聞いて、驚いた。

「本当は、嫌なのに頑張ってきた……自分じゃない、他の誰かの為に、頑張ってきたんだ……」

この大人は泣くのだと驚いた。そして、嗚呼と思った。

「いま、それが報われて……苦しい」

春、とは。

「胸が苦しいんだ……」

春という季節は、こんな風に。


「春が来て、お前が喜んでくれたのが嬉しい……」


人の心の氷も解かして、雪解けさせてしまうものなのだと。

「……うん、なずな、嬉しいよ」

薺は自分の中にあった氷も、完全に解けた気がした。最初は仲が良くなれそうにないと思ったさくらが、急に近く感じられる。だから今までで一番穏やかな気持ちで話し続ける。

「でも、変だね。どうして、忘れてたのかな……赤ちゃんの頃だって、お母さんと……お父さんとの大事な思い出なのに、何で覚えていられないんだろう……」

薺の言葉は、祈りのように春景色へ解けていく。

「いま、覚えていることも、忘れちゃうのかな……」

もっとこの光景を目に焼き付けたいと薺は願った。

桜色、綺麗な色、夢のような色。ビー玉や玩具の指輪ではこんな色はない。

この色彩はきっと春だけのものだ。それを見ていると、なぜだか、感極まって。瞳の中にまるで海のように涙が溢れてきてしまう。これも春の効果なのかもしれない。

「お父さんに……見せて、あげたいなぁ……この景色……」

瞬きすると、海が頰を滴り落ちていく。唇に入って、しょっぱくて、喉がぐっと鳴る。そしてまた別の涙の海が出来る。それの繰り返しだ。

泣くということは、どうしてこんなにも胸が締め付けられて、自分も心も雨に濡れるようになってしまうのだろう。

涙に差せる傘がないというのは、あんまりだ。

「ねえ、さくら……」

薺は、いま見ているこの景色だけは忘れないようにしようとその時思った。

「……なずな、春のだいこうしゃさまになりたいな……」

朝日のように全てを彩る優しさを、いま知った。

「お母さんのおはか、冬でも、とかしてあげられるし」

ぽっかりと空いていた寂しさを、この時だけは埋めてもらえた。

「きっと、お父さんも、すごいねって褒めてくれるもん。なずなのこと、見てくれる」

暖かくて、優しくて。『ずっと』ではないが永遠に寄り添ってくれるもの。

それは春のような優しさ。まさに、いま目の前で起こっている奇跡が齎してくれている。

「ねえ、なれる……？」

その無邪気な問いかけに、さくらは。

「………無理だ。春の代行者様は、一つの国に、一人しか生まれない」

きっぱりと、だが少し申し訳なさそうに言った。薺はがっかりした様子を見せる。

「だがお前は自分を誇れ……」

さくらは、そんな薺を鼓舞するように続けて囁く。

「この十年ぶりの大和の春は、お前の為に雛菊様が授けたようなものだ」

その言葉はきっと、一生、薺の耳に美しい音として残るだろう。

「誇りに思え。今は寂しくとも、お前は世界に愛されているぞ」

たとえ孤独でも、福音は確かにそこにある。無償の愛とも言える季節は傍に居る。

雛菊が舞を終え、深々と頭を下げた。

「お粗末、さま、で、御座い、ました。春は無事、此処に、います」

竜宮での春の顕現はこうして幕を閉じた。

春は麗らかに。
夏は朗らかに。
秋は淡々と。
冬は静々と過ぎていくものだ。

「……所定の位置からではありませんでしたが、滞りなくこの土地一帯の春の顕現が済みました。おめでとうございます、雛菊様」

はじまりは冬だった。
世界には冬しか季節がなく、冬はその孤独に耐えかねて生命を削り春を創った。

「ん……なずな、ちゃん、も、おうち、に、帰せて、よかった、ね」

春は冬を師と慕い、常にその背を追いかけた。
冬は春のあたたかさを愛し、教え導いた。
冬と春との繰り返しがその後永遠と続いた。

すると大地が悲鳴を上げた。

休まる時が無い、と。

「……薺には元気に育ってほしいものです」

動物が愛を育んでは眠り、木々は青葉に包まれたと思えば凍てつく。

これならば、ただじっと耐えるばかりの冬の世界だけでよかったと。

一度春を知ってしまったからこそ、冬の世界が来ることが耐えられないと。

冬は大地の願いを聞き入れて、自分の生命を更に削り夏と秋を創った。

「……雛菊様、いま気が付きましたが、ヘリ……ヘリが見えます。あれ……四季庁所有のものです。たぶんこちらを捕捉されていますね。逃げますか？」

厳しい暑さの夏は自分を疎んだ大地への嘆き。

段々と生命の死を見せていく秋は自分をまた受け入れてもらう為の時間として。

大地がそれを受け入れたので、季節は春夏秋冬と巡るようになったのである。

「……もう、春に、しちゃった、し。かわいそう、だから、つかまって、あ、げ、ようか……？」

四季達はそれぞれの背を追いかけて世界を回ることで季節の巡り変わりを齎（もたら）した。
春は冬を追いかけ、それに夏と秋が続く。
後ろを振り返れば春がいるが、二つの季節だけだった時とは違う。

「……はい、雛菊（ひなぎく）様」

春と冬の蜜月はもう存在しなかった。
冬は春を愛していた。動物達が夫婦となり生きていくように、春を愛していた。
春もまた、運命の如（ごと）く冬を愛し返した。

「……此度（こたび）の御身の神儀は誠に素晴らしいものでした。雛菊（ひなぎく）様、どうか自信を持って下さい。今回で証明されました。雛菊（ひなぎく）様はもうご自身の意思で春の顕現が出来ます」

その密（ひそ）やかな情熱に気づいていた秋と夏は、彼らの為に提案をした。
大地に住まう者に、自分達の役割を任せてはどうかと。

力を分け与え大地を一年かけて巡り歩く、その名を四季の代行者。

「………さくら、が、春を、見せて、あげて、って、言った、から、だ、よ」


初めは牛に役目を与えたが足が遅く、冬だけの一年になった。

次に兎に役目を与えたが途中で狼に食われて死んだ。

鳥は見事に役目を果たしたが、次の年には役目を忘れた。


「さくら、の、為、なら、ね……」


どうしたものかと頭を抱えた四季達の前に、最後に人が現れ申し出た。

自分達が四季の代行者となりましょう。

その代わり、どうか豊穣と安寧を大地に齎して下さい、と。

春と夏と秋と冬は、人間の一部にその力をお与えになり、冬は永遠に春を愛す時間を得た。

かくして世に四季の代行者が生まれたのである。


「さくら、の、為、なら……雛菊、は、出来る、の……がんば、れる、の」

さくらは春を迎えた山の麓に迫りくるヘリの風圧から雛菊を守りつつ、挑むように見る。

――これから、どんなことがあっても、雛菊様だけはお守りしなくては。

「……後悔、されていませんか。雛菊様」

尋ねられた春の神様は、首をかしげる。


「…………十年前、貴方は誘拐されて、この国から春が消えていた」


さくらは、敢えて突き放すような言い方で問いかけた。

「そして今になっての帰還です。否が応でも注目を浴びるでしょう。事情を知りもしない者達が、好き勝手に物を言うはずです。訳知り顔で、我々のことを語る……」

痛みを我慢するように唇を一度噛み、それでも言う。

「『可哀想だ』と。『心が折れただろう』と。『傷付いた娘が使い物になるのか』、『出来るのか』、『どんなことをされたのだ』と、無遠慮に、ナイフを突き立てるように言ってくる」

言う度に、自分自身が傷ついていく。

「きっと私達は今より傷つくでしょう。それでも、耐えられますか？」

苦しげに、詰問するように問いかけたが、本当のところ、これはさくらの『願い』だった。

――耐えて、くれますか。

この神様に祈っていた。自分と共に運命と戦って欲しいと。

「……」

さくらの問いかけに雛菊は。

「うん」

春の少女神は、毅然とした態度で頷いた。

「出来る、よ。誰が、何を、言おうと」

しっかりと自身の下僕を見つめながら頷いた。そこに嘘はなかった。覚悟だけがあった。

「……そんな、すぐ、はっきりと……答えていいんですか……」

その堂々とした返事に、さくらはまるで愛の告白を受け入れてもらったかのように、泣き笑いをしそうになる。

「いい、ん、だよ」

さくらの神様も微笑った。儚い笑みだ。だが、その言葉には大いなる信頼が込められていた。

「だって、さくら、守って、くれる」

疑いのないまなざしが、朝日のように眩しい。

「もう、離れ、ない」

そうでしょう、と問われて、さくらは。

「はい、雛菊様」

さくらは、『やはりこの人の為に死のう』と思った。

頭の中で、鐘が鳴った。辛(つら)く苦しい日々を、今日という日の為に生きてきたと確信した。

この少女神への忠誠心は本物だと、今、この瞬間再確認出来た。

——わたしの神様。

——病める時も、健やかなる時も。

義務感とは違う。

——喜びの時も、悲しみの時も。

使命感とは言(い)い難(がた)い。

——富める時も、貧しき時も。

しいて言うならば、これは運命で。

——貴方(あなた)を守り、貴方(あなた)を敬い。

真実のところ、これは信仰で。

——貴方(あなた)を慰め、貴方(あなた)を助け。

そして信仰を捧(ささ)げるべき相手は正に神で。

——命ある限り、貴方(あなた)の為に戦うことを誓う。

殉教出来なかったあの時を挽回する機会がいま与えられているのだ。

だから何だってする。何故ならこれは信仰だから。

「雛菊様……今度さくらが雛菊様を守れない時は、さくらが死ぬ時です」

――十年前、貴方を助け出せなかった罪を背負って、いつか死ぬ。


「それが、さくらの幸せです」


四季の代行者とは。

春夏秋冬、どれか一つの季節に由来する超常の異能を持つ現人神である。彼らが向かわなくては世界に四季は巡らない。

渓谷に囲まれた集落にも、綺羅びやかな人々が暮らす大都市にも、打ち捨てられた古戦場にも、たった一人しか住まない山奥にも。季節は何処にでも、誰にでも、平等に訪れる。

ひとえに崇高なる四季そのものから異能を授かった四季の代行者の力の賜物。

これはその四季の代行者の物語であり。神話の続きであり。単なる人殺しの話であり。救済の話であり。友情の話であり。春の話であり。夏の話であり。秋の話であり。冬の話であり。

何処にでもよくある恋の話でもある。

そして、少し変わった世界に住む人々が織りなす人生の話でもある。

物語はようやく此処（ここ）から始まる。

――夢だ。

ハッハッハッ。

――夢を見ている。息が苦しい。

ハッハッハッハッハッ。

――夢の中なのに、息が出来ないほど苦しい。

雪原が広がっている。揺れる視界。足元がおぼつかない。

『狼星(ろうせい)！』

――凍蝶(いてちょう)が叫んでる。

鬼気迫った声に、不安感が止められない。

――走るのを止めてしまいたい。

『狼星！　頑張れ！　走れ！』

――わかってる。

夢の中の自分の喉がひゅうひゅうと鳴った。

――喉が潰れても走れ。

「殺されるぞ……！」

――肺が潰れても走れ。

走るのをやめたらおわりだぞ。

『回れ、回れ、先回りしろ！　冬の代行者は少年だ！　少年を殺せ！』

男達が狩りでもするように後ろから追いかけてきた。

簡単に人を殺そうとしている。此処での命の価値はひどく軽い。

——何かを、いや誰かを忘れている。

認識した途端、胸が苦しくなった。そこで思い出す。

——そうだ■■だ。

『走れ！　狼星！』

——わかっている。もっと走らなければ、失う。

凍蝶に抱えられている少女に視線を注いだ。

確認したいのに、雪が、凍える寒さが、自分が齎したすべてが、邪魔をする。

——顔が見たい。

夢の中だというのに身体は思うように動かなかった。

恐怖ですべてが縛られて、走ること以外うまく出来ない。

——■■の顔を見たい。

『……危ないっ！』

その時、パァンと銃声がした。

と、同時に突き飛ばされる。視界が回って、何が起こったのかすぐには理解出来なかった。

『■■様を……！』

自分がかばわれたと気づいて動揺が走る。

突き飛ばされた背中が痛い。

『いって！　はやく！』

――さくら、お前は俺を守らなくていい、やめろ。

夢の中の出来事はいつも通り展開する。もう何千と見ているが違ったことはない。

――こんなのは嫌だ。こんなのは嫌だ。こんなのは嫌だ。

『さくらぁ……！』

凍蝶（いてちょう）に抱かれている■■が泣き叫んだ。

――頭がおかしくなりそうだ。どうしてこんなことになったんだ。

少し前まで、ただ楽しく喋（しゃべ）ってた。

知らない奴（やつ）らに壊された日常が、取り返しがつかないほど壊れていく。

何が楽しくてこんなことをするんだ。こっちが何をしたって言うんだ。

おかしいだろう。こんな侵害を受けるほどのこと、何を。

嗚呼（ああ）、それより、それよりもだ。

どうして誰も言わないんだ？

――あの時俺が死ねば良かったのに。何故誰もそのことを口にしなかったんだろう？

第二章 冬の代行者 寒椿狼星

「――」

青年の姿をした冬の神様が、夢から醒め、寝起きのかすれた声で何事か囁いている。

黒塗りの高級車の中で、まるで久方ぶりの友でも見るように外の風景を眺めている彼は、端正だが気難しそうな顔立ちをしていた。

陰りのある瞳、薄い唇、烏羽色の髪は若者らしく整えられている。

まだ幼さの残る横顔だが、落ち着いて見えるのは彼の身の内から湧き出る高貴さのせいだろう。瞳の瞬きも窓に手を置く様も、どこか品がある。身を包んでいる着物は正に貴人でなければ纏うことを許されない名品。紫黒の長着、黒地に金刺繡の襦袢、薄鼠の羽織。同系色で纏められた靴。すべてが彼の為に作られたオーダーメイドだとひと目でわかる。まるで一つの作品のような青年だ。醸し出す雰囲気はそれゆえ、おいそれと声をかけることの出来ない近寄りがたさがあった。

黒塗りの高級車の車内は葬式のように静かだったが、おもむろに彼が窓を開けたので自然の音が流れ込んできた。鳥の鳴く声。緑や花々を揺らす風の音。

ほう、と感嘆のため息を吐きたくなるような夢のような景色が広がっている。

場所は創紫、日付は黎明二十年二月二十八日。

春の代行者雛菊が、竜宮にて春の召喚をしてから約二週間が経過していた。

十年ぶりに春が召喚された大和は各地でお祭り騒ぎになっており、花見が盛んに行われている。高級車は今現在、花見客の渋滞にはまっていたせいか、窓を開けると自然の音以外にも様々なラジオの音が聞こえてきた。

『――大和は十年ぶりの春ということで、各国から祝いの言葉が届いています』

『――突然の春来訪による景気の向上で、株式相場は……』

『――合衆国の大統領からは、友好国として祝いの言葉が届いています。また、世界各国の春の代行者からも大和の春を祝う贈り物が四季庁に届いており……』

『――それにしても、大和の春の代行者は十年の間どこに居たのでしょう。有識者の方からコメントをいただいています』

青年は目を閉じて、腹いっぱい春の空気を吸い込み、そして吐いた。

そうすると、険しい表情が常態である彼の顔に少しの安らぎが見えた。

まさに、春の恩恵と言える現象があらゆる所で齎されている。

「狼星、窓を閉めろ」

つかの間の安らぎは、この声により一瞬にして終わった。

彼の幸せを邪魔したのはすぐ隣に居た男性の従者だった。

狼星、と呼ばれた冬の神の青年は例えるなら冷艶清美、この従者は妍姿艶質と言えた。

年は二十代後半から三十代半ばくらいだろう。

銀糸に黒のメッシュが入った髪は夜に抱かれた雪原のよう。顔はサングラスで隠れているが隠しようのない色香が溢れ出ている。服装は遠目で見れば黒のジャケットに鈍色の柄ベストを合わせたスリーピーススーツだ。しかし近づけば主と揃いの黒地に金の意匠が入った一品だとわかる。凝った衣装を着こなすにふさわしい長身体軀は同性ならずとも誰もが憧れるところだろう。腰に吊るした刀だけが妙に異彩を放っている。彼は一見すると何をするにも色気が溢れる執事然とした寡黙な男なのだが。

「撃たれたらどうする。窓を閉めなさい」

喋ると、母性というか父性が滲み出ていた。

「黙れ、凍蝶」

一方、受け答えをする主の方は反抗期の息子のようである。

「……」

凍蝶と呼ばれた従者は身を乗り出して窓を閉めようとするが、狼星が肘鉄を軽く当ててそれを阻止した。ずれたサングラスを直しながら、凍蝶は呆れたように言う。

「おいたがすぎるぞ。やめなさい」

近距離で切れ長の瞳に睨まれ、諭されるように美声で囁かれても、狼星は怯みもせず睨み返した。今は停車中だが、車の振動が起きれば互いにあらぬ事故が起きそうな距離だ。

「どけ、凍蝶」

「どかないぞ、狼星」

「……」

「……」

「こんな所で撃たれるはずはない。ただの峠道だ」

「峠道だが渋滞で停車中の状態だ。私がお前を付け狙う者ならしめしめと思って撃つ」

「射程範囲内に撃てる所が見当たらないだろ。木の上に登るのか？」

「必要とあらば長距離スナイパーくらい用意するだろう、過激派連中は。あらゆることを想定して動かなくてはならない。何の為に経費をかけて特注の防弾ガラスにしてもらっていると思う？　お前を守る為だぞ」

「あと少しだけ待て。俺にとって、十年ぶりの春なんだ」

「それは大和の全国民がそうだろう……」

「雛菊………が、戻って来ていると感じられるだろう。だからもう少しだけ待て」

最初の方の言葉は、呼び慣れない単語を無理して言ったように聞こえた。間近に居る凍蝶でも聞き取るのが難しい程小さな声。凍蝶はそんな狼星を見てため息を吐いた。

「雛菊様にはその内会える。『四季会議』があるからな」

「……わかってる。文の返事はきたか」

「ない。あちらとしては我らに会いたくないのだろう。だが、我々はそういうわけにはいかない。私達が生きているのは彼女のおかげでもある……命を助けて頂いたお礼を直接申し上げねば……文だけでは足りない」

「……」

「会いたくないか？」

「……会いたいよ。でもあっちは会いたくないんだろう」

狼星は自分の従者がこの言葉を否定してくれることを望んだが、凍蝶は渋い顔をした。

「……雛菊様のご意思なのか……従者の……さくらの意志なのかはわからないが、今のところはそういう見解をとるしかないな。当たり前と言えば当たり前なのかもしれない。会えば雛菊様のお心は乱れるだろうし、顔すら見たくないと言われる可能性は大いに有り得る」

淡い期待を裏切られて、狼星はうなだれた。そして諦めきれない様子で言う。

「……最悪、四季会議では必ず会うはずだ。殴られようが、罵られようが……会える。それまでに誠意を尽くす。今後の活動でも、こちらが手を貸せることは何でもしたい。いいな凍蝶」

「もちろんだ、気付いたことは何でも手配しよう」

「それで、派遣を命じてた護衛から何か報告はあったか？　その……いまの様子とか……」

かすれ声で囁かれた寂しげな言葉に、凍蝶はすぐ返答をしようとしたが、迷ってまた閉じた。

「……」

結局、やはり口を開く。凍蝶の低い声が狼星に降り注いだ。

「一応、ある。あまり良い報告ではないが……」

「……陰で守ってることがバレたのか？ さくらに知れたら、あいつの性格だと怒るかも……」

「いや。まだ露見していない。そういうことではなく……護衛の者の報告によると……どうやら誘拐された当時と様子が違うようなんだ」

狼星の顔に少しの恐れが浮かんだ。

「違うって……何がだ？ 怪我か？ 身体に障害が？」

凍蝶はなるべく言葉を選んで話した。

「いや、そういうのではない。客観的に見ると、姿形は立派に成長されているが、中身が別人のようらしいんだ……」

狼星の心臓にびしりと痛みが走った。

——待て。

雛菊の様子を知りたいのに、思わず頭の中で待ったをかけてしまう。

「まるで違う幼子が器に入っているように見えるらしい」

——待ってくれ。

それは彼が想像していたよりも遥かに悪い事態だったからだ。

「精神年齢もほとんど幼少期で止まっている可能性がある。ＰＴＳＤの一種かもしれない。里の当時の生き残りをつけた。我々の交流を見守っていた者達だ。不確かな情報ではないだろう」

声にならない悲鳴のようなものが狼星の唇から漏れた。苦しげにまぶたをぎゅっと瞑る。

――いつかはこういうことを聞かされると思っていた。

しばらく苦しんでいたが、いつまでも現実から目を背けるような真似はしなかった。またすぐ瞳を開き、凍蝶に先を促す。

「他は……」

「……喋り方も、吃音ではないが、途切れ途切れにしか話せないらしい」

「……何か、何か良いことは、ないのか」

「竜宮での春の顕現を無事終えたことだろう」

狼星の苦しげなため息が凍蝶の顔にかかった。

「……護衛は継続。接触は少し様子を見よう」

「了解した」

狼星は罪悪感という絵の具で染められた声音で囁く。

「……少し考えればわかることだったな……」

憂いを帯びた瞳に、髪の毛がぱさりとかかる。その瞳は少し濡れている。

「春帰還の触れはあまりにも唐突だった。同時に竜宮に春顕現……おかしいだろ」

「ああ……」

「俺達は十年捜していたのに、戻っていたのを四季庁に隠されていたということになる。何か問題が起きていたに違いないんだ。心が子どもで止まっているなら、嫌々代行者の仕事をさせられている可能性が高い。薄氷を踏む思いでやっているかもしれない……」

「……雛菊様のことはさくらが守っているようだが、無茶をしている様子は私の耳にも入っている……寄り添えるのは同じ立場の我らだぞ、狼星」

「……そうありたいが、そうなれない最大の理由が自分自身なんだから笑える……いっそのこと、違う冬の代行者に代替わりしていたほうが、あいつにとって優しい世界だったのかもしれないな……あいつが望むなら、今からでもそうしてやりたい……」

「狼星……」

凍蝶が狼星の頬に手を添えた。二人の距離が更に縮まる。なぐさめるようなまなざしが凍蝶から狼星へ注がれる。男の主従同士、このまま、親密な雰囲気に突入するかと思われたが。

「ぐあっ」

一瞬の間の後、凍蝶はかなり激しく狼星に頭突きをし、悲鳴が上がった。

少し車内が揺れてしまうほどの衝撃だった。高級車の運転手は、閉めていた後部座席との連絡窓であるパーティションを開けて後ろを確認する。痛みを堪えている狼星と、サングラスをかけ直している凍蝶を見て、いつものことだとまた閉めた。

「最後のは絶対に言ってはだめだ！」

狼星の瞳の中に星が飛んだ。突然の教育的指導に苦悶の声を返す。

「口で言えよ！　頭突きする必要なかっただろ⁉」

狼星は痛みで半泣きになっている。凍蝶は涼しい顔のままだ。

「ある。お前は口で言ってもわからないから窓も閉めない。自分を貶めるようなことも言う。私を悲しませる天才だから頭で語るしかない」

「……頭の意味違うだろ！……おい、従者って差し替え出来ないのか？」

凍蝶はむっとした顔を見せ、再度頭突きをしようと試みた。すかさず狼星がその頭をがしりと摑む。狼星と凍蝶は無言で取っ組み合いを始めた。

しばらく兄弟のようにじゃれあっていると、後部座席の反対側のドアがノックされた。狼星と凍蝶は互いに顔を見合わせる。続いて運転手がパーティションを再度開けて声をかけた。

「渋滞の原因を見に行っていた四季庁の石原様です」

このドライブの同行者の一人、四季庁保全部警備課の女性職員だ。凍蝶がドアを開けると、局アナウンサーにでもなれそうな見た目の石原が緊張した面持ちで立っていた。

「お二方、大変なことが起こっています」

「どうした石原女史。やはりまだ時間がかかると？」

「いいえ……凍蝶様。ご懸念が的中しまして、交通事故がこの先の曲がり角で起きています。

ちょうど崖に当たるところを前方から来たトラックに跳ねられたようで、軽自動車が今にも落ちそうになっています。ガードレールが壊れたらお終いです」

狼星は居住まいを正して聞いた。

「中に人は？」

「普通の家族連れのようです。人数はわかりませんが、小さな子どもが泣いている声だけはします。後続車の人達が何とか助けようとしていますが、命綱なしで手を伸ばせる状況ではありません……」

「……いかんせん、場所が悪いな。誰かが国家治安機構に連絡しているだろうが、すぐに此処までは来られないだろう……では、車内に積んである道具で私が対応しよう。非常時に役立ちそうなものはあらかた揃っている。石原女史は狼星を……」

「相分かった」

そこで、凍蝶の言葉がぴたりと止まった。今の台詞を言った人物がドアを開けた音が聞こえたからだ。

「…………狼星？」

声が聞こえたと思ったらもう居なかった。

「……狼星っ！　待ちなさい！　石原女史、止めてくれ！」

「は、はいっ！」

慌てて凍蝶も外に出る。原因がわからない謎の渋滞。立ち往生するのに飽きて外に出ているドライバー達が多数見受けられた。煙草を吸ったり、携帯端末で誰かと事故について報告したりと、各々が時間を潰している。その中で、誰よりも奇抜な服装の人物がすいすいと車の間を縫って歩いていく様は自然と注目を集めた。

「狼星！」

大和では若い男の民族衣装姿はあまり見かけない。その上、贅を尽くした黒と金の色の装いだ。春の色彩を切り裂く魔術師のように見える。そしてその後をスーツ姿の男と同じくスーツの若い娘が鬼気迫る顔で追いかけて必死に制止の声を上げているのだから目立って仕方がない。

「狼星っ！　いい加減にしなさい！」

「狼星様ぁっ！　お待ち下さい！　そんな、野次馬のようなことをされては困ります！」

「野次馬じゃない」

凍蝶は先を行く狼星に追いつき腕を摑んだが面妖な力で拒絶された。パリンと雪の結晶が触れ合った箇所で弾けて消える。拘束から逃れた狼星は早歩きから走りに切り替えて更に逃げた。

「狼星！　くそっ！　味方の私にそれをやるか！　おまけに着物の癖に足が速い！」

「凍蝶様、狼星様、地面を氷面にしています！　わ、私、パンプスなので滑ります！」

「トラップのつもりか！　狼星！　狼星！」

凍らした路面をスケートをするように滑りながら狼星は涼しい顔で返す。

「違う、腕慣らしだ。見えてきたぞ、凍蝶、石原」

狼星が急停止した為、凍蝶、石原が順に仲良く狼星の背中にぶつかった。サンドイッチ状態だ。凍蝶は文句を言おうとしたが、出てきた言葉は別の言葉だった。

「……これは、酷い」

まず目に入って来たのは通せんぼをするように横転した大型トラックの姿だった。

ドライバーは助け出されたのか、道路に寝かされて介抱されている。そして軽自動車の方は、石原が報告していた通り、ガードレールによって何とか落下を免れている状態だ。ガードレールはひしゃげて見事にU字を描いている。中からは子どもの大泣きしている声が響き続けていた。運転手の顔はエアバッグで見えないが、動く様子がないところを見ると、気絶しているのかもしれない。それか、死んでしまっているかだ。フロントガラスは割れて、血が飛び散っている。

──助けられるか？

凍蝶は、弱気になるつもりは無かったがそう思ってしまった。非常にアンバランスな状態のまま、軽自動車はかろうじて崖に転落せずに済んでいるが時間の問題だろう。

──下手に触れれば、諸共落ちてしまいそうだ。

車内の人達が少し動くだけでも危ない。

渋滞に居合わせた人々は遠巻きに事故現場を見守っている。

そして、走り出して急に止まった狼星はというと、着物の袖から扇を取り出していた。

それは開くと、周囲にびりりと冷気が走った。

「……狼星、もしかして、やるつもりか？」

問われて、狼星は頷く。凍蝶は柳眉を逆立てて、扇を取り上げた。

「四季条例に違反する」

今度は狼星が乱暴に扇を取り返す。

「しないだろ」

「いや、する……たとえ、民草が悲惨な状態でも季節を顕現せしむる以外に四季の力を……神通力を使ってはならない。四季条例第一条だ。気持ちはわかるが……軽率な行動は出来ない。私が……私が何とか中の者を助け出してみる。お前は車に戻りなさい」

「……おい、石原」

急に呼ばれて、ハラハラとやり取りを見守っていた石原はびくりと身体を震わせた。

「は、はい！」

可哀想に、男同士の剣呑な雰囲気に巻き込まれた石原は、明らかに狼狽えた様子を見せていた。

「四季条例第二条を唱和しろ」

その上、ぶしつけに命令を下される。

「……え？」

「唱和しろ石原！」

「は、はは、はい！」

石原は暗記に自信があるのか、戸惑っている様子ではあったがすぐに暗誦してみせた。

「四季条例第二条、四季の代行者はその身に危険が及ぶ場合、他者へ神通力を使うことが認められる……です！」

「さすが石原だ」

狼星は石原の小さな背中を力強く片手で叩いた。石原は前につんのめる。

「ああ、ありがたき幸せ……」

「凍蝶、いいか。俺は交通事故により渋滞に巻き込まれている。過激派の連中……賊の攻撃を警戒しながらの移動中だ。そうだな？」

「……不用意に窓を開けていた奴が言うと腹が立つが、そうだ。だからお前を諫めたんだぞ」

「渋滞は早期に解消する状況ではない。見ろ、横転したトラックが道路を完全に封鎖してしまっている。そして引き返すことも無理だ。花見客の渋滞で車は動ける状態ではない。俺達はいま正に賊に襲われれば八方塞がりの状態にある。その上、戦いが発生すれば民にまで被害が及ぶ。辺り一面、動けない車ばかりだ」

凍蝶は聞きながら頭痛がしてきた。

——本当に、御しがたい主だな。

彼の主は、もう誰が何を言おうと聞く気は無さそうな顔をしている。

「車を捨てる手もあるが、ここから徒歩での下山は得策ではない。となると、やはり事故現場を円滑に回す必要がある。俺が今からやることは、降りかかる火の粉を払うようなものだ。そして四季の代行者は条例に定められている通り、自身に危険が及ぶ状況では他者への神通力使用が許される。だから、あの車を助け……いや、移動させる。中の者も邪魔だな。移動させる。そうすることでこれから駆けつけてくる事故対応の者も素早く動ける。結果、渋滞が解消する。となれば俺の安否は早急に……」

「もう、いい」

凍蝶は狼星の唇に手を当てて黙らせた。狼星は、『ふがっ』と言ってからその状態のままじろりと凍蝶を睨む。凍蝶は手を離してやった。

「あのな、私はお前が何よりも大事だから口うるさいんだ。わかっているか狼星」

凄みのある声音で言われて、さすがの狼星も威勢のよい態度を引っ込めた。

「……わかっている」

わかってないだろう、と凍蝶はため息混じりに言った。

「狼星、お前はわかっていない。今からやることは、後々お前の身を危険に晒すかもしれない。お前が危険になると、守っている者達も危険になる。私は良い。お前の従者だから。お前の為なら命くらいくれてやる。お前が世界で一番大切だからな……だが、私以外の護衛はそういうわけにもいかない。恋人や家族がいる者もいる。そういうことを全部呑み込んでもやると言うんだな？　私は本当なら絶対こんなことはやりたくないぞ」

「……」

凍蝶の台詞は、狼星の良心を的確に刺した。自分の振る舞いがどういった余波を周囲に齎すのか、狼星は過去の経験で嫌というほど知っていた。だがそれでも。

「……悪いが、それでも、やる」

狼星は意志を曲げない。

今そこにある悲劇を、目の前で起きている残酷な現実を、指差して言う。

「助けられる命が目の前にある」

その間にも、悲鳴のような泣き声が聞こえてくる。

「あの車に子どもと……恐らくは親だろう。何名かわからんがとにかく命がある」

今度は狼星が凍蝶に突きつけるように言う。

「俺がすぐに救えば、これからも続く命だ。お前ならその意味、わかるだろ」

「……その言い方はずるいな」

「お前だってずるい言い方をした」

「お前に自分の立場をわからせる為だ」

「わかっている。お前の言う危険性もわかる」

「だったら……」

「俺は何千、何百は救えない。救わない。その立場にない。そういうのになりたいわけでもない。そこは理解してくれ。力があるから傲慢になっているわけじゃない」

挑むように凍蝶を見る。

「でも、あの親子は救えるだろ。今そこに居るんだぞ？」

その声には、ただ正義感に溢れる青年と言い切れない重みがあった。

「……」

「見捨てるのか……凍蝶？」

声音には、凍蝶への懇願も入り混じっていた。

凍蝶はもう何度目かのため息を吐いた。それから石原に向かって複雑そうに苦笑いをする。

「……石原女史、後で、二人でかなりの量の書類を書く羽目になるが……」

その言葉はすべての事柄の了承と言えた。石原は破顔してから力強く頷く。

「構いません凍蝶様！　子どもが泣いています！」

「よく言ったぞ、石原。お前は見込みがある」

石原はまた狼星に背中を叩かれたが今度は嬉しそうに笑っていた。

「狼星、今回は特例だ。決めたなら速やかにやるぞ」

「ああ、では段取りを言う。石原、お前は少し待機していろ。看護師免許を持っていたな。助けた後はお前に託す。凍蝶、氷の上をうまく歩けるのは俺とお前しかいない。その無駄に発育した身体を活かせ」

「かしこまりました、狼星様」

「……了解した……舞踊術式は使うなよ。音声術式だけだぞ……人目を避けたいところだが……この人だかりじゃ無理だろうな」

狼星は扇を目の前でばさりと開いた。美しい冬景色が描かれている。

「冬に戻すわけじゃない、繊細な作業になるから、神通力を高める為に歌うが、小声でやる」

凍蝶と石原が人をかき分け道を作る。開けた先には絶体絶命の状況が広がっていた。

泣いている子どもは後部座席に居るのだろう。少女と少年、どちらの声もする。

助けを求めている。言っていることはただ一つだ。

「お父さんを、助けて……助けてえぇっ……」

二人共、自分ではなくぴくりとも動かない運転手の父親の救助を求めている。自分達も怖いだろうに。それよりも、返事をくれない父親のことが心配で仕方がないのだ。

——何としてでも、助けてやらねばならない。

狼星は深呼吸をして、車に的を定めるようにして扇を向けた。漆黒の着物の青年が何をするのかと、人々は固唾を呑んで見守っている。

「六花の剣を突き立てて　月の色すら白に塗れ」

足元に、薄い氷面が作り上げられた。
それは波のように周囲に押し寄せ、やがては落ちかけている車の方まで向かう。

「雪月花の夢はとこしえの眠り　病者への慰め」

氷面から、形あるものが生まれだした。
氷の蔓草、茂み、雑草、小さな芽が瞬く間に成長し木々の姿へ。
生命ある動きで次々と増殖していく。
まずはガードレールを、次に車にまで纏わり付き、氷結させていく。
蔓草が腕を伸ばすようにして車の尻を持ち上げた。
落下しかけていた車が徐々に道路に引き戻されていく。
色はない氷だというのに、緑野に見える。

「秋を殺して春に死ね」

氷の緑野だ。

やがてその氷の緑野には花が咲いた。

春に花々がそのかんばせを人々に見せつけるように、華麗に咲く。


「忌(い)むべき者は　諸共(もろとも)に死を」


咲いた花々は、すべて、春の花だった。

冬の代行者が氷で春景色を描いているのだ。

他にも選択肢はあっただろう。自身の季節を知らしめる冬の花でも良かったはずだ。


「嘆きはすべて　白に塗れ」


けれども彼は春の花を描いた。

春の代行者が桜色に染め上げたこの土地を、けして汚(けが)さないように敢(あ)えて選んだ。

彼女がいま此処(ここ)に居(お)らずとも、この花を受け取らずとも。

狼星(ろうせい)が雛菊(ひなぎく)を想(おも)って氷の花を咲かせることに意味があった。

花梨。
山吹。
菖蒲水仙。
瑠璃唐草。
木蓮。
菫。
鬱金香。
紫羅欄花。
風信子。
梅。
芍薬。
万年青。
杜若。
春紫苑。
枳殻。
桃。
金盞花。

皐月。
杏。
月桂樹。
石楠花。
鈴蘭。
牡丹一華。
花水木。
雛芥子。
藪椿。
紫丁香花。
薫衣草。
藤。
薔薇。
桜。
そして、『雛菊』。
まるでお伽噺のような風景。
氷の花の花畑だ。

誰もが、固唾を呑んで見つめていた。

この冬の代行者の神技に、五感すべてが魅せられてしまう。

――まったく、粋なことをする。

その中で、悲しげに苦笑しているのは凍蝶だけだった。彼には狼星がなぜ氷の花畑を、それも春の花で作り上げたのかわかっていた。

――それはあの方に贈るものだろう。

わかっているからこそ、その光景があまりにも切なく映る。

「すべては白に、六花の色に解けてゆけ」

狼星がそう囁くと、舞台はすべて整え終わった。手に持っていた扇がパシリと音を立てて閉じられる。出来上がった氷の緑野と春の花をかき分けて、狼星は進む。彼が進めば氷の蔓草も自然と身を退いて行った。

「おい、大丈夫か」

強制的に氷漬けにされた車の中で、子ども達が白い吐息を漏らしていた。

死への恐怖より眼の前で起きた魔法のような出来事のほうが恐ろしいのか、泣くのも忘れて怯えている。狼星が手を伸ばすと途端に二人とも身を縮めた。

狼星は自分の険のある顔立ちをこういう時はつくづく損だと思った。なるべく怖がらせないように少し高い声で子ども達に語りかける。

「大丈夫だ、今から助ける。車ごと地面に氷で固めたから落ちることはない。安心しろ……凍蝶、頼めるな？」

「わかっている。私は運転手を助け出す」

言いながら、凍蝶は帯刀していた刀の鞘で強引に窓を割った。

鞘の方が割れそうなものだが、一向に欠ける様子も無い。

割った窓から手を入れて、ドアのロックを解除し、次に無理やりドアをこじ開けた。

それは、まるで菓子箱を開けるような簡単な手付きだった。

見守っている石原は平然としているが、他の野次馬は口をあんぐりと開けている。

「……何だ、あの兄ちゃん」

「人間業じゃないだろう……」

「というか、この氷も何なんだ……もしかして、あれが……四季の……」

そこかしこから聞こえてくる言葉に、凍蝶は気恥ずかしげにサングラスをかけ直す。派手な見た目をしているが、目立ちたいと思っているわけではないようだ。

「おい、窓を開けてくれ」

狼星は呆然とし固まっている子どもに声をかけた。十歳ぐらいの兄妹が中で震えている。

寒さのせいだけではないだろう。コンコン、と窓を叩くが子ども達が開けてくれる気配はない。

「……」

狼星は、少しの間を置いて手を車にかざした。

すると呼応するように蠢く氷の蔓草が後部座席のドアをこじ開ける。

「助けに来たぞ、さあ、もう大丈夫だ」

それは子ども達を安心させる為の言葉だったが、言ってから狼星は自分の胸に痛みを感じた。

怪我などではない。ぶすり、と短刀で心の臓を貫くような、心の痛みを感じたのだ。

――何だ？

何故、その言葉で傷付いてしまったのだろう。不思議に思い、ややあって気づいた。

「……」

――嗚呼、そうか、言ってしまったからか。

それは、狼星の人生で、特定の人物に言いたい言葉だったのだ。

いつか、いつか、きっと言える日が来るはず。そう思って生きてきて、言えていない言葉だった。それを今言ってしまった。大切にとっておいた言葉だったのに。

――あいつに言えてないのに。

それを言ってしまったので、心が『嗚呼』と泣いたのだ。

「……たすけに、きたぞ……」

本当に言いたい人に言えないまま、自分が生きていることに気付かされる。

この台詞を捧げるのは本当なら別の人なのに、と、気付かされる。

――馬鹿だ。今はそんなことを考えるな。

傷つくと同時に、狼星は、恥ずかしくてたまらなくなった。

自分が恥ずかしい。身を焼かれるような羞恥が、罪悪感が、胸の中を渦巻く。

――今は、目の前の子どものことを思え。恥知らずが。

狼星は、自分が侵されている病を認識していた。『シンデレラ症候群』という言葉がこの世界にはあるが、狼星のこの状態に名前を付けるのなら『ヒロイック症候群』と言えるだろう。まるでお伽噺のようなことを頭の中で延々と考えるのだ。何処かで囚われている愛しい人を自らが救い、もう大丈夫だと囁いて抱きしめる空想。

ただの空想だ。英雄願望を抱くこと自体はそれほどおかしなことではない。人はそういうものに憧れる。だが狼星の場合、問題となるのはそれが戯れに思っているのではなく本気であることだった。だからこそ自分でも愚かしいと思っていた。実際、『大切な人の窮地を救う』などということは頭の中でしか起きない。現実はもっと辛く残酷で、少しの容赦もなく人に不幸を浴びせてくる。そんな救いが人生で起こることは奇跡に近い。狼星もわかっていた。

――雛菊、俺は、お前を。

わかっていたからこそ、ずっと夢見てきた。

――雛菊。

十年前に攫われた、春の代行者を救う夢を。

あの時、何故すぐに自害しなかったんだろう。

『さくら、きっと助かるよ。だいじょうぶ。わたしが守ってあげる』

それが最も簡単な救いだった。誰も口にしなかったが、そうだった。

『狼星さま……』

決断しよう。此処で決断しなければ俺以外も死ぬ。

『いっしょに遊んでくれて、ありがとう』

死ぬなら今だ。今死ねば、凍蝶もさくらも雛菊も助かるかもしれない。

『氷の花をくれて、ありがとう』

ほら作れ。氷の剣(つるぎ)を、喉元に向けろ。すぐに切り裂ける。

『たくさん優しくしてくれてありがとう、狼星(ろうせい)さま』

そうしたら奴(やつ)らは満足するのだ。立ち去ってくれるかもしれない。だからやれ。

『きっとわたしも助かります。だから』

早く死ね。すぐに死ね。手早く死ね。死ね、死ね、死ね、死んでしまえ。

『だから狼星(ろうせい)さま。またわたしと遊んでくれますか』

そう、思って、震える手を動かしたのに、初恋の女の子が。

『しないで、生きてくれますか』

心を切り裂くような優しさで、俺を守った。

「……」

狼星は一瞬の邂逅から戻った。

そこは、後悔にまみれた世界で、記憶を遡る前と何も変わっていない。

――嗚呼、そうだ。

だが、長い冬が終わり、春に彩られている。

――今は春。あいつは、戻っているのだ。

美しい春が戻ってきているのだ。

――春に、ふさわしい、振る舞いをしなければ。

狼星は、弱々しくだが、微笑んでみせた。

「大丈夫だ。もう、怖い思いはさせない」

笑顔をみせられて、ようやく少女はその手を取る。

「……俺が、死なせない……」

奥から手を伸ばしている少年にも腕を伸ばした。

「怖くない……もう怖いことは終わりなんだ」

子ども達からほっと安堵の息が漏れる。

だがそれは長くは続かなかった。少年が疑問を投げかけた。

「お父さんは？」

親を助けてと泣いていた子なら、当然、尋ねてくる疑問を。

「……」

その問いに、きちんと答える自信が狼星にはなかった。父親はすでに凍蝶が救出しているが、出血が多く見られる。現時点で満足に喋られない状態を鑑みても不用意な発言は出来ない。

――だが、何か、言ってやらなくては。

一言、狼星が『助かる』と断言してやれば良い。しかしそれは希望的観測でしかない。

狼星は、せり上がってくる胃液を無理やり飲み込んで、目を伏せてから言った。

「……わからない」

それは誠実であるが故の、言葉だった。

「……今から、救急車が来る、それが、いかに早く来るかだ」

「大丈夫……じゃ、ないの？」

「……」

少し年長に見える少女の方が言う。

「お兄ちゃん、冬の……冬の神様だよね？」

目の前の青年がしたことも、誰なのかも理解しているようだ。

「神様なのに、絶対、大丈夫だって言えないの……？」

　それは狼星にとって、一番突かれたくないところだった。

「俺は、ただの代行者なんだ……何でも出来る神様じゃない……そういう……神様……だったら良かった。魔法のように、お前達を助けたい。でも」

　いま、人として子ども達を助けている狼星が出来ることは、限られている。

　それをやるしかない。出来るだけ迅速に、確実に。

「……でも、人だから」

　なじられても良い、と狼星は思った。

「人として、お前達のことは責任を持って守る」

　何を言われたとしても、夢だけ見て何もしないよりは、良いと。

「父親が治療を受けられるように道を空けさせる。お前達を守る大人も呼ぶ。何を置いても、いまこの時はお前達を優先させるよう、各機関に働きかける。それが俺に出来ることだ。父親を助ける為に出来ることを今から全部やる。それにはまず、お前達を救わなくてはならない」

　心から生まれいづる気持ちで、狼星は囁いた。

「俺にお前達を助けさせてくれ、頼む」

　峠での交通事故は、突然現れた冬の代行者の救出劇により事件発生からまもなくして解決した。怪我人は全員助け出され、その後はつつがなく処理が進んでいる。

大型トラックの運転手は骨折はしているが生命に別状なし。

ガードレールに衝突した車の父親の意識は戻っていない。石原により応急処置は受けたが、どうなるかは病院に着いてみないとわからないらしい。狼星はずっと、子ども達と手を繋ぎながら救急隊を待っていた。何も喋りはしなかったが、彼らはぴったりと離れなかった。

そして、救急車が来ると、子ども達は別れ際にそっと狼星に手を振ってくれた。狼星も、同じようにそっと振り返した。後は他の仕事人の領域だ。もう何もしてやれない。

「狼星、こっちに来なさい」

「……」

三人の命を救ったというのに、狼星は無力感に襲われていた。

「いつまでそうしている。いま、四季庁から通達が来た。これから先の道に車両が用意された。乗ってきた車両は放棄するぞ。運転手は既に待機してくれている」

「……野次馬の方々に撮影されないよう死角から行きましょう……もう撮っている人、何人か居ましたけど……嗚呼、始末書ものです……」

「石原女史、お互い気を強く持っていこう……狼星、聞いているか？」

「ああ……」

救出劇からそう時間は経っていないが、狼星は酷く疲れているように見えた。

それか、途方に暮れているようにも見える。

「凍蝶……あの親子に必要な物を手配したい。詳細、追えるか？」

「勿論、私の方で経過を後で確認しよう。母親が居なかったのが気になるな。頼れる親族が居なければ誰か派遣しよう。子どもを見る人が必要だ。それで良いか？」

「……ああ」

「神通力を使って疲れただろう。車の中で少し寝ると良い」

「……うん」

「何か、欲しい物があれば言いなさい。途中で調達する」

「……」

狼星の心ここにあらずな状態は続いたままだ。

「……狼星」

凍蝶は狼星の腕を摑む。そのまま無理やり引きずって歩かせた。少しでも早く、この場を去り、主の意識を変えさせたかった。狼星はされるがままだ。

――春の麗しい景色の中で、狼星が……いや、私が……途方に暮れたことは前にもあったな。

凍蝶は、ふと過去を追想した。その時は、もう世界は終わりだと思ったものだ。

だが、今も日常は続いているし、自分も周囲の人の人生も終わる様子が無い。

――私達だけは死んだまま生きているようなものだ。

現実は自分達と同じ速度で歩いてはくれないものだ。凍蝶の頭に声が響く。

『凍蝶様、嘘ですよね。見捨てませんよね。雛菊様を、私を……見捨てませんよね……？　嘘だって……嘘だって、言ってください……助けるって、言ったじゃないですか……私に、言ってくれたじゃないですかっ……！』

過去だけは、時折、思いついたように足早で近寄って背中を刺してくる。

そういう時、過去はけして人選を間違えない。最も心に刻まれた人で刺してくる。

凍蝶は自分の心の中にいつも居る娘の懇願を思い出しては目を伏せた。

「……！」

その時、急にぐっと腕を引っ張られて、凍蝶は振り返った。狼星が歩きながら小石に躓きかけていた。いつもの彼らしくない。

「おい狼星、大丈夫か？」

「……」

「おい、聞いているのか、おい」

「……ああ、誰に聞いている。当然、大丈夫だ」

その『大丈夫』は、誰が聞いても嘘だとわかるものだった。

凍蝶(いてちょう)は狼星(ろうせい)の腕を摑(つか)む力をぎゅっと強めた。

「……痛い」

「痛くしている」

「何でだ」

「お前が本当に苦しい時に『痛い』と、『辛(つら)い』と……そう言わないからだ」

狼星(ろうせい)がふっと視線を向けた。迷い子のような瞳が揺れている。

「……俺にそう言う資格は無い。そういうのは言ってはいけないんだ」

「誰しも自身の感情を言う資格はあるさ」

「無い。俺だけには無い」

「……ある。誰かが無いと言うなら、私が代わりにあると言う。お前は痛いと言っていい」

「甘やかすな……」

「甘やかしてない……私は……」

凍蝶(いてちょう)は、この青年だけは、苦しみから救ってやりたかった。

自分が救われなくても、そしりを受けても、この冬の神様だけは楽にしてやりたかった。

「お前が大切なんだ。何度も言っているだろう」

彼を救うことが、自分を救うことになるわけではない。ただ、そうしたかった。その献身は痛々しいほど無欲だ。しかし狼星(ろうせい)は理解を示さずぐしゃりと顔を悲しげに歪(ゆが)ませた。

「そういうのは、さくらに言え」

それは凍蝶にとって一番心をえぐるであろう台詞だった。

「……言えたら苦労はしないな。でも今はさくらは関係ない。お前に必要だ」

「……やめろ。うる、さい」

—やめてくれ、俺は。

狼星はこの男から度々離れたいと思うことがあった。凍蝶は狼星の絶対的な味方であり続ける。それは狼星にとっては救いなのだが、狼星は救済は欲しくなかった。

「近くにいるから、言える時にちゃんと言うようにしているだけだ」

—断罪されるほうがいい。断罪されたい。

「狼星、大丈夫だ」

だが、彼はけして狼星を見捨てない。狼星の為に人生を捧げることに疑問も抱かない。時に厳しい言葉を投げかけることもあるが、見捨てることはない。

その愛し方に、疑問を持って欲しいのにしない。

—俺は。

狼星の目頭が熱くなり、喉がぐうと鳴る。

「いつか、きっと、雛菊様のこともなんとかなる……」

この男から与えられる、ただ、無責任な『大丈夫』の力が。

こんな自分に向けてもらえる親愛が、肯定が。

「言ったことの責任も取れないのに……そんなこと言うなよ……」

この年まで狼星を生かした。

――こんなにも嬉しくなるなら、俺も、あの子達に言ってやれば良かった。


『大丈夫だ、お父さんはきっと助かるぞ』と。


無責任だとしても、かけてもらえる言葉一つで、人の気持ちは随分変わるものだ。

それがこの男の存在でわかっていたのに、怖がって言ってやれなかったことが今更悔しい。

「責任はとるさ。お前のことは生涯かけて守る」

狼星は零れかけた涙を着物の袖で拭った。それから八つ当たり気味に着物の袖で、ぱしりと凍蝶をぶつ。この、何をしても完璧に見える男が憎らしかった。それはあくまで狼星から見た彼に過ぎないのだが。

「……誰彼構わず口説くな」

狼星の為なら道化にも騎士にもなる。凍蝶はそういう男だった。

「人聞きの悪い。愛情を向ける相手はちゃんと選別している」

従順ではないが、最高の従者である男は飄々と答える。

「……本当かよ」

「本当だ。いいか狼星……お前は人であれ。『神様』になり過ぎるなよ」

「……ああ」

「そうだ……あとな、氷の花は見事だったぞ。春の代行者様の……雛菊様の作り上げた春を汚さないようにああしたのだろう？」

狼星は小さな子どものようにこくりと頷いた。凍蝶は、この年の離れた兄弟のような主がたまらなく愛おしくなる。空いている片手で髪の毛をぐしゃぐしゃとかき混ぜるように撫でた。

「良い春景色だった。あの方は氷の花をお前に作ってもらうのが大好きだったものな……狼星、今日は美味い飯を食おう。お前の好きな物でいい。何が食べたい？」

狼星は、鼻声で『スーパーの寿司』と答える。凍蝶は『慎ましいな』と笑った。

「……イカはいらないからお前にやるよ……」

「嫌いな物をよこすのか？　それじゃあお前の好きなサーモンは私が食ってやろう」

二人の主従は、互いに拳で軽くこづきあい、それからまた歩き始めた。

凍蝶に引っ張られていく中で、狼星は一度だけ後ろを振り返る。きらきらと春の陽光の中で光る氷の花畑。その中に、ふと、とある少女の姿が見えた気がした。

それは、狼星にとって世界で一番特別な人の幻影だった。

——雛菊、お前は、何処にでも居るな。

もう、顔も声も記憶の中で薄れているのに。

──俺が、恋い焦がれるから何処にでも現れる。

色鮮やかに、心にはずっと存在しているのだ。

──まだ、お前のことが好きだ。お前は俺のことを恨んでいるか？

狼星は、自分のせいで誘拐された女の子のことを想った。


それから長い一日を終えて。

冬の代行者一行は目的地と設定していた宿泊施設に日が変わる前に辿り着くことが出来た。

凍蝶は車の中ですっかり寝入っていた狼星を背負ってチェックインを済ませると、ようやく数時間ぶりの休憩に入れた。

「凍蝶様、休憩ですか」

「ああ、石原女史、こっちは空いているよ。良ければどうぞ」

宿泊施設のワンフロアを丸々貸し切っての宿泊の為、同フロアに設置されたラウンジには自然と関係者が集まっていた。宿泊者向けのフリードリンクが楽しめる場所だ。

皆、仕事中なのでアルコールには手を出さないが、珈琲や紅茶、ホテルが用意してくれた菓子などをつまんで憩いの一時を堪能している。代行者の宿泊部屋前、廊下、階段、あらゆる場所に四季庁から派遣された黒服のボディーガード達が入れ替わりで利用していた。フロアに居る人員は総勢で二十名程だろう。

石原は、珈琲を片手に空いていた一人掛けのソファーに座る。

「狼星様は、お休みになられていますか？」

凍蝶は耳につけていたイヤホンをそっと見せてから笑った。テーブルには緑茶が置いてある。

「鼻が詰まっているのか、寝息がひどい」

代行者の部屋には監視カメラと集音マイクが設置されており、凍蝶は携帯端末で逐一それを確認している。

「……泣いて、いらっしゃいましたもんね……寝ながら。今日は色々衝撃的なものを見たと思いますから……心が疲れてしまったのかもしれません」

「本人には言わないでくれると助かる。平時は毅然として振る舞っているんだが……気が緩んだ時や睡眠時に色々弊害が出るんだ」

「精神科で、内服薬をもらっていると聞きました」

「ああ。石原女史は配属したてだからこれから見ることになるが……まあ、よく叫ぶ。悪夢を見て叫んで起きるのは日常茶飯事だから夜勤の時は覚悟してくれ……誰かが死んだのかと思うような悲鳴を出すからな」

「……悲鳴、ですか」

「ああ。『逃げろ』とか、『行くな』とか……後はまあ、ほとんどが……」

凍蝶は、切なげ表情でつぶやいた。

「『雛菊』と……春の代行者様の名前を狂ったように叫ぶ」

「……」

「……その時が一番可哀想でな。悪夢だから叩き起こしてやるんだが、あいつは毎回真剣な表情で聞くんだ。『雛菊は無事か？』と……」

「……今は春の代行者様は戻られていますよね……？」

「そうだな。最近は『雛菊は無事か？』と尋ねられたらこう答えている。『狼星、雛菊様は春の代行者様に復帰された。生きているぞ』と」

「……どういう反応をされますか？」

「まだ実感がないのか、あまり信じない。寝ぼけているからな……何度か言って……ようやく信じる……そうすると、安心したように寝息を立てる……あれにとって、雛菊様という存在は……何かにたとえることも出来ないようなものになってしまったんだろう。十年も想い続ければ、そうなるのかもしれない。何せ……」

凍蝶は話す前から自身の心と呼ばれる場所が悲鳴を上げるのを感じたが無視した。

自傷行為だとしても、偽ることなく真実を述べるべきだと思っていた。

「十年前、雛菊様は、我々を守る為に誘拐されてしまったのだから」

罪と向き合うことが、ただ一つの誠意だとでも言うように。

穏やかで、優しい彼はまだ笑顔を貼り付けていたがその瞳は弧を描いていない。

石原は何と言っていいかわからず、手に持っていた珈琲を一口飲む。

「ですが……その、仕方なかったというか……」

凍蝶はかぶりを振った。

「いいや、仕方なくない。六歳の女の子が目の前で攫われたんだ。私という護衛も居た。だが守りきれなかった。しかも犯行現場は我らが冬の里だ」

「……」

「狙いは狼星だった。なのに、あの方が攫われた。あの方が我らを助ける為に人身御供を申し出たんだ。どうしてそうしたか……理由は至極単純だ」

凍蝶の声には普段の優しさとはまったく違う、怒りと恨みの温度が込もっていた。

「雛菊様は……狼星が好きだったんだ」

そして悲しいことに、その怨嗟の対象は自分だった。

「出会ってひと月も経っていなかったが、見ていたらわかった。狼星も好きだったんだろう。あの二人は小さな恋をしていたんだ。神様同士の孤独な恋だ」

凍蝶は自分自身にずっと怒っている。

「……しかし悲劇が起きて選択が迫られた。普通なら逃げるだろう。自分の命は大事だ。だが雛菊様は逃げなかった。土壇場で狼星を生かす為にその身を差し出した。六歳の少女がだぞ?」

この嘆きも、怒りも、何もかも、自分宛てだ。

「その時私は何をしていたと思う、石原女史……」

十年前、子ども達を守れなかった過去の自分に冷たく浴びせている。

「腹を撃たれて意識が朦朧としてた。笑えるよ。情けない。せめてあそこで、あの雪原の中で、あの方を守って死ぬべきだった。護衛官の本懐だ。それを為せず今此処に居る。私は時折、どうして自分が服役していないのか不思議に思うよ」

「それは……言い過ぎです」

「いいや真実だ。狼星の心の傷も、私が守りきれなかったせいだ。何もかも……申し訳なく思っている。私が出来ることは、身を粉にして働くことくらいだ」

その言葉通り、凍蝶が十年間、二十四時間、三百六十五日、休みなく冬の代行者の護衛として働いていることを石原は知っていたので悲痛な気持ちになった。

狼星の為なら死ねるという言葉も、本当に嘘ではないのだろう。

ともすれば、彼は人を守って死にたいのかもしれない。

石原は重くなった雰囲気を変えるように別の話題を振ることにした。

「冬の代行者様付きの四季庁職員で、女の私が採用されたのはカウンセリングや看護師資格を期待されてのことですよね……ご期待に沿えられるよう、これから励みます」

「そう気負わないでくれ。まずは同じ職場の者として友好を深めてくれるだけで良い。そうじゃないと狼星も話さないだろう。あと、言っておくが性別は関係ないぞ。有能な人なら誰でも構わない。そういった資格を持っていて、なおかつ武道の心得がある人を……と四季庁の人事に頼んだら……君と、あと一人は六十代の男性しか居なかったんだ。うちのチームは移動続きの激務だから、自然と年齢が若い君になった。彼は妻帯者だったし……」

「あ、なるほど……」

石原は申し訳なさそうに肩をすくめる。凍蝶が笑ったので少し柔らかい空気が戻った。

「すみません、この配置に着いたことで、色々周囲に言われたのでつい……」

「高給取りになるからやっかみだろう。その分大変だというのに」

「配属前に遺書を書かされたのには驚きました」

「ああ、一年ごとに更新しろと言われるからテキストファイルは保存しておいたほうがいいぞ。私は毎回同じのを出してしまうが……」

何となく石原はフロア全体に視線をやる。

ここに居る全員が自分と同じように遺書を書かされて働いているのだと思うと不思議な気分だ。珈琲をもう一口飲んでから、石原はまた尋ねた。

「……その、やはり武力衝突は度々起こるものなのでしょうか……？」

「……というと?」

「『賊』とのです……。一般の人々からも四季への不満があるのはもちろん把握しています。超常の力を持つ者でありながら災害時にその力を行使しない……だとか、国内生産力を上げる為に利用すべきだ、果ては軍事的な実験に協力を……など。ですが、実際、抗議という活動を武力で押し切ろうとする者達がどれくらい居るのかと……」

「今時期は閑散期だ。秋の終わり頃から繁忙期だな。顕現の旅が始まる」

凍蝶(いてちょう)は、まるで客のように自分達の『敵』のことを評した。

「だが、そう思って気を抜くと……十年前のように冬の里を襲撃されるようなことが起きる。年間で言えば……そうだな、両手で足りるか足りないかくらいの頻度で武力衝突は起こる」

想定より多い数に、石原(いしはら)は思わず『え』と声を上げた。

「うちは冬だからな。季節の中で一番嫌われている。だから一番多いんだ。秋はわりとのんきだぞ。あそこは襲われることがあまりないから警備も薄い」

今からでも配置換えを希望するか、と冗談交じりに凍蝶(いてちょう)が尋ねると、石原(いしはら)は『滅相もない』と首を振った。

「君が懸念(けねん)している武力衝突だが……本当に代行者の身を狙っているだけのものとも限らないので知っておいてくれ。武力が必要とされる事態を起こして、代行者に力を使わせようとする時もあるんだ」

「……危害を加えずに……？」

「ああ。目的はそこじゃない。批判できるネタが欲しい奴らも居る。狼星の力を見ただろう？

自分達の命は助けるのに、その力で他は救わないのか、と言いたい奴らが居るんだ」

「……そんなことを言われても……」

「ああ、その通り。そんなことを言われても、だ」

凍蝶の声音には明らかに憤りが滲み出ていた。

「四季の代行者はスーパーヒーローじゃない。何度言ってもわかってもらえない。こういうことの繰り返しは、代行者の精神をも病ませる。だから我々は四季の代行者を守らなくてはならない。今日は、本当なら助けないほうが良かった。写真も撮られていたし記事にされるやも」

「……」

「そんな顔をするな、石原女史。これは建前としての発言だ。本心は、私も助けられて良かったよ。だが、一人助ければ、他からも言われる。あの時は助けたのに……と。そういったことに毎度対応は出来ない。我々は国家治安機構ではない……ただ、季節を届ける者に過ぎないんだ……だというのに賊はそれが間違いだと、我らを批判し続ける……」

『難しい問題ですね』と言われ、凍蝶も『難しい問題だ』と頷いた。おもむろに凍蝶は携帯端末を確認する。眠っている狼星の姿がリモートカメラで見えた。呼吸も心音も、すべて観測している。すやすやと寝ている様子を見て、また話し出す。

「こういった問題は複雑だが、業務に関しては単純だ。我々は……四季の代行者を守る。賊と衝突した場合は潰す。確実に潰す。それだけだ。他の季節は日和っているが……我らは違う。石原女史、君も……冬の管轄職員として来たからには覚悟しておいてくれ」

凍蝶は、最後の方はいつも通りの優しい声できっぱりと言った。

「は、はい……承知して、おります。あの……凍蝶様」

「何だ？」

石原は、おずおずと申し出る。

「………狼星様と、春の代行者様が面会出来るよう、手配しなくてよろしいのでしょうか……よろしければ、私の方から春の四季庁職員に話を持ちかけますが……」

「……さすが石原女史。細やかな気配りだな。私も、そうしたいんだが……」

凍蝶はサングラスをかけ直して、ため息を吐く。

「何か問題が？」

「……十年前、春の代行者様は誘拐され、しかし此の度見事帰還されたわけだが、その間の救出作業はどうなっていたと思う？」

「四季庁と国家治安機構、あとは春の里、冬の里が協力をしたと記述されていましたが」

「ああ……確かにそうだ。資料だけだとそうなる……実際は……」

凍蝶の脳裏には、一人の少女が思い浮かんでいた。

「春の里は、雛菊様が誘拐されて三ヶ月で捜査から手を引いた。我々冬の里は国家治安機構と協力してその後も五年間、捜査を続けたが……それも五年で一旦捜査が打ち切りとなった」

「……えっ……」

「もちろん、継続で捜査することにはなっていた。大規模捜査が打ち切りになったんだ。だが、それは……雛菊様を慕っている者からすれば見捨てられたと思ってしまう出来事だろう？　この世界で、草の根を分けて一人の少女を捜すなど、人海戦術なしではどだい無理だ」

「それは、そうですよ……自分の家族だったらと考えると、直訴すると思います」

「ああ、正にそうだった。捜査を続けてくれと、泣きながら各所に嘆願した者が居た。当時十四歳の姫鷹さくらだ。春の護衛官であり、冬の里襲撃事件の被害者でもある」

「……当時十四歳ですか……」

「さくらは、春の里が捜索を打ち切ってから冬の里に身を移して私達と生活していたが、冬でも大規模捜査が打ち切られてからは失踪した。別れ際、随分と罵られたよ……私を呪い殺さんばかりだった……さくらからすれば、冬のせいで自分の主が誘拐され、その上、見捨てられたに等しい……あれが、すぐに狼星と雛菊様の仲を取り持ってくれるとは思えない」

「……」

石原は絡まりあった人間関係を呑み込むのに、黙り込んでしまった。凍蝶はまた携帯端末を操作する。眠っている狼星の映像記録から、ただの写真のフォルダに画面が移った。

そこには最近の日付はなく、古い写真ばかりだった。

悲劇が起こる前の楽しい日々の記録だ。

冬の里で雪だるまを作っている十歳の狼星の姿。かまくらの中から顔を出す六歳の雛菊。

幼い二人の姿はいとけない。そして、最後に満面の笑みで写っている黒髪の少女。当時九歳だった姫鷹さくらの姿がある。画面越しに向けられた凍蝶への笑顔は眩しい。

「……姫鷹さくらは……雛菊様以外で言えば、私にとって最も頭が上がらない娘なんだ。はたして、主の為に口説き落とせるか、私にもわからない」

凍蝶は、そう言ってから思いを断ち切るように端末の画像を閉じた。

そして、すっかり冷めてしまった緑茶を飲む。

「……本当に難しいですね……その方のお立場になったらと思うと……」

「ああ、だが……出来るのであれば……全員が少しでも良くなれる未来を勝ち取りたい」

「春の方々の警護は大丈夫なのでしょうか？」

「……聞いた話だが、さくらが四季庁にも国家治安機構にも不信感を抱いていたこともあり、初回は二人だけで儀式をひっそりとしたそうだ」

「えっ！　絶対駄目なやつじゃないですかそれ！……どうして……」

「……まあ、深掘りすると、色々と四季庁側の配慮の無さが出たので仕方がないと言えば仕方がない……どうも、春の管理部門は上層部が腐っている。代行者を物か人形だと思ってるんじやないか？　四季会議が本当に心配だ……また襲われる可能性があるというのに……」

「すみません……」

「いや、石原女史が悪いのではないよ。同じ四季庁職員といえど、管轄が違う。二回目以降は人員配置を受け入れていると聞いた。一応……念の為、冬からも予算を割いて常時監視を入れてある……私からも、折を見てさくらにコンタクトをとろうとは思っている」

受け入れてくれるかどうかはわからないが、という苦しげな言葉が後に続いた。凍蝶が翻弄されるのは仕事では狼星だけだ。それ以外では非常に冷静にして温厚。傑物で通っている。その男の心をここまでかき乱す春の護衛官とはどんな相手なのだろうと石原は思った。

「凍蝶様……精神的疲労で、胃に穴があいてしまうのでは……ご苦労お察しします……」

「いやいや、ありがとう、聞いてもらえて私もすっきりした……警護に戻ろうか」

凍蝶はそう言いながらソファーから立ち上がった。すると、スーツの何処かに貼り付いていたのか、桜の花弁が一枚床にふわりと落ちた。思わず、凍蝶は『すまない』と囁いてしまった。

ただの桜の花びらだ。だが、その花びらが一人の女性を思い出させる。その人の泣いた顔、叫ぶ声、怒り狂う姿。地に額をつけて、すがる様子すら、記憶の海に浮かびあがってくる。

――『助けて下さい』

その知らせを受けた時、凍蝶は病院からようやく退院し、自身が所属する機関である『冬の里』にて連日春の代行者誘拐事件を調査していた。

冬の里に滞在していた春の代行者が、冬の代行者の代わりに人質を申し出て、賊はそれを受け入れ彼女を連れ去った『春の代行者誘拐事件』からはや三ヶ月が経過していた。

連れ去られた春の代行者の行方は依然として知れない。

冬の里の者達は汚名を返上するべく機関総出で捜索にとりかかっている。

凍蝶の主である狼星も、度々体を壊しながらも周辺の監視カメラの映像を眺め続けていた。

まだ諦めるには早い。それを合言葉に血反吐を吐く日々。だというのに、代行者雛菊とその従者が所属する『春の里』は、三ヶ月目で、捜査から手を引くと発表したのだ。

これは異常な事態だった。『里』とは代行者を輩出し、養育する機関である。彼らにとって代行者という存在は何よりも大切な存在だ。だというのに、捜査から手を引いた。

それはもう『花葉雛菊の命は諦めた』と言っているようなものだった。

捜査に関わるすべての者を主導して捜索すべき機関が代行者を見捨てたという知らせは関係者にどよめきを与えた。

――次代の春の代行者が誕生したというなら話はわかるが。

聞きつけた凍蝶は居ても立ってもいられず春の里へと向かった。

春の里の決断を問いただしたかった。何より、同じ従者仲間であるさくらが心配だった。

さぞ気を落としているはずだ、と。

しかし、事態は凍蝶が想像するより更に最悪な方向へ傾いていた。

『……見捨てないで下さいっ！　開けて下さい！　見捨てないで！』

まるで、飼い犬を捨てるように、九歳の子どもが里から締め出されていたのだ。

『さくら……？』

飛行機と公共交通機関を乗り継ぎ、レンタカーを飛ばして駆けつけた凍蝶は石塀に囲まれた春の里の門前で泣きながら門を叩いている少女を見つけた時には言葉を失った。腕に三角巾をつけて、事件後の傷が痛々しい。無事な片手で門を叩いている。

『……凍蝶様……私……』

さくらは、凍蝶を見つけると瞳にいっぱい溜め込んだ涙をぼろぼろと零し、嗚咽を上げた。

握る拳は、門を叩き続けたせいで皮が剝がれ、血が滲んでいた。

『……お役目を、降ろされました……雛菊様をお守り出来なかった罰です……』

『……は？』

『……春の里を、追い出されてしまいました……』

『いや、待て……そんな……』

『わかっています、私が悪い。罰は受けるべきです……追い出されても、構いません……でも、まず雛菊様を捜さないといけないのに……捜索を打ち切ると……』

『さくら、聞け。どう考えても君のせいじゃない、幼少期の代行者の守り役は、警護より精神の安定の為だ。そんなのは誰もがわかっている。九歳の子どもが賊の攻撃から守れるはずないだろうっ！　責められるべきはもっと他の大人だ、私だ……！』

『でも、私は従者です……私は従者なんです……雛菊様を命に代えてもお守りするべきでした……なのに生き残ってしまった……放り出されて、どう、捜せばいいか……』

『……こんなのはおかしい！　そもそも、賊に侵入を許した我ら冬が罰せられるならばまだしも、なぜ君が……！　ちょっと下がりなさい。おい、開けてくれっ！　開けてくれっ！』

『一時間、ここに居ます。誰も、開けてくれません』

『……嘘だろ』

さくらは保護する形で冬の里に呼び寄せられた。里に着いて、お世話になりますと頭を下げた彼女の頭は、九歳なのに白髪交じりだった。今はどうなっているかわからない。

もう、世界の何処にも行き場がなく、後がない娘なのだと、その場に居る誰もが理解した。

理解、していたのに、しかし、その五年後には、冬の里も大規模捜査を打ち切った。

ごく小規模な捜査に切り替えられたとはいえ、死ぬのを待つのに等しい。

みんなが見捨てた。娘二人を。何年も、何年も見捨てた。

そうして、見捨てられた春の代行者と従者は、現在帰還している。

戻ってきた春は、花も緑も、風さえも、力強く美しいと評判だ。

何にも負けない、誰の指図も受けないと、二人だけで生きている。野に咲く花のように。

凍蝶には、この春はあまりにも眩しすぎた。

狼星のように恍惚として眺めることが出来ない。

――あまりにも痛々しい。

死ねばいいと思われていた少女と。

死ぬのを待った方がいいと言われていた少女。

春の花の名前を冠した二人は銀世界を春に染め続けている。

『私達は此処に居る』と、見せつけている。すべての大人達へ向けた優しい復讐だ。

死ねばいいと思っていた者達と。

死ぬのを待った方がいいと諭していた者達へ向けても春を贈る。

凍蝶は雛菊の死を望んだことなど一度とてなかった。

さくらに死ぬのを待てと言ったこともない。

だが、守護者の役割を果たせず、彼女達の人生を守ることも出来てはいなかった。

あの時、凍蝶は十九歳だった。それから十年。

彼もまた、大きな渦の中で翻弄され続け今此処に至る。

三人はもっと幼かった。
雛菊、さくら、狼星は凍蝶にとって守るべき存在だった。
守りたかった。守ってあげたかった。本当は、守って死にたかった。
――だが生きている。
十年前、庇うどころか庇われて喪失した。
五年前、ある日屋敷を飛び出してしまうほど追い詰めた。
現在、『大丈夫』と言い聞かせて心が砕けないようにするしか出来ない。
凍蝶が望むような世界はきっとこれからも訪れない。毎秒、現実を突きつけられる。
これからもきっと、そうなるはずだった。

「どうかされましたか凍蝶様」
「ああ、何でもないよ……」

凍蝶は意識を切り替えた。ラウンジの窓を見る。外には夜桜が咲いていた。
ようやく贖罪が果たせる『春』がいま訪れているのだ。
人生で、こんな救いはもう二度とないだろう。凍蝶は、かすれた声で囁いた。

「さくら、まだ私が憎いか」

桜の花弁は、捨て置くことが出来ず、拾って胸ポケットに入れた。

白い箱の中に少女は居た。

『■■■■』

そこはひんやりとしていて、とても静かな鳥籠だった。

もう何年も閉じ込められている。

『■■■■』

少女を攫ったその人は、違う名前で彼女を呼んだ。人生も、名前も奪うことで彼女を隷属させたかったのだろう。その目論見は成功している。ゆっくりと、人格は壊れ始めた。

『……わたしは』

一年目、少女は希望を持っていた。きっと誰か助けに来てくれるはずだと。

『わたし、は』

二年目、まだ記憶はしっかりしていた。慕っていた人達の顔が思い出せた。

『わ、た、し、は』

三年目、疑いを持ち始めた。もしかしたら違う名前で呼ばれる自分のほうが正しくて、過去の記憶は誤りなのかもしれない。だって誰も助けに来てくれない。

『ひな、ぎく、は』

四年目、声がうまく出せなくなった。自分の存在がとても不確かで、自信を持って喋れない。本当に此処に存在しているのだろうか。外の世界はある？　この自分は正しい？

『雛菊、は』

五年目、人格が乖離していくのを感じて、怖くなって自分の名前を復唱し始めた。

『雛菊（ひなぎく）、は』

六年目、与えられる罰が怖くて、何も出来なくなった。
言い聞かされる言葉で精神が壊れてゆく。もう誰も捜していないだなんて言わないで。

『ひ、雛菊（ひなぎく）、は、■■■■じゃ、あり、ま、せん』

七年目、生かされているから、生きている。喜びも悲しみもなかった。
外の世界を思うことすらやめた。でも、まだ信じていたい。

『……い、や、です』

八年目、誘拐犯からとある提案をされた。
提案というよりは命令だった。もう失うものもないのに、八年前に自分が守った人達の顔がおぼろげながらに浮かんだ。すがる対象がそれしかなかった。

『い、や、い、や、いや、いや』

身体が悲鳴を上げる。少女の身体は見知らぬ者に乱暴に叩きつけられ、組み敷かれた。

『さくら、さく、ら、さくらあああああっ』

土壇場で出た名前は、神様ではなく、たった一人の昔の友達だった。

『狼星さ、ま、狼星さま、狼星、さま、狼星、さま』

頭に浮かんだのは、結局いつまでも好きなままの初恋の少年の顔。もう忘れていたのに。

『助けて、誰か、助けて、誰か、助けて、誰か、誰か、誰か、誰か、誰か』

叫びながら、少女は自分を鳥籠に入れた存在と、いまの彼女の世界すべてを攻撃した。

大人達が叫んでいる。これは悪いことだとわかっていたが、止められない。

皆が静かになるまで少し時間がかかった。

少女は、気がついたら外に出ていた。世界は銀色の雪に包まれている。とても寒い。

『……みんな、どこ』

裸足(はだし)の足は、雪を踏むごとに血の色の足跡をつけた。

『……帰りたい、よ、う』

それから少女は山を下った。もう誰も捜していなかったとしても、帰りたかった。

『凍蝶(いてちょう)、お兄、さま』

帰りたい。あの子が守られていた場所へ。

『さく、ら』

すっかり中身が壊れて違うモノになってしまっていても、歓迎してくれるだろうか。

『狼星（ろうせい）、さ、ま』

肉体に魂が宿るのか、魂に肉体が宿るのか。自分殺しは罪になるのか？

『みんな、どこ』

わからないことだらけの、この不確かな世界で、ただ一つだけわかることは。

『雛菊（ひなぎく）、此処（ここ）に、いる、よ』

閉じ込められていた世界の外に、ちゃんと別の世界が存在していたこと。
あの子の頭がおかしくなったわけではなかったのだ。嗚呼（ああ）、よかった。

『此処（ここ）、に、いる、よ』

嗚呼（ああ）、良かった。帰ろうね、帰してあげるよ。

すっかり壊れてしまった少女雛菊(ひなぎく)はいま、同じような娘を連れて春を咲かせている。

第三章 夏の代行者 葉桜瑠璃

四季の代行者はそれぞれに故郷を持っている。


春の代行者は春の里。

夏の代行者は夏の里。

秋の代行者は秋の里。

冬の代行者は冬の里。


古より、四季に異能を授けられた人間の末裔がそこで暮らしている。

血脈を守る者達の中から、自然と異能の使い手が目覚める。

昨日まではただ血を継承した者であっても、現行の代行者が斃れれば次代の者へと変換する。

そんな彼らにとって、里というものはそこからどこへ巣立っても正に故郷ではあるのだが、故郷というものは必ずしも子にとって帰りたい場所になるわけではない。

そうした場合、代行者は里以外に居を構えるのが常だった。

夏の代行者の隠れ家、夏離宮は深い森の奥にある。

東洋の桜と呼ばれる列島『大和』。

大和の島々の中の一つ、『衣世』。衣世の地方に位置する矢賀と呼ばれる土地は大和国内でも有名な観光地である。矢賀山中腹の渓谷は夏ともなれば人がごった返す名所の大滝があり、自然豊かな山林には趣がある古民家が点在する。

人里から離れ、緑に閉じ込められたいと願うような人間にはたまらない場所だ。国内の有名文豪が利用した宿泊施設がいくつか点在するので、それを目当てにやってくる人も居る。

「こちらの夏離宮は、重要文化財にも指定されていた宿泊施設を買い取り、夏の代行者の隠れ家として代々利用されてきました」

雪化粧が施された唐松並木を歩いてきた春の代行者雛菊と従者のさくらは、目の前の女性の説明に聞き入っていた。ほうと白い吐息が漏れる。雛菊達が巻き起こしている春の桜前線は竜宮から創紫、創紫から衣世まで進んでいた。これからこの衣世でも春の顕現を行う。

通常は決められた所定の場所があるのだが、今回は代行者を管理する四季庁の薦めで夏の代行者の所有する土地にやって来ていた。

「夏の代行者は季節を呼び起こす他に、動物の使役も神通力により可能です。その為、自然豊かな場所を好む傾向があります」

まだ冬の統治下ではあるが、耳を済ませば鳥のさえずりが聞こえ、小動物の足跡が雪の上にちらほらと見える。

「いわゆる、ヒーリング効果というのを求めて造られました」

休む間もなく移動して訪問した先は夏の代行者の別荘。純西洋風建築の建物は雪の中で厳かに存在していた。

「そうでなくても、矢賀は神通力を高める霊脈がある土地です。春の代行者様は連日の顕現でお疲れでしょうから、数日こちらで休まれてから帝州へ向かわれるとよろしいでしょう」

にっこりと微笑んで、そう言ったのは知的な黒髪眼鏡美人である夏の代行者の護衛官。

「ご滞在中、ごゆるりと過ごせますように」

名を葉桜あやめ。春の主従が来ると聞いて、夏離宮に招致し、自ら出迎えにきてくれた気立ての良い女性だ。年は二十歳前後だろう。品の良いグレーのスーツ姿はまだ少し幼い。

「ご厚意感謝致します。ここならマスコミ関係者もそう簡単に近づけませんし、何より我が主が身体を休めることが出来ます」

「とんでもありません。春の方々をお支え出来るのは光栄です。神話の中のことではありますが、夏が生まれたのは春と冬ありきのこと。けれど、それ以上に年もあまり変わらない女性が再起されるのを守りたいというのは私自身の願いであり、尽くすのは護衛官としての矜持です」

月のように静かに周囲を照らす女性、それがあやめに似合いの言葉だろう。基本的に雛菊以外には慇懃無礼なさくらも、今回ばかりは借りてきた猫のような態度を向けていることからも、あやめの誠実さや人当たりの良さがわかる。

「あり、がと、ござ、い、ます。葉桜、さん」

雛菊が頭を下げると、あやめも同じように頭を下げた。綺麗なお辞儀だ。ゆるく結われた長い髪の毛が楚々として揺れる。愛らしい白い小花が飾られた髪は翡翠の髪状。肌は玉のよう。大和美人という言葉を贈るならば彼女にこそふさわしいだろう。同性二人からうっとりとした眼差しを注がれていることにあやめは気づかず気取らぬ態度で言う。

「私のことはどうか『あやめ』とお呼びください。というのも、夏の代行者も『葉桜』の姓を名乗っていますのでややこしいのです」

あやめの言葉に、雛菊はぽかんとした顔をする。さくらが慌てて説明した。

「すみません、ご説明しておりませんでした。夏の主従の方々はご姉妹なのです」

「姉妹……で、主従？」

「そうなんです。他の季節は、大抵それぞれの血族の中から縁がある者や、身体的機能に優れた者などの理由で選ばれますが……私達、夏は親族から選ばれることが多いのです」

「雛菊……さくらと姉妹、じゃ、ないけど、でも姉妹、みたい、だから、おそろい……？」

「えっ雛菊様……！　自分と御身が姉妹だなんて恐れ多い……」

「なか、よし、だし。いいかと、思って……いや、だよ、ね。ごめん、ね、さく、ら」

雛菊はさくらの言葉に肩を落とす。すると、さくらが慌てて弁解した。

「そんな！　嫌なわけがありません。時には友人として、時には姉妹として、そしてやはり貴方の守り刀として！　いつも苦楽を共にしたいと願っています！」

「……さくら、やくわり、もう、いっぱい……たいへん……」

さくらはぶんぶんと首を振り、敬愛する主に自身の瞳をまっすぐに向けて言った。

「自分がそうしたいのです！」

恥も外聞もなく、拳を握り熱弁するように言う姿。その様子に嘘偽りはない。雛菊は目をぱちくりと瞬いてから、ふにゃりと照れた笑顔を見せる。

「ほんと……に？」

「本当です」

「え、へへ……いい、の、かな……雛菊、ぜいたく、だね」

「えへへ！　いいのですよ！」

まるで付き合いたての恋人達のようにもじもじし合う二人のやりとりに、あやめは口に手をあてて驚いた。

「春のお二人は仲がよろしいと聞いてはいたのですが、本当に仲睦まじいのですね……」

さくらは照れた様子を見せながらも否定せず答える。

「そ、それほどでも。あやめ様と夏の代行者様はご姉妹ですし、絆は更に強いことでしょう」

「絆ですか……そうですね。まあ家族ですので。ただ……うちは、お二方のようにそこまで仲睦まじくはないんです」

一方、あやめの方は否定して苦笑いをした。

「実際、家族だと大変ですよ。特に、わがままな妹が主ですともっと大変です……」

「……わ、が、まま……？」

きょとんと聞き返す雛菊に、あやめは困った顔をする。

「ええ、それはもう……うちも雛菊様のように他者への慈しみと愛情がある神として育てば良かったのですが……」

何となく、それ以上は聞けない雰囲気になってしまった。あやめは話を打ち切って夏離宮への道を先導する。雛菊とさくらはあやめの後ろについていきながら、どういうことだろうと顔を見合わせるのだった。


ようやく中に入った夏離宮は外観よりも更に広く感じる造りだった。

玄関ホール、共有リビング、幾つかの客室、遊技場、読書室、バーラウンジと多様な造りになっている。滞在中、暇だと困ることはないだろう。家に閉じこもったとしても歩き回れるほどには広さもある。だが特筆すべきことは他にもあった。そこらじゅうに小動物が居ることだ。

「……うさぎ、が、いる」

「兎がいますね、雛菊様」

「こいぬ、と、こねこ、もいる」

「けしからん組み合わせです」

「鳥もいる……リスも……」

「此処は楽園です、雛菊様」

雛菊とさくらは頬を紅潮させ、興奮気味に囁きあう。

共有リビングに入ると、様々な種類の動物達が歓迎するように顔を見せてくれた。ケージに入っている者も居るが、ほとんどは室内を自由に動き回り、互いの身体に身を預けて昼寝したりと仲良く共存している。

雛菊も嬉しそうだが、さくらは特に表情の変化が顕著だった。眉が下がり、唇が自然に笑みを浮かべている。クールな見た目に反して、可愛いものに目がないようだ。

あやめは二人の荷物を運ぶのを手伝いながら言う。

「ふふ、動物がお嫌いでなくて良かったです」

さくらは『こんなに可愛い生物が嫌いな者がいるのか？』という顔をしながら聞き返す。

「これは夏の代行者様の御力ですか？」

「ええすべて夏の代行者の使役動物……瑠璃の友達です。夏の代行者は『生命使役』が出来ますから。毎年夏の顕現をする度に……怪我をした者を拾ったり、滞在中の場所で仲良くなってしまったりと増えていって大変です」

「いぬ、さん。ねこ、さん。しゃべ、られ、る……？」

「ええ。その能力があるのは瑠璃だけですが。私は……動物と会話は出来ませんが何を言っているかくらいはわかりますね。動作で見ます。それは瑠璃から学びました」

雛菊は瞳を輝かせて、それから羨ましそうに『夏の代行者だったら良かった』とつぶやく。

「そんなに良いことばかりじゃないですよ。管理費が馬鹿にならないですし」

あやめは笑って返す。さくらは思い至ることがあったのか、しみじみとした様子で言った。

「現実問題、エンゲル係数が馬鹿にならないですよね……」

季節顕現の旅に関わる経理の部分も護衛官は担当する。二人からすると『あるある』な悩みなのか互いに急に打ち解けた雰囲気が流れ始めた。

「ええ。一応、予算が出ているので問題ないのですがその分、他の経費の額が少ないんです。毎月やりくりするのが大変で……まあ、これは夏の代行者が代々やってきたことなので文句を言う者はいません。そこは夏の里も理解があって良いところですね」

「経費……抑えて、出来れば毎月貯蓄をしてそれを代行者の被服費にも回したいですよね」

従者二人の会話は、春の少女神を置き去りにして白熱していく。

「わかりますっ。うちの妹は洋装を好むので経費は抑えられてはいるのですが、年頃ですし何着も買ってしまうとすぐに被服費が底を尽きます。あの……姫鷹様、和装って大変じゃありませんか？　他の季節の方も和装なのですが、毎回会議で見る度にお高そうだなと……」

「和装は魔境ですね。けれど……見て下さい。この贅を尽くした愛らしさ」

さくらは自分の見立てで着飾った雛菊の肩を抱く。例として出された主はきょとんとするしかない。あやめはうんうんと同意するように頷いた。

「もう、この可愛らしさを見るとやりくりの苦労などどうでも良くなるんですよっ」

「代行者の装いは従者の腕の見せ所ですものね！」

「そうなんです！」

「良いですよね……和装。あの子、あまり自由がきかない服を着てくれなくて……」

「あの、ね……雛菊、お着物、じゃなくて、も、大丈夫、だよ……？　スーツは？」

「スーツ？　駄目ですよ、何言ってるんですか雛菊様」

「ええ、花葉様。洋装もお似合いになられると思いますが絶対和装の方が良いと思います」

理由は良くわからないが、二人に否定されたので雛菊は自分は和装しかないのだろうと肩を落とした。一通り衣装談義に花を咲かせたところで、ようやく立ち話もなんだから部屋へ行こうという流れになる。

「お二人共、施設についてですが、夏離宮には常駐の夏の里の者が数名と、入れ替わりで四季庁の夏職員が警備に入っています。後ほど顔合わせをさせます。施設内でご不明な点がありましたら彼らか、私にお尋ねください」

「はい。あの……あや、め、さん」

「何でしょう花葉様」

「おとも、だち、さわったら、だめ……です、か？」

あやめは元から控えめで可愛らしいこの春の代行者に好感を持っていたが、ちゃんと許可を求めるところが更に好ましいなと思えた。

「人懐っこい子ばかりなので、撫でる分には問題ありませんよ。抱っこは拒否されたらやめてあげてください。まとわりついてきたらむしろ抱いてあげていただければ。おやつの時間があるので、その時餌やりに参加されると距離が縮まりやすいかと……」

「やった！　雛菊様、あとで写真撮影しましょう。雛菊様と兎という最高の組み合わせを私にください」

「……だめ、だよ、さくら。どうぶつ、ふらっしゅ、めが、いた、い、でしょ」

「フラッシュ焚きませんから。遠くから撮りますから。さくらに癒やしをください……」

二人の会話を目を細めて眺めてから、あやめは『そういえば』とさくらに話しかけた。

「春の四季庁職員の護衛の方は外で待機するのでしょうか？　部屋は用意出来ますが」

「キャンピングカーで来てますから不要です。距離をとって同行してもらっています」

「……そう、なのですね」

四季庁とは四季の運営を管理する独立機関だ。四つの里とはまた別の存在である。里は代行者を生む機関、四季庁は代行者を運営する機関とするのがわかりやすい区別だろう。そして四季庁職員というものは季節の顕現を行う際や、長距離の移動をする際など警護や雑務を任されて配置されるのが常だ。四季庁は四季の代行者ありきの機関なので、必ずと言っていいほど代行者の周囲にはスーツの集団が発生する。主な仕事は四つの季節の運営、不具合が発生した際の調査、バックアップ、護衛に避難誘導、各政府機関との調整役などだが、それ以外にも季節に関することなら様々な問題が四季庁に寄せられるので彼らの職務内容は多岐にわたる。その四季庁職員が今現在春の顕現をしている雛菊達の傍に見当たらないということは、四季庁からの補助要員を好ましく思っていないから遠ざけているに他ならない。

──春の方も色々あるのでしょうね。

あやめはそう心の中で何かを察し、口には出さなかった。

「こちらは夏の代行者様にご挨拶はしなくてよろしいのでしょうか」

「ええ、あの娘はいま臥せているので、起き上がれるようでしたら挨拶させますね」

三人は会話しながら荷物を宿泊する客室へ運ぶ。

通されたのはホテルのようにきちんとベッドメイクがされた部屋だった。白いキャビネット。アンティークの椅子。シャビーシックな内装が乙女心をくすぐる。暖房を到着前からつけてくれていたのだろう。ほんのりと暖かい部屋に、雛菊とさくらは歓迎の意をひしひしと感じた。

「さくら、ここ、すてきな、おへや、だ、ね！」

雛菊が人と関わって嬉しそうにすることはあまりないので、さくらは本当に此処に滞在出来て良かったと心から思った。

「移動でお疲れでしょう。いま、お茶菓子をご用意しますね。厨の者が春の方の為にと作ってくれたケーキがありますので」

「あやめ様、手伝います、雛菊様お部屋で待っていてくださいますか？」

「は、い。さくらの、荷物も、すぐ使うもの、開けておく、ね」

雛菊は夏離宮が気に入ったのかにこにこと微笑んだまま旅の荷物を整理し始める。しばらく無心でそうしていたが、気がつくと何者からか視線を注がれていることに気付いた。

「……」

そろりと違和感の方へ目を向ける。すると、そこにはリビングに居たはずの白うさぎが開け放たれた扉の前に鎮座していた。

「うさ、さん」

雛菊は手を小さく振って挨拶をする。白うさぎは、鼻をぴすぴすと鳴らして返事をする。雛菊の視線が自分に向けられたことを確認すると背を向け、尻を振ってから廊下に消えた。

「……」

さながら、不思議の国のアリスのように雛菊はその白うさぎを追いかける。白うさぎは、来ることがわかっていたかのように廊下で待っていた。

「うさ、さん。こん、にち、は」

距離を取りながら、挨拶をすると白うさぎはまたぴすぴすと鼻を鳴らした。そして長く続く廊下の先へ誘い込むように進んでいく。

「そっち、なにか、あり、ます、か？」

一見、メルヘンで少し怖い状況だが、雛菊は至極真面目だった。

――きっと、この、うさ、ぎさんは、夏の、代行者さま、の御使い、だ。

あやめから動物と意思疎通が出来ると聞いていていたせいもあり、この白うさぎは何かしらの意図があって行動し接触してきたのではと雛菊は考えていた。

それは当たっていたようで、白うさぎは廊下最奥の部屋の前まで辿り着くと、その前で動きを停止した。廊下の窓からは光が差し込んでいるのに、どこか仄暗さを感じる扉だった。

「……」

白うさぎは雛菊の足元にじゃれついてくる。雛菊は案内を褒めるように白うさぎを抱いて撫でてから、勇気を出して声をかけた。

「あ、の」

普段から途切れがちな声だが、それに緊張が混ざって声が少し裏返る。

「あ、の……もしかし、て、夏の、代行者、さま、です、か」

その問いかけに、返事はない代わりに扉が少しだけ開いた。雛菊に抱かれていた白うさぎが腕の中から飛び出し、扉の隙間から中に入っていく。

――夏の代行者さまの、匂い、だ。

　部屋からは、新緑の香りがした。どうしてそれを夏の代行者特有のものだと感じたのかは雛菊自身にもわからなかった。ただ、自分に刻まれた血が、そう訴えた。

「花葉、雛菊、と、もうし、ます。おまねき……あり、ありがとう、ござい、ます」

　言葉をつまらせながら、雛菊は一生懸命に言う。

「何か、雛菊、に、ご用……で、しょう、か……？」

　頭の中に思い浮かんだ言葉。此処にさくらが居ればこう言ったであろう台詞をなんとか言えた。人見知りの雛菊にしては盛大な快挙である。

「……」

　しばらく沈黙が続いた。中に誰かが居るのは間違いない。

　自分の挨拶に不備があっただろうかと雛菊は心配になる。

　──雛菊、の、喋り方、変、だから、かな。

　雛菊は着物の袖をぎゅっと握ってうつむいた。

　もうその場を去ってしまおうか、そこまで考えた時、ややあって部屋から声が聞こえた。

「……姉は、帰ってきましたか？」

　それはか細い声だった。繊細な性格が窺い知れるような声音だ。雛菊は、自分が入って良いのかわからず部屋の前で立ち尽くす。自分以外の代行者と会うのは十年ぶりだ。

「ええ、と……」

「あたし、瑠璃です。夏の代行者の瑠璃」

瑠璃も、招き入れるつもりはないのか、扉越しに会話を続ける。

「雛菊は、雛菊……です」

「姉は、帰ってきましたか？」

「あやめ、さん？」

「……そう。あたしのこと何か言ってましたか？」

「……」

あまり良いことは言っていなかったのは確かなので、少しの間を置いて言う。

「ぐあい、わるいから、臥せってる……て……言って、ま、した……」

無難な選択だった。雛菊は喋りながら手に汗をかき始めた。

──普段、さくら、と、だけ、話してる、から、どう、したら、いいか、わか、ん、ない。

相手が自分に合わせてくれる会話ばかりしていたと実感する。こちらが気を遣う相手、しかもこのように謎の接触をはかってくる相手には怖いという感情しか湧かなかった。

「……それだけ？」

「……う、はい」

「あたしのことで悩んでるとか、そういうのは？」

「……えっと……悩む、は……言って、なかった……です」

仲が悪いのだろうか、という印象は植え付けられていたが、今ここで言うことではないと雛菊は口にしなかった。雛菊が瑠璃の次の言葉を待っていると、ややあって瑠璃が喋った。

「……お姉ちゃんは、やっぱりあたしのことどうでもいいんだ……」

冷えた言葉が返ってきた。

「え、そ、そんな、こと……」

「だって、今日だってあたしに何も言わずに出かけちゃうし……言ってくれたらあたしだって春の代行者様のお迎えくらいしたのに」

「あやめ、さん、夏の代行者さま、具合、悪い、からって……」

「悪くないもん」

「え」

「元気だもん。でも、むかつくから出ない……困らせる為に出ない」

「……」

雛菊は、そこでようやく自分が何かのはけ口にされていることに気付いた。

「あたしはお姉ちゃんに必要とされないと生きていけないのに……いつもあたしばかり……気にして……馬鹿みたい……あんな従者、こっちだって要らないもん……」

「……そう、なの……」

どうやら彼女は話を聞いて欲しいようだ。共に四季の代行者。同じ立場だからか。

初対面早々、顔も見せずに相手に聞かせる話題ではないと思うが、雛菊はそのまま立ち去る気にはならなかった。怖い、と思った心が少しだけ落ち着いてきたからだ。

この夏の代行者はいま孤独なのだろう、と推測した。

他にすがるものがあれば、誰か一人に固執はしないはず。それは一枚隔てた扉が二人の間にあったとしてもわかった。そして雛菊自身の経験からも察することが出来るものだった。

「ずるいよね。あたしだって……夏の代行者に選ばれなかったら……お姉ちゃんしか頼りじゃない生活じゃなかった。もっと他の生き方が出来たの。でも……選ばれちゃったんだもん……だからあたしに優しくすべきだよ。あたしを一番に守るべきだよ。そう思いませんか？」

何に対してかはわからないが、大きな事柄に対する怒りが伝わってくる。

「……あの、ね……聞いても、いいですか」

雛菊は、そこで共感の台詞は言わずに、疑問を呈した。

「そんなに、好き、なのに、おねえさん、に、いじわる、する、の？」

言ってからすぐ、扉の奥から息を呑む音が聞こえた。

「おねえさん、きっと、こまってる、よ」

雛菊の頭の中には、自分の為に生きてくれている花の名前を冠した娘の笑顔が浮かんでいた。

『雛菊様』と、いつも慕ってくれる、女の子が。

少し後に、かすれた声で『だって』とつぶやく声が漏れる。

「だって……！　だって！　あたしのほうが苦しいんだよ……？」

泣き声まじりで囁かれ、雛菊も悲しくなった。

「あのね……夏の代行者さま……いじわる、で、いうんじゃ、なくて……雛菊も、ね……」

雛菊が、そう言いかけたところで、廊下に足音が響いた。

「瑠璃、お部屋から出てきたの？」

あやめの姿が見えた。さくらも後ろに続き姿を見せる。部屋に戻って雛菊が居ないのを知り探したのだろう。

「……！」

すると、雛菊の鼻先で勢いよく扉が閉められた。雛菊は驚いて、その場に尻もちをつく。

「雛菊様！」

「だ、だいじょぶ、だよ」

尻もちをついたと言ってもひどい着地の仕方ではなかったので、雛菊は慌てて起き上がる。

恥ずかしいところを見せたと雛菊は照れて笑ったが、その様子を見ていたあやめの顔には憤怒の感情が浮かんでいた。

「瑠璃っ！　花葉様になんて無礼をっ！　出てきなさい！」

「あ、あの、だいじょぶです」

「花葉様からお声がけしてこの部屋に来たわけではないでしょう？　瑠璃のことです。動物を使役して呼び寄せた。違いますか？」

「そ、そう、です……が」

「瑠璃！　瑠璃！　どうして出てこないの！　夏の代行者の恥晒しですよ！　お話しをしたいならちゃんと出てきなさい！　都合が悪くなったら逃げるのはやめなさい！」

「あ、あやめ、さ、ん……」

雛菊は扉とあやめの間に挟まれて慌てふためく。

「雛菊様、どこかお怪我はありますか？」

「さくら、ないよ！　あの、ちょっと、挨拶、した、だけ、なの。本当、だよ！」

雛菊が必死に訴える様子を見て、さくらはほっとしたように頷いた。

「あやめ様。我が主は特に怪我もしておりませんし、本当に代行者同士挨拶をしていただけのようです」

「でも……！」

「雛菊様はかばって言ってらっしゃるわけではないでしょう。瑠璃様の代行者赴任は八年前ですし、瑠璃様とは初対面となります。ご挨拶したいと思うのは当然です。本来なら、我々も同席している場がふさわしいですが……」

あやめはまだ何か言いたげに扉を睨んだが、一つ大きなため息を吐いてからもう瑠璃に対して何かを言うのを止めた。三人は雛菊の部屋の前に戻る。

「取り乱してすみません……あの子はきっと、春の代行者様が来たとしても、部屋から出ないと思っていたので……驚いたのと、あまりにも自分勝手な振る舞いに腹が立って……」

あやめの謝罪に、雛菊は気にしないでとフォローをしたが、本人は首を振った。

「最初から言えば良かった……身内の恥を隠しておりました」

肩を落とし、暗い声で言うあやめには疲労がまとわりついている。

「我が主、葉桜瑠璃は只今ストライキをしておりまして、もう三ヶ月……ああして部屋に籠もって出てこないのです……」

ストライキという言葉に、困惑している春の主従二人は更に混乱を極めた。あやめは、自嘲の笑みを顔に貼り付けながら続けて言う。

「私、結婚するので従者を辞めるんです。それに対して……主である妹がストライキをしてしまっているんです……」

春の代行者一行の夏離宮訪問は、少しの波乱と共に始まった。

ゆっくりお過ごしくださいと言われ、あてがわれた部屋に入った雛菊とさくらはそれぞれ荷物を整理してから再度さくらの部屋に集合した。

「……」

「……」

二人は衝撃を受けていた。

「けっこん」

「ストライキ……」

漠然とした不安を抱えるように、互いにクッションを胸に抱き、黙り込む。

「ねえ……さくら、けっこん……する予定、ある？」

不安の吐露を、先に切り出したのは雛菊だった。

「ええっ！　あ、ありません！　自分の願いは一生雛菊様のお傍に侍ることです！　予定も願望もございません！」

さくらは首が千切れんばかりに左右に振り、否定した。

「でも、でも、ね……じゃあ、もし……凍蝶お兄さまに言われても……？」

禁忌ワードだったのか、さくらはすっと表情を消して声を低くした。

「は？　何であいつが出てくるんですか。雛菊様あいつと連絡取ってるんですか？」

「さ、さくら……こ、こわい……だって……小さい頃、さくら、凍蝶お兄さまのこと……」

「十年も前の感情です、もうゴミ箱行き、廃棄処理場通過、焼却済みです。私の一方的な思い込みだったんですから二度とお口になさらないように……。雛菊様、そんなことより、ストライキなどするご予定はありませんよね？　何か不満がある場合はすぐに言ってくださいね」

「な、ないよ……」

「……そうですか、なら良いのです。すみません……自分は少し不安になってしまって」

「……雛菊、が……同じこと、してた……だから？」

その言葉が投げかけられると、雛菊とさくらの間に少しの沈黙が流れた。

さくらは、雛菊からその言葉が出るとは思わなかったのだろう。

「いや、その……」

真っ直ぐに見つめられて、さくらは慌てふためく。思わず目を伏せて、愛する神様の視線から逃げてしまう。

「雛菊様は確かにストライキ前科がありますが……」

何とか主を傷つけないような言い回しをしようと頭をフル回転させる。

「夏の方とはご事情が違いますし……」

言い終わってから、ちらりと雛菊を見ると、雛菊は口を半開きにして固まっていた。

「ぜんか……それ、さいきん、ならった、ことば……」

気を遣いはしたが、『前科』とつけたことは間違いだったようだ。

「……ご、ごめ、ん、なさい……雛菊、は、たしかに、つみびと、です……」

「すみません！　すみません！　違うんです！　違うんです！」

「いいよ……前科者、だもん……」

「雛菊様、忘れてください！　経験者！　経験者ですね！　さくらは国語が苦手なんです！

さあ忘れて！　お菓子食べましょう？」

「ううん……」

雛菊は首を振り、それからさくらの近くに寄って手を取った。両の手で、温めるようにして握る。

「ひ、雛菊様……？」

突然の接近にドギマギしている従者に、雛菊は心の底から湧き出た言葉を囁いた。

「さくら……ごめん、ね。雛菊は、つみびと、だけど……」

それは過去の様々なことを指しているようだった。

「さくらの為なら、善く、なれる、の」

二人の間に起きた悲しいこと、嬉しいこと、辛かったこと。

「善い、にんげんに、なれるの。だから……みすて、ない、で……」

そういうものを全て内包して言っている。

「みすて、ないで、さくら。さくらの為なら、何だって、出来る、の」

その時のさくらの瞳には、雛菊の背に後光が見えた。

部屋に差し込む外の自然光が雛菊の髪や肌、そのすべてを覆って煌めいている。

静かな部屋に二人だけ。懺悔室で告解をするように祈る春の神様がそこに居る。

そこに居て、無力な人間に乞い願っている。

ただ傍にいて欲しいと。

――嗚呼、この方はいつまで経っても孤独なのだ。

さくらは、頼られる自分が誇らしかったが、同時に寂しくもなった。

今までも何度もこの神様の行動に心動かされていたが、今は本当に胸に来るものがある。

「みすてるだなんて……雛菊様」

握られていなかった方の手を、今度はさくらが雛菊の両手に添えて言った。

「……あの頃があったから、いま、我々は此処に居るのです。誰にも負けない。どんなことも二人で乗り越えると、誓ったでしょう？」

その声の温度は暖かく、真実に満ちていたので。

「うん……」

雛菊もほっと胸を撫で下ろした。

到着したその日は、それぞれにあてがわれた部屋もあったのに、結局同じ寝台で姉妹のように寄り添って眠りについた。


翌日から二人は春の顕現を行う場所を確認し、舞と歌を奉納した。

季節の顕現は、行った場所にはすぐに春が訪れるが、周囲には徐々に効果が現れる。

雛菊の舞と歌は回数をこなすごとに神秘性が増していた。

「西へ東へ　流れゆく風花を見よ」

まるで春そのものが彼女に乗り移り、冬を恋い慕っているかのようだ。

「細雪　灰雪　色を変え　冬はゆく」

四季歌はいくつか種類があるのだが、恋の歌をうたわせると抜群に声が伸びた。

「淡雪　粉雪　花びら雪　西へ東へ」

さくらはそれがどうしてなのかわかってはいるが、見守る視線は複雑なものになる。

「千里　万里と　越えてゆく」

簡単に冬のことを嫌いなれたさくらとは違って、彼女の主は慈悲深く、本来あるであろう遺恨をけして口にしない。むしろ会わない分、想いが募っているようにすら見える。

「たとえ抱擁叶わずとも　春はその背を追い求める」

雛菊が想う相手は、雛菊が誘拐された原因だというのに。

――慈悲深さも、時には困りものだ。

「お粗末、さま、で、御座い、ました。春は無事、此処に、います」

歌と舞を終えた雛菊のもとに、さくらは外套と毛布を片手に駆け寄って抱きしめるようにすぐ包んだ。

「お疲れ様です。車を停めているところまでまた歩かなくてはなりません。少し休憩してから参りましょう」

「う、ん」

「温かいほうじ茶と冷たいスポーツ飲料どちらもありますよ。どちらにしますか？」

「ほう、じ、茶のみたい、です」

軽量の折りたたみ椅子を広げ、さくらは雛菊を座らせる。保温保冷が可能なスープジャーを荷物から取り出しそっと雛菊に渡した。

更に登山用のリュックに括り付けていた赤い番傘を差して座っている雛菊の横に立つ。

よく晴れた冬の日。雪山の中で少女主従二人、番傘の下。何とも絵になる風景だ。

「……さくら、そんな、に、してくれ、なくても、いい、ん、だよ……」

自分だけ座っているのが居心地悪く感じられるのか、雛菊は困ったように眉を下げる。

「雛菊様、御身はこうされるべき方ですよ」

「登山、顕現、おつとめ、疲れてるの、いっしょ、でしょ」

「さくらはちっとも疲れていません」

「ねえ、傘、重い。さげよう？」

「こちらは私が雛菊様に似合うと思い厳選に厳選を重ね選んだものです。大変質が良く、番傘にしては意外と軽いのですよ。それに紫外線はお肌の大敵です」

「じゃ、いっしょに、すわろ」

「椅子は一つしかないんです」

「さくら、座って。雛菊、さくらのお膝、すわる」

「えっ」

「お膝、すわる。そしたら、いっしょ、だよ。ね」

「……それは断れないですね」

あまりにも魅力的な誘いだったのでさくらはつい従者ということを横に置いて了承してしまった。小さな椅子に娘二人。まるで仲の良い姉妹のようにくっついて座る。傘は差したままだ。

――幸せだ。

此処は静かで、何も余計なものがない。あるとすればそれは雪くらいで。

「雛菊様、雪をあまり見ないでください。目が焼けますすよ」

「でも、見ちゃう」

何処に行っても、最愛の主を惑わす雪さえなければ、もっと完璧なひと時なのに。

「雛菊様」

「ん」

「……だめです、目を休めて……」

さくらは少し駄々をこねたような口調で雛菊の瞳を片手で覆った。これが何の意味もないことだとわかっていても、今だけは、このひと時だけは、主を自分だけのものにしたかった。

「ごめん、ね」

謝られて、ため息が漏れる。雛菊の睫毛が揺れ動くのを指先で感じた。さくらの指の隙間から雪を見ているのだろう。基本的には大人しい主なのだが、譲れない所は頑として譲らない。それをわかっているのに、しつこくした自分が馬鹿だとさくらは思い知る。

膝に乗せているせいもあるが、雛菊の視線がさくらに向けられることはない。

さくらはずっと雛菊を見ているのに。

「……狼星、さま、お元気、なの、かな」

雛菊の黄水晶の瞳は、まっすぐ、もうすぐ消えてしまう雪に向けられている。

彼の代行者が齎した季節の残骸に。

「どうでもいいでしょう、あんなの。貴方様が気にかける必要はない」

ついつい棘のある言葉が出てしまった。

「……ちょっと、元気、かな、って、思った、だけ、だよ」

「あれが元気だとむかつきますね。苦しんでいて欲しい」

「そんな、こと、いわない、で……さくら、雛菊、は、ね……ほんとう、に、狼星、さま、のこと、冬の、こと、恨んで、ないんだ、よ……」

「……」

「『わたし』が、好き、だった、人、だから……今も…どうし、て、も……気に、なる、だけ、なの……」

雛菊は、少し妙なことを言った。だがさくらはそれに対して疑問符を浮かべることなく返す。

「貴方のご意思ではないと……？」

「……どう、だろ、う……さくら、に、初めて、会った、時、は、さくらだ、って、わかった、けど……でも、それって、借り物、だから……」

雛菊は足を少し所在なさげに揺らしながら言った。

「……しらない、ひと、の、お家に、勝手に、住んでる、みたい、な……」

「でもそこは貴方のお家です」

「そうだけ、ど、でも、やっぱり、違う、ん、だよ………だから、ね。『代替品』……の、雛菊、と、仲良く、して、くれる、さくら、に、すごく……すごく、感謝、してる、よ」

さくらは主の不可思議な言動に、悲しげに顔を歪ませた。

膝の上に居る少女が急に不確かなものに感じられる。

――そんなこと、言わないで。

懇願が口からは漏れずとも、頭の中に響き渡る。

『……もう、帰って、いい、よ。勝手に、死ぬ、から』

響き渡る。

「雛菊様。お医者様も言ったでしょう。延長線上に居るって」

さくらは自分にも言い聞かせるように、敢えて力強く言った。此処で自分が自信を持って言ってやらねば主が壊れてしまうという不安はけして漏らさない。

「……う、ん」

「代替品じゃありません。御身もまた、花葉雛菊様なのです」

「………」

「ご自分ではそう思えなくても、さくらはそれがわかります。でも、昔に戻ろうとしなくても良いんです。新しいいまの雛菊様もさくらは大好きです。頑張ってる……貴方が大好きです」

「……うん」

二人の会話はそこで綺麗に終われば良かったのだが、雛菊の小さな頭が、さくらの身体にそっと寄りかかった。

「……じゃあ」

体重を預けるようにするのは、信頼の証だ。幾度も幾度も心が千切れて、それでも寄せ集めて何とか立っているこの少女からの信頼は、さくらには何事にも代えがたい。

だからさくらは裏切ってはいけない。

「狼星、さま、を……想って、も……いい……？」

裏切ってはいけない。

自分が励ます為にかけた言葉のせいで、思いもよらぬことを願われたとしても。

「雛菊、ね、……会わせて、あげたい、の……どうして、だろう、ね……自分は、別人、なのに、狼星、さま、への、好き、の、気持ち、は、死んで……ない、みたい、なの……」

胸がどれほどざわざわと騒ごうとも、裏切ってはいけない。

「さくら……雛菊、ね……狼星、さま、に会いたい……『あの子』を、会わせて、あげ、たい」

それをしたら、『現在の』雛菊すら喪ってしまうかもしれないのだから。

――それだけは絶対に駄目だ。

さくらは膝の上に居る主が戻ってきてくれた当時感じた恐怖を思い出した。


黎明十八年、秋頃。

一人の娘が、春の里を訪れていた。


山々に抱かれて存在する春の里は大和の地図には記されていない。

四季の代行者を養成する『里』は大和の各地に存在する。

「春の里」、「夏の里」、「秋の里」、「冬の里」、すべて場所は国家機密として秘されている。

その中で、関係者の間では最も自然豊かで美しいとされているのは「春の里」だった。

里は、外界を遮断している大きな塀に囲まれている。

塀をくぐり抜けると、茅葺屋根の家々が見える。里は入り口からずっと大きな一本道があり、それはやがて鎮守の森へと続く。森を抜けると小高い丘が、丘の上までは長い石階段が続き、脇に植えられた季節の花々や木々を眺めながら登っていけば本拠地に辿り着ける。

『春』を祀り、春の代行者を育成する『社』と呼ばれる場所である。そこに仕える者達が生活をしている本殿と、四季を祀る拝殿の二構造となっている。広大な敷地に、贅を尽くした大和家屋だ。この古き良き春の里に、外部からやって来た来訪者は、社の前で心細げに立っていた。

娘は、一言でいえば、みすぼらしかった。

黒髪が少し混じった白髪は手入れをされておらず、腰まで伸びている。服を買う金がないのか、秋も差し掛かるというのに薄手の黒のシャツにデニムのショートパンツを穿いていた。

本来なら、このような娘が入れる場所ではないのだが、娘は招かれた立場だった。何処から車で運ばれてきた娘は山の中を散々歩かされ、そうしてようやく此処に居る。

しばらくすると、社の本殿の中から着物姿の女性が出てきた。

『里長がお待ちです……着替えは持っていますか？』

娘は首を横に振る。そもそも持ち物という持ち物が無かった。リュックサックを一つ持っていたが、膨らんではおらず、乱暴に刀が突っ込んであるだけだ。

『……そのままでは、お目通り叶いません』

『呼んだのはそちらだろうが』

『我々が呼んだのは、春の代行者の従者であり……家無しの薄汚れた旅人ではありません』

『話というのを聞くのに、服装を正す必要性を感じない』

侮蔑の眼差しを受けても、娘は負けじと睨み返した。


『……わかりました、では姫鷹さくら様。こちらへ』


贅を尽くした大和建築家屋は、さながら和の城と言えた。

何処を歩いていても美しい大和庭園が目に入る。

さくらは本殿の中をぐるぐると回ると、やがては応接の間と言える一室に案内された。

しかしそれからすぐに呼びつけた張本人が現れることはなかった。里に着いたのは昼過ぎだったが、空に夕焼けが滲む頃にようやく招致した相手と対面出来た。

『……人を散々待たせて何様のつもりだ、ババア……』

開口一番、さくらはそう言った。

先制攻撃にちっとも怯まず、相手も言う。

『口の利き方に気をつけなさい、小娘』

この春の里を取り仕切る里長と呼ばれる老女である。年は七十を超えているだろう。

本殿の一角にある和室の中で、二人は正座して向かい合っている。

『姫鷹さくら……春の代行者花葉雛菊の捜索の為と大義を抱えて……冬の里に身売り……冬にも見捨てられた後は人里に身を落として、見るも無残な姿で生きていた……そんな恥知らずな貴方を断罪せず迎え入れてやったことに感謝は無いのですか』

さくらは冷たい言葉に応酬するように鼻で笑った。

『……物は言いようだな。私は里で生まれたが、里に仕えているのではない。我が主はただお一人だ。その主が消えたとなれば捜すのは当たり前だ。雛菊様の捜索を早期に打ち切ったお前達と居る利はない。冬の方がまだ利用出来た。そしてお前達は私を迎え入れたのではなく、お前達が私を捜し当てた。違うか？』

『……随分と、口が悪くなりましたね』

『九歳で捨てられれば口も悪くなる』

『……どんなことがあろうと折れない刀になれと言って貴方を育てました。けれど失敗したようです。利を得る為なら、相手は誰であっても構わなかったと。まるで娼婦です』

中傷を物ともせず、さくらは冷笑を浮かべ続ける。

『娼婦で結構。主の為ならば盗人にも娼婦にもなってみせよう。それで、本来なら視界にも入れたくないであろう存在を呼び寄せた理由は何だ？　今から此処で裁判でも始める気か』

『……』

『それとも、互いの情報のすり合わせか？　今更、再捜査する流れになっているのなら、こちらが持っている情報はすべて開示する』

『再捜査をするつもりはありません……』

さくらは、予想していた反応だったのか嘲笑った。

『そうだよな……お前達は、雛菊様が死ぬほうに賭けているんだからな』

びしり、と空気に亀裂が入ったかのような緊張感が走った。

元々悪かった雰囲気が更に最悪の方向に流れていくのを両者共肌で感じる。

里長は、何か言いたげに口を開いたが、さくらが先制でそれを阻止した。

『代行者はその生命を奪われない限り、また、季節の顕現をせしめる神通力が枯朽しない限り、春を行使出来る』

『行使出来なくば、次代の春がすぐに見出される』

――外道共が。

『あの方が消えてしまわれてから八年、未だに春が無いのだから、雛菊様は生きている……』

――恥を知れ。

――恥を知れ、恥を知れ、恥を知れ！

『だが、お前達は雛菊様が早く死んでくれることを祈った！　だから捜索を打ち切った……恥知らずはお前達の方だ！　この外道がっ！』

さくらは頭の中に熱湯がずっと沸いているような感覚に見舞われた。座っているのに、怒鳴り散らして、息が続かなくなる。ストレスで持病になってしまった過呼吸症状だった。

『……っ』

口元を押さえて、深呼吸をする。なんとか発作が出ないように、苦しい気持ちを呑み込んだ。

――言ってやった。やっと言ってやった。

ずっと、この事実を叩きつけてやりたいとさくらは思っていた。

だが、言ったからといって何かがすっきりと晴れ晴れするわけではなかった。嬉しい気持ちすら湧いてこない。生まれるのは、虚しさと、言いようもない悲しさだけだった。涙が滲んできそうになり、唇を噛む。

『……新しい代行者が生まれることを願うなど……良くそんな真似が出来たなっ……！』

最後の言葉は、絞りだしたような苦しげな声しか出なかった。

里長は、しばし沈黙する。

糾弾されれば、非があると認めるべき側は春の里だというのは明らかだった。

さくらの言っていることは、順序立てて説明するとこういうことだ。

花葉雛菊というこの国の春の代行者が何者かに誘拐されて消えた。

四季の代行者は、当該人物が死亡するか、高齢により神通力を行使出来なくなるとその能力は別の者に譲渡される。対象者は、この四季の代行者という制度が始まった神代から続く血族の誰かになり、超自然的に選出される。

次代の者が見出されていないということは、花葉雛菊は攫われても尚、存命状態にある。

しかし、春の里は早期に捜索を放棄している。

この世界の何処かに、役目を果たせなくなった途端に、放棄された娘が居るのだ。

『今も、この瞬間も！　見殺しにしている癖に、よくもっ……！』

『……四季の代行者として命じられた最初の人間達の種の保存……里が出来た存在理由はまずそこにあります』

さくらを宥めるように、ゆっくりと里長は話していく。

『……我らが春の里は、滞りなく春を回す為だけに存在します。代行者が消えてしまったのならば、次代を求めるのは当然のこと。帰ってこない者にかける望みも金もありません。賊に攫われたのです……早晩、亡くなるであろうと思われていました』

『利用できる間は神だ何だと持て囃すのに、使えなくなれば塵屑扱いか……』

『……』

『だがお前達の予想は外れてあの方は八年生きている！　来るんじゃなかった……お前達が何を求めていたのか知らないが、話しているだけで虫酸が走るっ……』

『お待ちなさい……さくら、話を聞きなさい』

『今更何なんだ！　捜しもしてないなら私を呼び寄せて何の意味がある！　嘲りか？』

『違います、聞きなさい、さくら』

さくらは、無言でそのまま立ち上がった。それに里長も反応し、引き留めようとする。さくらの腕が掴まれた。容赦なく跳ね除けるが、また掴まれる。

『……おい、婆さんだと思って私が手加減すると思ったら……』

『帰還しているのですっ！』

さくらは、その言葉をすぐ理解出来なかった。

『……は？』

息が、止まった。

『……代行者雛菊は帰還しています。半年程前に、発見されました……これは、まだ何処にも公表されていません……』

『……そん、な、だって……』

声が、裏返る。驚くべきことを聞いて、こういう時、すぐに問いただし、目眩でも起こすべきなのだろうが、そういったことは実際出来なかった。

反応は、声に出ない代わりに身体に現れた。指先が自力では抑えられないほど震えている。寒くもないのに、歯の根も合わない。

『だっ……て……』

やっとのことでひねり出せた声は、か弱い少女のような声だった。

『半年前……？　何故、見つかっていたのなら、公表しない……私に、連絡は……』

『貴方は行方が知れなかったし……そもそも従者は代えるつもりでした……』

尚も胸をえぐる事実をつきつけられて、さくらは言葉を失った。

『……っ』

誘拐当時、役に立たなかった従者を更迭するというのは当たり前といえば当たり前だが、実際に聞かされると衝撃があった。

――だが、それなら呼んだのは何故だ。

さくらはこの里長が温情でかつて守れなかった主との面会を許す人間とはとてもじゃないが思えなかった。

――何か裏があるはず。

そう判断し、睨みつけると、さくらの考えが伝わったのか里長はか細い声で話しだした。

『我々は国家治安機構から花葉雛菊の身柄を預かり、回復に努めさせましたが、状態が良くならないのです……このままでは、機能せず終わる可能性があります。誘拐事件で……彼女は、以前と随分変わってしまいました……心が壊れて……いえ、『神様になりかけています』。それを阻止する為に新しい従者を次々と与えましたが、うまく行かず……』

里長の語った主の現状にさくらの顔は青ざめる。

『言葉は、言葉はまだ喋れているのか？』

『……幼児退行している面がありますが、言語能力は機能しています。このまま人としてのバランスが失われると、神に近付き過ぎることになる……つまりは』

投げかけられた言葉は、さくらの心理を更に揺さぶった。

『夭逝してしまいます』

さくらがもう逃げないことを確認すると、里長は手を離して、言い聞かせるように言う。

『従者の存在は……身を守ることよりも、御心をお守りすることで、人の側に留める為にあります。四季の代行者は……彼らが否定しようが、現人神であり……そして、我々とは異なる生物です。人の心が失われていけば自然と神側に行ってしまう……行けば、戻れません。姫鷹さくら、貴方には……本当は戻って来て欲しくなかった……ですが、あの方をどうにか出来るとしたら、やはり、貴方しかおりません』

『……よくも……そんな……こと……』

さくらの頭の中には様々な言葉が浮かんだ。


――『今更』、『お前達のせいで』、『死ぬならお前が死ね』、『何故、もっと早く』、『だったら何故私を放り出した』、『見捨てた癖に』、『助けてくれなかった』。

『………貴方には否定されるでしょうが、私とて、生きて帰って来てくれたあの方を何とかして差し上げたい。どうか、雛菊様をお救い下さい』

――『嘘をつけ』、『すぐ死ぬと思ってたんだろう』、『だが死ななかった』、『あの方はお前達に見捨てられて数年を生きた』、『今すぐ同じことをしてやりたい』、『お前達にとっては道具でも』、『私にとっては、私にとっては』。

『案内します、拝殿の一角に今はお住まいです……』

――『私にとっては、世界で一番大切な女の子だったんだぞ』。

頭の中の言葉は、呪詛のように渦巻いて消えなかったがもうさくらは喋らなかった。

一言口に出せば、目の前の里長に殴りかかるのを止められない気がした。今はどんなに憎かろうが自分と消えた主を繋いでくれる点の一つだ。此処は大人しくしなければならないとわかっていた。わかって、歯を食いしばった。

――だが絶対に許さない。

復讐心だけは胸に刻んで、里長が案内する拝殿までの道のりをただ黙ってついていく。

拝殿まで辿り着くと、里長は姿を消した。

自分が居ない方がいいだろう、人が来ることは伝えてある、と。

さくらは『上がらせて頂きます』と宣言してから入る。拝殿は四季の春像が並べられた間から、奥に進む道があった。まるで物語に迷い込んだように幾つもの障子を開けては進んでいく。進む和室の至る所には乾燥花が吊るされており、それは奥に進めば進むほど異様な光景になっていった。種類にこだわりはないのだろう。かすみ草、薔薇、薫衣草、千日紅、花浜匙、様々な花が束にされて壁に飾られている。上を見ると天井にも吊るされていた。これでは部屋の中というより花の中だ。やがては、和室という部分すら認識出来ないほど花と草木に蝕まれた一室にたどり着いた。恐る恐る部屋をいくつか回ってみたが、何処にも人は見当たらない。隔離されているその理由とは何なのか。

恐らくは此処に居るであろう最後の一室の前で、さくらはふと足元に視線を落とした。

『……？』

障子の隙間から、風がよこした花びらがさくらの足元に転がってきた。薄桃色の桃の形。桜の花びらだ。

――本当に居るんだ。

今は秋だ。紅葉と銀杏が里を包んでいる。桜が咲くはずがない。これは存在すること自体がおかしいものである。

――春の代行者の力だ。匂いが、違う。

秋とは違う香りが、誘っていた。それは儚くて、すぐさま覚めてしまう夢のような季節の香り。春の香りだ。さくらは近づき障子に手をかける。開くとそこから桜の花弁がまたいくつも入り込んできた。

はらり、はらりと花弁が。踊るように、くるくると。

開けた扉の向こうの世界を見た瞬間、嗚呼と吐息が漏れた。

それは印象的で、ひと目で人を征するもので。魅了の力は女王の如く。

五感すべて、根こそぎ奪われ。時を止められるほどの美しさ。

「揺れた　揺れた　さくらの花が
落ちた　落ちた　さくらの花が
薫り纏て　いざゆかん
春の通りだ　目を瞑れ　その美しさは誰がために
誰がために　誰がために　春の通りだ　通りゃんせ」

白い着物を纏った少女が縁側に腰掛けて歌っている。庭には、成人男性ほどの高さの小さな桜の木が生えていた。代行者の力としては衰えているが、確かに春の顕現が出来ている。

『通りゃんせ　通りゃんせ……』

歌の途中で少女は口を閉ざした。こちらを振り返る。その瞳は、さくらを知己の人物と認識してはいなかった。身をよじり、庭に裸足で下りる。明らかに身体は逃げる態勢を整えていた。

『雛菊様っ！』

さくらは悲鳴のように叫んだ。

『雛菊様！　さくらです！　貴方の……貴方のさくらです！』

ぴたり、と少女の動きが止まった。さくらは、次の言葉がすぐ出なかった。

いまそこに、自分の主が居る。さくらが守れなかった春の神様が、生きてくれている。

その事実だけで、呼吸が出来ないほど苦しい。

『姫鷹さくらです……！』

―息を吸え、その身を証明しろ。

『お守り出来なくて、申し訳ありませんっ……！』

―お前の神は目の前に居る。

『ずっと……ずっと……』

―目の前に居るぞ。

『ずっと、捜しておりましたっ……！　雛菊様……！』

さくらは、気がつけば自然と膝を折り、泣き崩れていた。

『……っ』

本当は土下座をするつもりだった。けれども、泣くばかりで、膝に力が入らず、手にも握力がともらない。

『……ううっ……くっ……う、ううっ……』

ただ、床を叩いて泣いているような格好になってしまう。何とか、姿勢を正さなくては。そう思い、必死に手を震わせながら動かし、額を畳につける。だがすぐにそれは崩れた。

『さく、ら』

まるで、機械仕掛けの人形が話しだしたような声が降ってきたからだ。

思わず顔を上げてしまった。

『……さ、く……ら？』

さくらの神は、音もなく目の前に来て、こちらを見下ろしていた。滂沱の涙を流しながら、放心しているさくらの顔を、髪を、唇を、少女は指先で恐恐と触れていく。

『ほ、ん、と、に、さ……く、ら……？』

『ひ、雛菊様っ……』

『か、み、どう、した、の……？　きれ、い、な、くろ、かみ、だった、よ、いま、しろ』

『雛菊様、雛菊様、雛菊様っ……！』

さくらは、震える手を伸ばした。

『……雛菊様、お会いしたかった………ずっと、ずっと、さくらは捜していました』

たまらず、雛菊の足にすがってしまった。

『……』

雛菊は、すがるさくらを慰めるように頭を撫でてくれた。

音の調子が外れた、おかしな喋り方のまま語りかける。

『雛菊様っ……！　雛菊様……』

『さ、くら、ひ、な、ぎく、捜して、た？』

『捜しておりましたっ……ずっとっ……』

『ずっと、さ、が、して、た……？』

『ずっとです……ずっと……！　捜していない日はありませんっ！……雛菊様っ……』

その言葉を聞くと、雛菊は夢心地のようだった表情を、少しだけ切なげに歪めた。

『そっか……ひな、ぎく、を……捜して、た、ん、だ……ごめんね……』

『いいえ、いいえ……従者でありながら、御身をお守り出来なかったこと、深く陳謝致します

……お怒りが収まらなければ、どうぞ如何ようにも罰を……』

『……う、うん。ちがう、の。ひなぎ、く、ね』

『はい、雛菊様』

どんな言葉でも受け止めよう、そう思い主の顔を見つめたが。

『もう、死んじゃった、の』

雨のように冷たく降ってきた言葉は、予想外のものだった。

『……は、死……んだ、とは？』

『……もとの、ひな、ぎく、は、死んじゃった。今の、ひなぎく、ちがうひと』

『……雛菊様？』

ごとり、と心臓が嫌な音を立てた。

さくらはつい半笑いになる。だって目の前の人は、成長して更に美しくなっている。あまりにも儚げな様子だが確かに自分の主だ。見間違うはずがない。どこをどう見ても、さくらがずっと追い求めていた春の代行者だ。桜の顕現がそれを示している。

『違う……とは……雛菊様、すみません、さくらは……理解が……』

『前の、ひなぎく、は、ね。耐えきれ、なくて、途中で、消えちゃって……今は【雛菊】が、代わり、なの。捜してる、ひなぎくじゃ、ないの……』

『……確かに、前と随分お話し方も違いますが……けれど……』

『でも、ちがう、の。ちがうって、ね、みんな、にも、言ってるのに……』

『……』

何かが起きていると、さくらは感じた。それは、自分が安易に想像出来るようなものではないとも。当の雛菊は困ったような下がり眉をして、さくらを見ている。

『突然現れたこの困った少女をどうなだめようか』と、そんな表情をしている。

さくらはすがっていた手を思わず離した。

『……ごめ、ん、ね』

温度の低い声がまた降ってくる。

『………ごめん、ね、さくら……だから、かえって、いい、よ』

遠回しの拒絶が聞こえて、胸が刺されたように痛んだ。

『誰か、気を、まわした、ん、でしょう？　良い……って、言った、の、に』

確かに、この方は何か前とは違うのかもしれない。

『みんな、【あの子】が、死ぬの、待って、たの……知ってる、よ』

喋り方が違う。表情が違う。

『なら、そうして、あげる。そのうち、いまの【雛菊】も死ぬ、から、放って、おいて』

姿形だけ一緒で、違う中身の少女が喋っているかのよう。

『そしたら、次の人、に、仕えて。かえって、いい、よ。ありがとう、ね、さくら』

ぞっとした。思い描いていた再会とは、まったく違う事態がいま、展開されている。

『……っ』

さくらには、ここで挫けて退場する選択肢が提示されていた。

言われた通りに此処を立ち去り、もう春の代行者のことなど忘れて生きる。

そんな選択肢が、頭の中に浮かんだ。

――やめろ。

すぐに内なる自分が否定の言葉を投げかける。

――やめろ。

ずっと一人の少女に固執して、その人の為に生きてきたのだ。無事生存していたのだから、歓迎されていないのだから、新しい人生を生きる選択肢がある。

――要らない、そんな人生なんか。

いま此処で言われた通り帰ればいい。まだ十代、いくらでも取り返しがつく。

普通の人々が送っているような、正しくて間違っていない時間を過ごす機会が此処にあるのだ。最後の機会かもしれない。季節がなかろうが、あろうが、そんなのはどうでも良いと、私の人生に関係ないと言ってしまえば良いのだ。十年前命を懸けて救ってくれた少女のことなどもう見捨ててしまえばいい。相手も要らないと言っている。

――それが。

そう、運命が囁いている。

――それが、どうした。

そう、運命が囁いているのに、さくらはそれを受け入れなかった。

――それがどうしたと言うんだ。正しさなんて要らない。

雛菊の居ない人生を一度でも想像した自分を拒絶した。

雛菊以外の友達を大勢作って、学校にでも通って、誰かと恋に落ちて、結婚して、子どもをもしかしたら授かって。ささやかだが穏やかな生活をすれば良いと。

――五月蠅い。

囁き続ける運命に対して、さくらは。

――五月蠅いんだよ、糞が。

『いいえ……』

さくらは牙を剝いた。

――五月蠅いんだよ、死ね、消えてしまえ。

頭の中で主を裏切る考えを抱いた自分を殺した。

何度も何度も殺した。殴殺した。轢殺した。絞殺した。刺殺した。禁殺した。磔殺した。射殺した。毒殺した。圧殺した。惨殺した。誅殺した。扼殺した。要殺した。抉殺した。殺して、殺して、殺し尽くして、忠誠心がある者だけ残した。

『いいえ、還る場所は一つです』

そうして今の姫鷹さくらが出来上がる。

――雑音は全部死ね。何だと言うのだ。

主が生きていた。自分を必要としていない。だが、それがどうした。

――いらない。この方の傍に居る権利以外、何もかも。

『如何なることが、あろうとも、さくらは貴方の下僕。貴方の元にたどり着きます』

それが、何だと言うのだ、とさくらはもう一度自分の心に刻むように思った。

『長き不在をお許し下さい。姫鷹さくら、只今、御身の元に馳せ参じました』

そう言った時の雛菊は、何か信じられないものを見る瞳をしていた。


――雛菊様の信頼を失うのだけは絶対に駄目だ。


現在のさくらは、自分の体中を走り回るおぞましい蟲のような不安感に襲われていた。主の望むような言葉を授ければ良い。満足させるべきだとわかっている。彼女はもう、憎しみの谷に居ないのだ。けれども、さくらもどうしようもないほど苦しい思いを抱えていた。十九歳の娘が背負うにしては、何もかも大きすぎた。本人は抱えすぎて身動きが取れなくなっていることに気づいていない。

「でも、貴方が誘拐されたのは冬のせいなんですよ……」

苦し紛れに、それだけ言う。

――駄目なのに、言ってしまう。

さくらは、それが雛菊に通じないことはわかっていた。

「……違う、よ。罪、おかした、のは、賊、の、ひと」

さくらの人生で、苦しみから逃れる為に必要なことを、もう雛菊は必要としていない。

「あいつらは見捨てました。あいつらのせいで人生が壊されたのに……？」

雛菊は、人生でひどい裏切りを受けた。だというのにそれを乗り越えたのだ。

さくらはまだそれが出来ていない。ずっと出来ないかもしれない。

「他の者なら……いえ……私達に信用していい味方なんていません……」

いや、出来ないのではなく。

「そんな、こと、ない、よ」

したくないのだ。

「いいえ、そうです」


したくない。憎んでいないと、さくらはうまく機能出来ない。


「どうして、さくらが、それを、言うの？」

雛菊はさくらに寄りかかるのをやめて、身をねじり振り返った。二人の視線がようやく交じり合う。さくらが欲しかった視線だ。視線をくれた主の黄水晶の瞳は、切なく揺らいでいる。

「狼星、さま、凍蝶、お兄さま、わるもの、に、すると、心、らくになる……から？」

——神様。

「すごく、わかる、よ。さくらの、きもち。雛菊、そう、だった。苦しい」

――私の神様。

「でも、ね、それ、自分が、かってに、わるもの、つくってる、だけ」

――貴方のそのいとけなく、無垢なはずなのに。

「それ、ね、さくらが、教えて、くれた、の」

――天と地も見渡すような目で物事を受け止める、そういうところが。

「教えてくれた、さくらが、どうして、そんなこと、いうの……？　本当は、わかってる、よ、ね……？　あの日、二人、が、守ろうと、してくれてた、の……」

――私をひどく傷つける。

「誰か、をわるもの、に、すると、さくらが、くるしい、まま、に、なる」

雛菊の言葉は清らかな祈りそのものだった。

「……かわれ、なくても、雛菊、は、さくら、が、好きだけど……」

祈りそのもの。光り輝いていて、苦しくない道をさくらに示してくれる。

「でも、くるしまない、で、ほしい、よ」

だがさくらは憎しみを捨てたくないのだ。いま、捨ててしまったらきっと。

「……雛菊様」

きっと、弱くなってしまう。

――私、何年も貴方を捜したんです。

弱くなる。

――春が見捨てても、冬が見捨てても捜しました。

弱くなれば、刃にはなれない。

――私には怒りが必要だったんです。

刃になれなければ、最愛の少女を守れない。

――憎しみが必要だったんです、雛菊様。知らないでしょう。

最愛の主を守れない。

――知らないでしょう。憎しみがないと。

守れない、と。

――生きられない人間も居るんですよ。

守れないと、雛菊もさくらも死んでしまうから。

「……」

さくらは気持ちを整理するように息を吐いた。

「お言葉通り出来るよう努力、はします」

「本当?」

「はい、努力は、します……ですので……雛菊様」

「な、に？」

「好きだと、もう一度言ってくれませんか。頑張る力が欲しい」

言ってから、なんて愚かな願いだろうとさくらは思った。

——愚かしい、浅ましい、わかってる。

これではまるで子どもの駄々だ。恨んでいる相手が、主からの好意を何の苦労もなく受け取るのが嫌で、自分にもくださいと我儘を言う。彼女は自分の母親でも恋人でもないのに。

「嘘でもいいんです……」

主と従者。神と神。女と女。男と女。何もかも違う組み合わせで張り合うのは馬鹿らしいとさくらとてわかっている。狼星と雛菊の関係性とさくらと雛菊の関係性は違う。

憎んでいたとしても、主の心を縛りつけ、自分だけ見てもらうようにするなんて愚かだ。

——ごめんなさい。

それでも欲しい。この少女からの愛が。

——何かの代わりにしている。

負の感情を糧に今まで生きてきたさくらに必要なのは、正に雛菊そのものだった。生きる希望がこの少女しかない。

——貴方は貴方で苦しいのに、ごめんなさい。

だから視線が欲しい。関心を求める。そして乞い願う。私のことも、愛して欲しいと。

「……どして、また、そういうこと、いうの……うそ、つかない、よ……」

張り合わずとも、もう神は十分慈しんでくれているというのに苦しいのだ。

「さくら、好き」

嘘偽りのない響きで、さくらの耳に欲しかった言葉が届いた。

――良かった。貴方が私を愛してくれる度に。

「好き、だよ。優しい、とこ、ろも、おこりんぼ、な、ところ、も」

――私の中で何かが許されていく気がする。

「好き、すごく、す、き」

――だから免罪符のように求める。

「だいじょうぶ、だ、よ。さくら」

十年前から痛いと訴えてくる心を癒やせるのは、雛菊だけだった。

「……雛菊様」

さくらは不都合な真実は見ないようにした。

「雛菊様、私も好きです」

あともう少しだけ何もかも憎んでいたい。さくらは番傘を手放した。地面に放る。代わりに、向き合ってくれた主を抱き寄せた。雪原の中、自分達に反射する光に抵抗するように雛菊を掻き抱く。雛菊はそうされると腕の中で微笑った。『痛いよ』と言う。さくらは慌てて力を緩めた。

「雛菊様……」

「大丈夫、だいじょ、ぶ、だから、ね……」

「はい……」

雛菊があやすように囁く。さくらがどれほど失態を見せても、雛菊が彼女を手放すことがないという想いが、言葉越しに伝わってくる。

――ごめんなさい、雛菊様。

九歳だったさくらがここまで己を奮い立たせて生きてこられたのは、本当は捨てたほうがいい感情と、後悔と執着のおかげだった。

――ごめんなさい、もっと普通に。

それがないと生きられなかった。生きていけなかった。

――普通に、貴方のことを、好きでいられたら。

この『好き』が歪んでいることくらい、さくらも気付いている。

「一生、お傍で聞きたいです。一番近くで、離れずに」

さくらの愛は、少し歪で、しかし誰よりも健気で。

「……うん、何回でも、言う、よ。さくら、雛菊は、さくら、が、好き、だから、ね……さくらを責めて、ない……待っててくれて、感謝、してる……忘れない、で……好き、だよ」

この在り方でないと、機能出来ない。

「はい。さくらも好きです……絶対に、一生守ります……」

だから、今だけは憎しみも依存も必要で、手放せない。

「だいじょう、ぶ」

すべてわかっている雛菊は、惜しみなく言葉と視線をさくらに与えた。

「さくら、好きだよ」

「……はい」

「すごくすごく、好き」

「はい、雛菊様」

愛を唱える娘と、愛を乞う娘の間にあるのは恋ではない。

「だから、大丈夫、だよ」

「……はい、雛菊様」

恋ではないが、恋よりも激しく、愛よりも純粋で。

「さくらは、貴方がいれば大丈夫です」

やはり少し壊れていたが、二人の間では正常な感情だった。

雛菊が『好き』を五十回言う頃には、さくらも元通り笑えるようになった。

夏離宮滞在から数日。

春の顕現を行い続けた雛菊達は予定通りの日程で無事、衣世での務めを果たした。

二人が訪れたばかりの頃はまだ雪の積もった冷え冷えとした景色だったが、少しずつ暖かくなっている。これぞ冬から春への衣替えといえよう。

顕現を終えた雛菊達は数日の休養をした後、次は帝州へと向かわねばならない。

「……雛菊様、大丈夫ですか？」

雛菊は、連日の神通力の使用で疲労が蓄積したのか、部屋に戻るなり熱を出してしまった。

「……ん……ねつ、ある、だけ」

布団から少し顔を出して、弱々しく答える自身の主の姿にさくらは胸を痛める。先日、顕現の後に少し雪の中で喋りすぎた。それが原因かもしれないと思うと悲しい。

雛菊はその考えを察したのか、『あの日のせいじゃないよ』とすぐに付け足してくれた。

「……とにかくお熱を下げましょう。お薬をお持ちします。お夕食、ご用意していただいた物ではないほうが良いですね。さくらが台所を借りて作ってまいります。お粥でよろしいですか？」

「卵、はいってる、やつ、が、いいって、言ったら、わが、まま……？」

「お熱が出ている時も、そうでない時も、どうぞさくらにわがままをおっしゃってください」

さくらは雛菊の額に貼った冷却シートの位置を入念に直してから、台所へ向かった。

雛菊の警護の為、もうこの建物の造りは頭に入っていた。迷うこともなく辿り着く。

夏離宮は構造としては洋館の造りをしていて、一つ一つの部屋が広い。

台所も客人が来た時の為か、冷蔵庫が二台用意されていた。厨を預かる者が一人も見当たらなかったので、さくらは勝手に冷蔵庫を開けて良いものかとしばし思案する。

「何かご入用でしたか、姫鷹様」

後ろから声をかけられ、振り向くとあやめが居た。

出かけていたのか、品の良いお嬢様然としたワンピースを着ている。

「ああ、あやめ様、冷蔵庫の物を使ってよろしいでしょうか……雛菊様が熱を出されまして……夕食は私達がいただくものとは別のものにしようかと……」

「まあ、それは心配ですね……もちろんです。厨にあるものはお好きなように使っていただいて構いません。料理人はいま買い出しに出ていますし」

「助かります、それでは遠慮なく」

さくらが冷蔵庫を開け、ひょいひょいと食材や調味料を素早く手にとっていく様子をあやめが興味深そうに見つめる。

「……あの、何か」

「いえ、姫鷹様は料理が出来るのだなあと……」

「お粥ですよ。誰でも作れます」

「……お恥ずかしい話ですが、私、作ったことがないんですよ」

「えっ」

素っ頓狂な声が出てしまった。

「今まで、すべて周りの方々がやってくれていたので」

代行者と従者は、基本的に幼少期から季節の顕現の為各地に赴く。同行する大人が食事を用意するので料理する機会が無いというのはあり得ることではある。

「結婚するのに……まずいですよね、相手に全部作ってもらうわけにもいきませんし……夫が風邪をひいた時の為に、お粥くらい作れないと……」

さくらは、この親切な従者に『そうだな』と言うのは憚られたので、おずおずと一緒にやってみますかと誘った。あやめが嬉しそうに何度も頷いたので、娘二人で仲良く台所に立つこととなった。とは言っても、どれだけ凝ったものを作ろうが粥なので自然と鍋を見守る形となる。

しばらく二人静かに鍋を見ていたが、沈黙が長くなったところでさくらが口を開いた。

「……あの、ストライキ……のこと聞いてもよろしいでしょうか」

それはかねてより聞いてみたかったことだ。あやめは眉を下げ、弱々しい声で言う。

「ああ……お恥ずかしい話です。主にストライキされるなんて……」

「いえ、その……」

「簡単な話なんです。妹は小さい頃から私のことを自分の所有物だと思っているところがあるんですよ」

彼女の頭の中には、二人で過ごした様々な日々が浮かんでいるのだろう。あやめは自分達の過去を思い出すように語る。

「ほら、代行者は『神』として扱われますから学校にも通いませんし、本当に閉ざされた世界で育ちます。……従者への依存心が強いんです。私が結婚して従者を辞めるのも、自分の玩具を他人に盗られたように感じているんです……貴方は私のものなのに……と」

さくらは、その感覚が理解出来た。だがそれは、代行者特有のものではないとも思った。

――それは、私達もそうでは？　だから、貴方もそんなに悩んでいるのでは。

自分達従者も、どこか自分を『代行者の物』だと信じ込んでいるところがある。

絆が深くなる度に、それは強くなるのだ。主から離れることは、身をもがれるような痛みすら心に齎される。姉妹で不仲といえど、その感情を夏の従者が抱かないとは思えなかった。あやめの様子を見ながら、さくらは話を続ける。

「……しかし、よくお許しになりましたね……里が。従者は身辺警護の意味合いもありますが、どちらかというと『神様になりすぎないように』と言いますか……代行者の精神安定の為に居るようなものですから」

「そこは、夏特有のものですね。幼少期は家族が支え、年頃になればつがいとなる者に終生支えさせる。そういうしきたりですので今回の婚姻は私だけのことではないのです」

「というと、夏の代行者様にも婚姻が……？」

さくらとしては衝撃的な内容だったが、あやめはこともなげに頷く。

「既に顔合わせは済んでおります。来年からは妹の……瑠璃の夫となるべく選ばれた者が同伴するでしょう。血族の血が濃い名家の息子で、少し年が上ですが人が善く、大きな器を持つ人です。瑠璃も、憎からず思っている相手ではあるのですが……」

「……瑠璃様は……お年は……」

「十八歳です。いい時期かと。姉離れさせて、他に目が行くようにしないと……年をとればとるほど、知見が広がり、こういう婚姻の形への拒絶感は増しますから」

「……」

あやめが淡々と語っているのが不思議なほど、残酷な話だった。

――割り切っているのだろうか。

主のこと以外は頓着しないさくらでも、そんな婚姻は前時代的過ぎると思った。四季に奉仕する者達の世界自体が世間とは違う流れではあるのだが、さくらは『貴方もそう思っているのですか』と問いかけたくなる。だが、あやめが知らぬ間に両手を握っているのが見えてやめた。

――やはり、本意ではないか。

季節の為に命を捧げ生きている血族は、何かしら世界の為に犠牲になっている。

それはあやめだけでなく、さくらも、代行者もそうだ。どこかで、自分を無理にでも納得させて生きねばならないところがあった。

「……夏も少しずつ変わってはきてるんです。昔は従者は結婚すら許されませんでした。代行者の婚姻相手も、限られていた。私と瑠璃の代で……もっと良くすれば次の子が楽になる……」

「ご立派です……」

「……そういう建設的な考えは瑠璃もわかってはいるようです。わかってはいても許せないのでしょうね。自分を好いてくれる人が従者になってくれるとしても……やはり、瑠璃にとっては……幼い頃から一緒に居た相手ではないと、という気持ちが……」

「……」

「すみません、色々話してしまって……お恥ずかしい……従者同士なので……つい……」

「いえいえ」

「春の方々にはこんな悩みはありませんよね……」

「うちは……」

さくらは、身内の不祥事を晒すような真似をする気はなかったのだが、ここまで内部事情を話してもらってこちらが何も言わないのはどうかと思った。

不安の吐露や、悩み事を打ち明けることで人の気持ちは少し軽くなるものだ。

「……実は、うちもストライキされたことがあるんです」

「えっ⁉」

予想通りの反応を貰い、さくらは苦笑する。

「うちは、雛菊様が……その、誘拐から戻られてからしばらく部屋に籠もられていて……人間不信と心的外傷後ストレス障害など、色々ありまして……」

嗚呼、という声があやめの唇から漏れた。

「公式で発表された情報と違うんですか……じゃあ、『春帰還』は……」

「正確には二年前ですね。発見されてそれから二年かけて、心を治し……ようやく、です」

静かな台所に、二人の吐息と、ぐつぐつと音を立てる鍋の音だけがしばらく響く。ややあって、あやめの方が先に口を開いた。

「……その、資料では一応読んでいるんですが……そんなに酷かったんですか……？」

「……というと？」

「冬の里が襲撃され、春の代行者様が攫われたあの事件です」

「……そうですね。酷いものでした。私は当事者でしたので、聞き取り調査も受けて……事件の概要をまとめたものはもう何度も読んだので頭に入っています」

あやめが見つめてくるので、さくらは、鍋をかき混ぜながら、まるで物語を紡ぐ詩人のように語りだした。

「冬の里襲撃事件は黎明十年、二月一日に起こりました」

さながらそれは、千夜一夜物語を歌い上げるような始まりだった。

「ちょうど、『四季降ろし』の為に冬の里を訪問している時でした。午後三時頃、反四季庁系列の過激派集団が冬の里を襲撃……地下水道から侵入した過激派は、冬の里の職員に銃を発砲。重軽傷者が多数出て……」

鍋が、ぐつぐつと音を立てる。

「騒ぎに気づいた冬の代行者、寒椿狼星（かんつばきろうせい）……当時十歳、従者、寒月凍蝶（かんげついてちょう）十九歳、並びに我が主（あるじ）……春の代行者、花葉雛菊（かようひなぎく）様六歳、そして私……姫鷹（ひめだか）さくら……当時九歳が冬の里本殿から避難を開始しました……」

不穏な言葉の数々まで、煮てしまうような鍋の音は、記憶の扉を叩（たた）くノックにも似ている。

説明するだけと言っても、喋（しゃべ）っていれば否応（いやおう）もなく思い出してしまう。

「我々、計四名は冬の里から離れるも、里の周りを覆う鎮守の森にて過激派に追いつかれ抗争……冬の従者、寒月凍蝶（かんげついてちょう）が雛菊（ひなぎく）様を庇（かば）い……重傷……私も銃撃を受け重傷……」

ノック、ノック、と記憶の扉が叩（たた）かれる。

「雛菊（ひなぎく）様が、春の顕現をその場で行い、巨大な桜の樹（き）を出現させ三人を保護してくださらなければ早々に死んでいたことでしょう」

ノック、ノック、ノック。

「あの方が過激派に交渉を行ったのです。撤退と引き換えに自身の身柄を受け渡すと……」

ノック、ノック、ノック、ノック、ノック。

さくらの記憶の扉が、叩かれて、叩かれて、強制的に開かれていく。

「交渉により、雛菊様は誘拐され、私達は助かりました」

ノック、ノック、ノック、ノック、ノック、ノック。

「その後……犯人側から国家治安機構に入電がありました」

ノック、ノック、ノック、ノック、ノック、ノック、ノック。

「四季の代行者の能力制限、及び拡大使用を要求してきたのです」

ノック、ノック、ノック、ノック、ノック、ノック、ノック、ノック。

「国家治安機構により対策本部が直ちに設置され、犯人である過激派と金銭を含め交渉が開始されました。四季庁、並びに国家治安機構、大和国政府はこれを拒否……」

ノック、ノック、ノック、ノック、ノック、ノック、ノックノック、ノック。

「交渉条件を再度見直すも連絡がある日断絶し……」

ノック、ノック、ノック、ノックノック、ノック、ノック、ノック、ノック、ノック。

「以降、完全に対象を見失い、解決に至らず」

ノック、ノック、ノック、ノックノック、ノック、ノック、ノック、ノック、ノック、ノック、ノック、ノック、ノックノック、ノック、ノック、ノック、ノック、ノック、ノック。

「我が主、花葉雛菊様の生存は、春の代行者の次代が誕生せず、春が来ないことで確認される形となりました」

ノック（助けて）、ノック（助けて）、ノック（助けて）、ノック（助けて）ノック（助けて）、ノック（助けて）、ノック（助けて）、ノック（助けて）、ノック（助けて）、ノック（助けて）。

ノック、ノック、ノック、ノック、ノック、ノック、ノック、ノック、ノック、ノック。ノック、ノック。

思い出したくない、過去なんて死んでくれ。

――何もかも、何もかも、何もかも駄目だった。

　四季降ろしは初めて代行者の力を授かった者が、冬の代行者と生活を一月共にする行事だ。祖である冬と、蜜月を過ごすことが神々の暮らしの体現となる。そうすることで代行者の仲間入りをするとされていた。新米の代行者は四季降ろしの後に世界へ羽ばたく。

　この間の冬の里の襲撃は、何度も想定され、訓練を行っていたはずなのに、いざ起こると何もかもが不発に終わった。

　避難経路は把握され、車も使えず、やっとのことで逃げ出した先はそこから籠もる場所もない鎮守の森。他の警備と分断されて、代行者を守るのは九歳の私と凍蝶だけ。

　泣いている雛菊様と手を繋ぎ、凍蝶と狼星と共に逃げたがすぐ捕まった。

――何もかも、何もかも、何もかも駄目だった。

駄目だった。駄目だった、駄目だった、駄目だった、何もかも駄目だった。

凍蝶が雛菊様を庇って何発も撃たれた。

攻防の末に狼星が氷壁を作って守護してくれたが、不安定な状況下で作る氷はもろく、すぐ割れた。何としてでも雛菊様を守らなくてはいけないのに。

――何もかも、何もかも、何もかも駄目だった。

自分には超常の力など無い。いま、そんな力があれば良いのに。

あれば、皆を守ってやれる。

――何もかも、何もかも、何もかも駄目だった。

その思いが、もしかしたらあの方には伝わってしまったのかもしれない。

『凍蝶お兄さま、狼星さまとさくらをおねがいします』

あの方は、六歳だった。利発で、聡明な子どもだったがまだ六歳だった。

『さくら、だいじょうぶよ。きっと助かる……』

この事件がどうして起きているのか、何を差し出せば収まるのか、わかっていたのかもしれない。だが、六歳だった。

『狼星さま……』

春の代行者の従者でしかない私を、道具としてではなく友として扱ってくれた。

『いっしょにあそんでくれて、ありがとう』

守られるべき存在だった。守るべき存在だった。生命を投げ打ってでもそうすべきだった。

『氷の花をくれてありがとう』

それなのに、何もかも、何もかも、何もかも。

『たくさんやさしくしてくれてありがとう、狼星さま』

あの日は、何もかも、駄目だったのだ。

さくらは、気がつけば沸騰していた鍋の火を慌てて消した。

「姫鷹様と、冬の方々は……雛菊様によって守られた、ということですよね」

「あ、はい……」

「まだ春の顕現能力が安定していない幼少期、しかも思考が乱れる緊急事態でそれをやってしまえるのはすごいことですよね……よほどの精神力がないと……」

さくらは同意するように頷いた。

「すごい御方です。あの方がああして下さったから、いま私は生きています。命の恩人です」

さくらは過去の光景を思い出すように囁いた。

「桜吹雪の中で見えなくなるあの方の小さな背中……あの時の光景は、一生忘れられません。雛菊様は、賊から私達を守る為に、その時初めて春を顕現しました。本来なら、然るべき日に行われ、皆に祝われ、これからずっと続いていく春だったのに……」

――今でも、思い出せる。

「歌声と共に、桜の木々が見る見る地面から生え出て、私達を覆っていきました……薄桃色の花弁と枝に視界が消えていく中で、私は泣きました。必死で枝をかき分けましたが、無駄でした。喋っている声が聞こえて……まだ……六歳の女の子が……」

――あの、狂おしいくらい美しくて。

「『そちらに行くから、もう他の人は傷つけないで』と、頼んでいる声が聞こえて……」

――あまりにも、絶望的な瞬間を。

「……あの時の、音も、色も、何もかも……自分は忘れられません」

事件の当事者であるさくらが淡々と語る様子は、あやめに同情の念を抱かせた。

そうやって、少し遠ざけて語らないと、喋（しゃべ）ることすら辛（つら）いのだろう。

「お辛（つら）かったですね……」

「……」

さくらは曖昧に笑うだけで肯定も否定もしなかった。

あやめにとってもけして他人事（ひとごと）ではない。十年前襲われたのは雛菊（ひなぎく）と狼星（ろうせい）だっただけで、夏の代行者が同じ目に遭わないとは限らないのだ。

「あの……一つ質問があるのですが……」

何でしょう、と尋ねるさくらにあやめは言う。

「冬の里を襲った賊は、どちらだったのでしょう」

あやめの問いをさくらは酌み取れず、首をかしげる。

「どちらというと……」

「賊の種類です……夏にも関係ないとは言えませんので、参考までに……」

「種類……ああ、改革派か根絶派かということですか」

納得がいった、という顔をしたさくらにあやめは頷く。

「はい。四季の代行者に理念を押し付け害なす者を総称として『賊』と呼ばれていますが、実際は二分化されています。古より、四季から授かった異能を私欲の為に利用しようと近づく者達……そんな異能があるのになぜ人間の為に使わないのだと、主に国や四季庁に訴える為に武力行使に出る。これが俗に言う『改革派』ですが……中には人々の為にこの季節は必要ないと特定の季節を拒む集団も居ます……こちらが『根絶派』ですね。事件後に政府交渉があったということは改革派だったという理解で合っているでしょうか？」

さくらは少し考えるように唸った。

「……少し事情が複雑でして、政府と人質交渉をしたのは改革派の賊です。しかし……冬の里を襲った者達は根絶派でした。雛菊様が帰還されてからお伺いしたところ、内部で抗争があったそうです。恐らくは改革派と根絶派、共同のテロだったのでしょう。途中で空中分解したようですが……血族が住まう里を襲撃すること自体が賊達にとっては大きな意味を持ちますし、近年最大規模のテロだったのは変わりありません」

あやめはそれを聞いて、また心が沈んでしまった。

——そのテロが起きなければ雛菊様が人生を十年も失うことはなかったのだ。

十年。文字だけで書くと重みが薄れるが、味わったほうの地獄は永遠にも近かったはず。

二人が語ったように、賊の掲げる思想の違いは主に二種類に分けられた。

改革派は現状の四季の代行者の取り扱いを国営の機関もしくは大和政府に訴える為に活動している。根絶派は、ただ『この季節の存在は間違いだ』と代行者を狩りにくる。次の代行者が現れたならばまた付け狙う。改革派は時代の変化と共に訴える内容も変わってきているが、根絶派に関してはそうではない。先祖代々伝わる怨恨や宗教的思想の為、変わることはない。

季節により左右される命というものは確かにある。あの時、村には病人がいて冬の顕現を拒んだのに受け入れてもらえず家族が死んだ。あの時、夏の干ばつがひどくなければ救えた命があった。そういった、遥か昔から続く恨みの怨嗟が伝統のように受け継がれ、子孫達により季節狩りが行われているのだ。

「冬は特に農民や病人が居る村には顕現を拒まれてきた季節ですから……襲撃場所に選ばれたのでしょう。雛菊様は、とばっちりで、誘拐されたようなものです……」

「そうして、雛菊様は長い監禁生活の果てに……心を病まれてしまったと……それは療養が必要でしょうし、春の顕現を拒みたくもなるでしょう。すぐには働けません」

「それだけではないのです……」

さくらは少し熱が取れた鍋から、お粥を皿によそいながら言う。

脳裏には、忌まわしい故郷の姿が浮かんでいた。

「春の里は、雛菊様が誘拐されて三ヶ月で捜査から手を引きました」

その声音には明確に憎しみが籠もっている。

「……えっ……」

あやめの困惑した声が響く。言っている意味が単純にすぐ理解出来ず、戸惑っているようだ。

「でも……でも、春の代行者様が居ないと、大和の春が戻らないから……生みの親とも言える春の里がそんな早期に捜索を打ち切るのはおかしいのでは……？」

さくらは頷いた。だが、頷いた上で冷たく否定した。

「……はい、ですが、今居る代行者が死ねば、すぐに新しい代行者が現れるじゃありませんか」

言いながら、自分でその言葉に傷つく。最愛の主が、そんな扱いをされたこと。助けられなかったこと。それがどれだけ時間が経っても彼女を傷つけていた。

かつて自分がされた仕打ちを思い出すかのように、声は冷えていく。

「世界はそういう風に出来ている」

歌うように、軽やかに言うが。

「私は、このお伽噺みたいな世界が、本当にシステマチックで嫌だなと思っています」

声音は絶対零度。

「機能が低下した機械にはすぐ代替品が出来上がる。その時最もふさわしいとされる……若く、血が濃い者に自然譲渡される。自動的に。太古より四季の代行者はそう出来ています」

瞳には、とてつもなく大きな憎しみが宿っている。

「……」

あやめは、この姫鷹さくらという娘を構成する部分が何で出来ているのかその時ようやくわかった。彼女の代行者への過保護とも言える献身は、きっとこの経験を元に作られたのだ。

「データの移行が済んだら古い物はお払い箱。私が知る冬の代行者はかつて自分達のことを『家畜』だと言っていました。代わりはいつでも用意されてるし、自由はないし、飼われているだけだと。私は初めて聞いた時は冷めた子どもだなあと思いましたが……あれは、本当にそう実感する出来事が彼もあったからそう言っていたんだと気づきましたよ。冬も厳しい里ですから……。そういうわけで……春の里の上層部は雛菊様を見捨てたんです。その内死ぬだろうって……死んだら、自分達の血族の中から異能を発現するものが『選ばれ』ますから。どこに居ても血族は管理されてるから探せます。そちらに賭けた。その方が楽だから」

「そんな……そんな、こと」

いまさくらの口から語られている事柄はあやめの顔を青ざめさせるには十分な事実だった。

同業者からこんなことを語られれば考えてしまうだろう。

『自分が同じ目に遭ったら？』

回答がわからない問いかけは宙ぶらりんのまま頭の中に滞在する。

「里がそんな決定を下すはずがないと思われますか？　夏はしないかもしれません。ですが、春はしたのです。私も呆れて見切りをつけました。一人で捜すほうがマシだと。結局……八年、あの方は見つからず、しかし誘拐されたまま生きていました」

「そんな……」

出会った時から、まるで親友同士のように仲の良い姿を見せている二人。

特にさくらの雛菊への傾倒ぶりは顕著だ。その彼女が、主を失い、自分の所属している機関から裏切りを受け、どれほど絶望の年月を過ごしたかは想像に難くない。

「……」

あやめは、思わず口元に手をあててしまう。粥から出る蒸気が、今のこの平和な日常が、何だかとても不確かなものに思えてきた。

「姫鷹様は、どうやって再会されたのですか……？」

「……私が再会出来たのは少し後です。手がつけられないほど他人を拒絶していた雛菊様の話し相手として、飛び出した里から喚ばれたのです。春の里は雛菊様の帰還をしばらく隠していまして、従者も新しくすげ替えるつもりだったようですが、うまくいかなかった。そこで雛菊様を輩出した花葉家が手を回し、私が用意されました」

「……手がつけられないとは……？」

「雛菊様はすべてのご事情を知っていらっしゃいました。ご自分が三ヶ月で見捨てられたこと。もう長い間、誰もが死ぬのを待って見捨てていたことを。国家治安機構の関係者が問われるままに喋ったのでしょう。そこからはストライキです。春を顕現されることを拒みました」

さくらの脳裏には、何をしても泣いて他者を拒絶する過去の雛菊の姿が浮かんだ。

「自分は見捨てられていた。そう知って、心を病むのは当然です……」

「はい……けれど、私は何としてでも雛菊様に春を顕現してもらわねばなりませんでした。春を顕現しない春の代行者など、里には不要ですから、常に誰かに殺される危険性がありました。私だって雛菊様に無理して欲しくはありません。普通の人のように余生を過ごして欲しかった。けれども許されないのです。四季の代行者とは……本人達は違うと言いますがやはり現人神で、そして世界にとっての歯車です。機能しなければ、里の中の強硬派に挿げ替えられてしまう」

雛菊がその間、どういう状態だったか、さくらは少しだけ語った。

作った料理は投げつけられるわ、自分の肌を搔きむしって血まみれの状態で風呂から出てくるわ、何をするにも暴れていたと。そして、打って変わって夜になると静かにしくしく泣いている。完全に心が壊れてしまっていたと話した。

――そんな姿、想像出来ない。

あやめは何度やってもさくらの言う『壊れた』春の代行者を想像出来なかった。

可憐に、静かに、従者の傍で優しく微笑む彼女しか知らない。

「花葉家とそれに連なる家々が擁護派に回り、守護されていましたが危うげな均衡でした。ご自身の身の安全が脅かされる可能性を何度もご説明しましたが、雛菊様は納得されませんでした……雛菊様と里からの要求の板挟みになる日々が続きましたが、最終的には雛菊様は復帰してくださいました。今の私達の絆は、あの頃を二人で乗り越えたからこそです」

「……」

あやめは次の言葉が出ない様子だった。しばらくして、ぽつりとつぶやく。

「何だか、自分達が馬鹿に思えてきました……私達姉妹は、春の方々のように引き離されたわけでもないし……結婚したら離れてしまうけれど……連絡は取り合えるのだし……」

「馬鹿だなんてことは……」

「いいえ、馬鹿みたいです……もっと大変な方が居るのに、寂しいとか、悲しいとか……そんなことを言うのは馬鹿です……」

そんなあやめに、さくらは先程とは違って柔らかい声音で言う。

「あやめ様。これは……いま、代行者にストライキをされているあやめ様だからこそお聞きいただきたいことなのですが……」

「はい……」

「代行者には、従者が必要なんです。支えがなくては崩れてしまうんです」

「……」

「そんなのは誰しもそうだと言われればそうなのですが……私は四季の代行者という生き物は正にそれが顕著な方々だと思っています。どの季節も内面は非常に繊細で、自分の支えとなってくれる者には執着し、執着するが故に命を擲って守ろうとすらしてくれます」

「……当てはまる、部分が多いです……」

「あの方々は心で季節を顕現されているのです。だから、心を崩せば季節も崩れる。冬が良い例ではないですか。雛菊様が消えた後の大和の冬は酷いものです。春の喪失を埋めるように長く厳しい冬が続き、南国の竜宮すら雪まみれにした。自分のせいで目の前から春が消えた罪は重い……だから……」

「……」

あやめは、少し途方に暮れてしまったような顔つきで言う。

「……仰りたいのは……お叱りでしょうか……」

さくらは首を横に振った。

「違います。わかって欲しいんです」

「……わかって、欲しい？」

「はい。あやめ様は夏の代行者様がただ駄々をこねているように仰っていますが、そうではないのです。本当に、貴方が支えなのです。だから辛いのです。好いた男が他に居ようが、今まで支えてくれたのは貴方で、その貴方が居なくなると耐えられなくて、お心を崩されているのです。その苦しみをわがままだと捉えられると、きっと、いつまで経っても解決しません」

「……」

まるで、我が事のように代行者を語るこの春の従者に、目の前の娘は何か感じ入ることがあったのか、暫しの沈黙の後、こくりと頷いた。

「……姫鷹様、ありがとう、ございます」

　そして、柔らかく微笑んだ。

「姫鷹様のような方が……代行者を理解してくださる人が居るのだと思うと少し気が楽になりました……」

「……そうですか？　少し、説教臭くなってしまった気が……」

　妙な物言いにさくらは首をかしげる。

「そんなことありません」

「あやめ様は夏の従者として悩むことがあるのに……春の従者の自分が言うことではなかったかも……」

「いえ、いえ、必要な言葉でした……たぶん、ずっとそう言って欲しかったんです」

　あやめは、さくらの方に手を伸ばし、何故か少しだけ彼女の服の裾をつまんだ。

　さくらはその時、初めてあやめの顔をまじまじと眺めた。

　眼鏡をかけた清楚美人。例えるなら月のような人。そういう初対面の印象を持っていたが、今は少し違う。眼鏡の奥の瞳は飴色。肌は青白く、しかし輝きがあり、明るい印象だ。

「たとえ、もう何もかも変えられないとしても……」

　こちらを見つめてくるあやめは、太陽の煌めきを纏っていた。

　どうして、最初に月のようだと思ったのだろう。

目の前の娘はこんなにも華やかで輝いた笑顔を見せているのに。

「好きでいることを許して欲しかった……大好きだから」

「……あの」

「姫鷹様？」

「あ、いいえ……何でもありません」

感じた違和感を口に出すことはせず、さくらは曖昧に言葉を濁した。

話を終わらせた頃には、粥は、少し冷めてしまったが雛菊が食べるには良い熱さになった。


その日の午後九時過ぎ。

粥を昼に食べてから、一人で床についていた雛菊は夜中にぱちりと目を覚ました。

「……」

額に手を当てる。熱は大分下がったようだ。カーテンは閉め切っているが、それにしても部屋の中が暗い。どれくらい寝てしまったのだろうと時計を探すが見当たらなかった。外からは小雨が降る音がする。

――さくらに、熱、さがった、よって、言わなきゃ。

だるい体を起こして部屋を出ようとする。すると、ちょうどその時、何処かでドンと大きな音がした。雛菊は最初、何かが爆発したのだろうかと思った。それくらいの音だった。

「雛菊様！」

「瑠璃！」

一階のリビングから同時に甲高い女性の声が響く。客間に続く階段をさくらとあやめが駆け上がる。それぞれの主の部屋は階は同じでも廊下の端と端だ。

「あやめ様！　私は雛菊様を守ります！」

「はいっ！　こちらも瑠璃の警護に回ります！」

お互い上階の廊下で別れて自分の主の元へ駆けつけた。さくらが扉を蹴破る勢いで入ると、雛菊が飛び出すようにさくらの傍に駆け寄った。

「さく、ら」

雛菊の声は不安に揺れていた。さくらは落ち着かせるように言い聞かせる。

「大丈夫ですよ。さくらがおります」

「う、ん」

「すごい音がしました。地震か、爆発か……」

「花火、とか、じゃ、ない……よね」

「そんな行事があったとは聞いていません。それにただの花火ならばあやめ様も瑠璃様の所へ保護に向かわないでしょう」

非常時にどう動くべきかは何度も何度も想定した練習をしてきた。雛菊はさくらの後ろに隠れる。さくらはそれで良いと言うように頷いた。腰に下げていた刀に手をかけ、万が一に備え抜刀の準備をする。

「賊による奇襲の可能性も考えられますが……」

そこまで言って、突然視界が暗転した。

夏離宮の様々な場所で悲鳴が上がる。どうやらこの建物自体が停電したようだ。鳥や犬、猫が吠える声と、階段を駆け上がる音が聞こえる。真夜中のジャングルにでも入ってしまったかのような心地だ。暗闇の中、ワオン、ワオン、と狼のような犬の遠吠えが聞こえる。動物達は夏の代行者の眷属だ。主の安否確認に向かったのかもしれない。

「さ、く、ら！」

夜闇の遠吠え、不安感がどんどん増していき雛菊がさくらの背にすがりつく。

さくらは喋るよりも先に後ろに手を伸ばして雛菊の手をとった。

「大丈夫です。雛菊様……絶対にお守りします」

「う、う、ん……」

一度手を握ってから、またすぐ離す。さくらは周囲を見回した。

窓を見る限り、外で夜間常時点灯しているはずの街灯も消えている。夏離宮は他の別荘地帯から離れている為、大きな道路に出るまで等間隔で街灯が敷かれている。それが点いていないということは、屋敷の電力だけでなくこの周辺の地帯が全て停電した可能性がある。

上着のポケットから携帯端末を取り出し、電波を確認したが、圏外の表示になっていた。

「……先程の、地響き……自然的なものだと思われますか？」

「神通力、癒やす、霊脈、は……いつもどおり、感じ、る。違う、気が、する……地震、とか、だと、ね、どんなに、細い、霊脈、のとこ、でも、ざわざわ、は、するの。こんなに、しっかり、した、ところで、それ、ない、おかしい……」

「なるほど……」

――この方が言うのなら、人為的な災害の可能性が高いな。

「了解しました。警戒レベルを上げます」

「……は、い」

とりあえず、一緒に飛び出してきたあやめを探そうと二人は廊下に出る。すると、さくらは廊下の奥に何かが蠢く気配を感じた。夏の代行者の部屋とは反対の方角からだ。

――獣か？

夏離宮の中は小動物達が好き勝手に動いている。

最初はその類かと思ったが、息遣いが聞こえてそれが『人間』だとわかった。

それも男の息遣いだと。

「総員迎撃態勢っ！　賊が出たぞ!!」

さくらは怒声を張り上げる。叫んだのは他の夏離宮の者達に知らせる為だった。さくらが叫んだ後にすぐ階下からも別方向からも悲鳴と銃声が聞こえた。侵入者達がもう姿を隠しておくことをやめて攻撃を開始したのだ。蠢く人影が突進してくる。まだこちらは暗闇に目が慣れていない。相手がどんな武器を持っているかどうかもわからなかった。

「糞がっ！」

しかし、絶対に雛菊を守らなくてはならない。

さくらは近づいてくる影との距離を何とか見極めてまずは刀の鞘を振り回し、それから中段蹴りをした。運良く相手の体に当たる。一度当たると距離がつかめた。

——硬い、武装してる。

怯むことなく蹴りと鞘の攻撃を交互に繰り出していく。鞘に刃物がぶつかる音がする。男は的確にナイフでさくらの攻撃を流している。あまりにも綺麗にかわされるので暗視装置を装備している可能性が高い。上背や体重は明らかに相手が上だ。何度も蹴りを打ち込むが、攻撃を阻むだけでダメージの蓄積になっていない。やがてはこちらの攻撃に慣れてくるだろう。そうしたら劣勢に追い込まれるのは目に見えていた。

——頭を狙うしかない。

さくらは相手を再起不能にすべく、体にひねりを入れて顔面に蹴りを放ったが、敵は待っていたとばかりに脚を摑んだ。片足を固定されてバランスを崩す。メキメキと骨がきしみをあげる音が聞こえた。握力で骨まで砕けそうだ。きっと次の瞬間には足を刺される。

——負けるかっ！

痛みに悲鳴を漏らしながらも、相手が足を固定したのを良いことに、もう片方の足に渾身の力を込めて顔面に蹴りをお見舞いする。さくらの曲芸まがいの動きにさすがに敵の力も緩んだ。足を離されて体は放り投げられるように地に落ちたが、刀の柄は握っている。今までは敢えて鞘から刀を抜いていなかった。

これは刃物だ。振るうということは誰かの生命を削ることになる。いくら四季の代行者の護衛といえど、たやすく他者の命を奪うことは出来ない。闇雲に抜くことは禁じられている。

——殺れ。

だが、もはやそんなことを言っている場合ではなかった。敵がどこの所属であれ、何であれ、さくらの後ろには雛菊が居る。

——殺れ。

さくらを信じて、春を咲かせる旅に出てくれた雛菊が居る。一歩たりとも不審者を近づけさせるわけにはいかない。

——殺られる前に殺れ！

今、落ちた衝撃で鞘は外れて刀身が見えていた。正に桜花そのものの刃紋と色を持った刀身は、まるで覚悟を決めろとでも言うように闇夜でさくらを誘っている。

——殺れっ！

　さくらは半ば自動的に刀を振るった。

「あ、ああ、あああああっ！」

──斬った！

　確かに肉を断つ感触が刀越しに伝わる。男の悲鳴は耳をつんざくような声量だった。刀は脚を切断まではいかず、刺さるに留まる。引き抜いてやると、また悲鳴が上がった。生暖かい血の感触が手にも顔にもかかったが、それはすぐに冷えていった。

「……死にたくないなら、来るなっ！」

　誰かの命が漏れていくのを感じながら、さくらは怒鳴る。

　腹の底から出た言葉だった。

「…………死にたくないなら、来るなよっ……」

　後の制圧はそれほど難しくはなかった。

　仰向けに倒れて足を押さえる男の額に刀の柄で滅多打ちの攻撃を加えて、意識を失わせた。

「……はぁ……はぁ……」

　荒い息をしながら、相手が完全に沈黙したのを確認すると、さくらは顔に浴びた血を拭うのも忘れて振り返った。

「雛菊様！　ご無事ですか！」

「……さくらっ！」

雛菊が従者の名を呼び、駆け寄る。すると、雛菊とは別の足音がした。

さくらは汗で滑る手のひらで刀を握り直したが、声の主は途中で足を止めた。

「夏離宮管理、夏の里、青山でございます！」

女性の声の名乗りを聞いて、斬りかかろうとする体をぐっと抑える。

訪問時に管理者の名前と顔、声を覚えていたさくらは混乱した頭の中で該当者を思い出した。

「春の代行者様方！　ご無事ですか！」

どうやら安否を確認しに来たようだ。暗闇でよく見えなかった目も、大分慣れてきて誰が誰だか判別出来るようになってきた。

「賊が一名！　気絶させたがまだ居るかもしれない！」

「一階は敵なし！　外は交戦している様子！　まずはお二方を守ります、捕縛していますか？」

「まだだ！」

「私がそちらに向かいます！　銃を携帯していますが手を挙げながら近づきます。賊の内通者ではないことをご確認ください。いいですね？」

夏離宮の管理者は片手で携帯電話を持ち、端末の灯りで足元を照らしながらやって来た。そこでようやくさくらは自分達の他に最も襲われそうな相手の安否確認をしていないことに気づいた。戦っている最中は気が付かなかったが、犬達が瑠璃の部屋の方で吠えている。

「あやめ様！　瑠璃様！　ご無事ですか！」

　さくらはその場に留まりながら部屋の方向へ呼びかける。すぐに返事はきた。

「こちらあやめ！　二人共無事です！　援護出来ず申し訳ありません！　部屋に一名賊が現れましたが処理済みです！」

　見えはしないが、無事そうなあやめの声に、さくらはほっとする。

「良かった。獣達が走っていったので、助けてくれるとは思いましたが……」

「番犬になるのか？　可愛らしい小型のものしか居なかったはずだが……」

「瑠璃様が命じれば、子犬も鳥も、子猫も、虫すらも人間の大人を食い殺す力を持ちます。夏の代行者の能力は顕現の他に『生命使役』……あの方の眷属になるというだけで、生命は大いなる力を授かるのです」

　小型犬が凶悪な獣になる姿を想像して、さくらは少しぞっとした。

　どうりでこれほどまでに小動物を飼うのが許されているわけだ。

「なるほど。心配はなさそうだが……こちらは良い、足を斬ったのでどうせ動けない。夏の代行者様の部屋を見に行ってくれ」

「かしこまりました」

　さくらは周囲を見回す。リビングの方は安全を確認中なのか、携帯電話を持った者達が慌ただしく動き回っている。すべて夏離宮の者達だ。ややあって玄関の扉が開く音がしたが、先程の者と同じように名乗りがあった。外で監視させていた四季庁の春の職員だ。

すぐに一階に居た者達が取り囲んで身分確認を始めた。さくらは注意深くその動向を眺める。

「さく、ら」

「……」

「さく、ら！」

二度、名前を呼ばれて、さくらはハッとした。

「あ、はい」

「……さくら」

雛菊の声には不安が混じっている。

「雛菊様、大丈夫ですよ」

「違う、さくら、血……」

言われて、さくらは自分の額や顎から滴り落ちている血に気づく。

「ああ、多分返り血ですので……」

そこまで言いかけたところで、問答無用で雛菊に着物の袖で拭かれた。

「雛菊様」

『それ、百万の反物ですよ』と注意したくなったが、震える手付きを感じてやめた。

主が自分を心配して行っていることを咎めたくなかった。何より、今一番怖い思いをしているのはこの娘だ。心を更に震わせたくない。

「……怪我、は？」

「多分ありません。いま、アドレナリンが出てるのでちょっとわからないです」

「あど、あどなれり、ん？」

「興奮物質といいますか、それが出てると、怪我をしていてもあまり痛くないというか。あ、駄目です。いま本当に興奮してうまく言葉に出来ません」

「さ、さく、ら」

雛菊はさくらにしがみつくように抱きついた。そして絞り出すような声で言う。

「怪我、しちゃ、やだ……」

さくらは、その言葉にぐっと心を締め付けられた。空いている片手でそっと背を抱く。

「大丈夫です、雛菊様」

雛菊はかぶりを振る。そんなことを言っているのではないのだと、訴える。

「大丈夫、でも、やだ。怪我、しな、い、で。さくら、震えて、るよ」

いま自分が置かれている状況より、さくらの命が脅かされる方が雛菊にとってはよほど怖いようだった。さくらはその気持ちが伝わってきて薄く笑った。無理やりだったが、笑った。

「ええ、震えてます。ですが雛菊様、ご覧になったでしょう。さくらは十年前とは違います
……貴方と離れ離れになっている間、様々な者に教えを乞いました。再会出来た時、今度こそお守り出来るよう鍛錬を積んできたのです。ひどい暮らしでしたが、今は役に立っています」

「……う、ん……で、も」

それでも言い募る雛菊に、さくらは少し声を強くして言う。

「女だからとか、友達……だからとか、そういうことは今は言わないでください」

主の優しさはさくらにとって生きる糧だ。だが、今この時はそれを封じて欲しかった。

「戦いを褒めてくださるほうが、さくらの努力は報われます」

さくらは雛菊の為に生きる『刀』で、護衛官だ。

十年前助けられなかった主をようやく守ることが出来る場面に居る。

他の誰にもこの役目を渡したくはない。

この神様に捧げられるものがあるなら何だって捧げる。それがさくらの青春や命であっても、
彼女自身は構いはしなかった。

「雛菊様……『守って』と言ってください」

主を守ることこそが護衛官の本懐。

「まだ戦闘は続くかもしれません。さくらに、頑張る力をください」

それを成さずして、何を成すと言うのか。それが姫鷹さくらという娘の矜持だった。

「……」

雛菊は言われて、黙り込んだ。

『本当はそんなことしてほしくない』、『褒めたら、無茶をするのでは』という心配が声に出さ

ずとも雛菊から発せられている。

「さく、ら……」

だが、雛菊はこの自分の為だけの護衛官が。

自分の為だけに生きている『いのち』が望むようなものをこの場で与えることが主として為すべきことだと思い直す。だから褒美を与えた。

「……ありが、と、う。すごい、よ。さくら……雛菊を、守って……」


震えながら、それでも言った。

本当は大事な友達に、自分のことだけ守れなどと言いたくはないのに。

言ってから、ぽろりと雛菊の瞳から涙がこぼれる。

「ありがたき幸せ」

さくらは嗚咽を漏らす雛菊を、一層強く抱きしめた。

そうこうする内に、外で監視をしていた春の四季庁職員が懐中電灯を持って屋敷内にやって来た。面識がある者なので、先程よりは警戒をせずに済んだ。さくらは倒れている男を拘束するように指示する。

「姫鷹様、一応お耳にお入れしたいことが」

春の四季庁職員が小声で言う。

「外で討ち漏らしました。申し訳ありません……仕留めきれなかった者達が屋敷に侵入し、この結果に……」

「……過ぎたことを言っても仕方がない。死傷者は？」

「こちらには出ておりません。我々と、冬の里の護衛が対応して処理を済んでおります」

それまでさくらにしがみつくようにしてうつむいていた雛菊が、冬と聞いて顔を上げた。

「……冬が、何で……」

さくらも驚いた声を出す。

——凍蝶。

脳裏に、かつて追いかけていた広い背中が浮かんだ。胸がちくりと痛む。

「我々も彼らが居るのは初耳でした。どうやら、冬の主従……寒椿狼星様、寒月凍蝶様の要請によりお二方の動向を見守っていたようです。身分の確認は済んでいます」

さくらは、それが誰が差し向けたものかは容易に想像がついた。自分達が原因で誘拐された春の代行者を、陰で守りたかったのだろう。その為に冬主従警護の人員を割いて、春の顕現の旅を監視させていたのだ。

「……ちっ」

——私だけでは不足だと、そう言いたいのか？　それとも罪滅ぼしのつもりか？

様々な感情が押し寄せてきたが、さくらはぐっと飲み込んだ。危惧していた事態が訪れた。そこに助けがあるなら利用するほうが良い。

「……了解した。使えるものは使う。冬の里にはこのまま我らと夏の警護をしてもらう」

「かしこまりました」

「可能であればニュース情報が知りたい。携帯は？」

「電波が繋がりません。他の者の端末もだめでした。電気関連が完全に不通です。姫鷹様、とにかく雛菊様と共にリビングにお越しください。避難経路が確保されています。安全が確認されるまで広い場所で皆で固まりましょう」

さくらは頷き、雛菊を連れてリビングへ向かう。

不安な気持ちを察するかのように、うさぎや子猫、子犬が集まってきた。雛菊が一匹ずつ丁寧に撫でていくのを見て、さくらの気持ちは少し落ち着いたが依然として緊張は解けない。ややあって、あやめがキャンプランタンを片手に二階からやって来た。

その姿は、大和美人であるが故に幽鬼じみていた。

「……」

リビングに集まる人々を見回して、周囲を確認している。

暗闇の中から現れたぬばたまの髪の持ち主は目が合った者達につんとした様子ですぐに視線を外す。灯りに照らされた顔はどこかすねた様子が見える。

何も言わずに人間観察だけしている彼女の足元に、待っていたかのように小動物達が集まってきた。

「……」

無言で、動物達を従えているその様のせいか。普段と何処か違う、浮世離れした様子にさくらは違和感を覚えた。その違和感を口にするより先に、答えの方が姿を現した。

あやめと思われた人物の背後から、瓜二つの顔をした、服装だけ違う娘が姿を見せたからだ。

雛菊とさくらは息を呑んだ。

「瑠璃、先に行かないでと言ったでしょう」

「……あやめは、うるさい」

眼鏡をかけた清楚美人が二人、互いに喋り合う様子は見る者を混乱させる。

「夏の、代行者、さ、ま……？」

雛菊の言葉で、さくらもようやく合点がいった。

あやめは『妹』と言っていただけだったのに、勝手にこちらが勘違いしていたのだ。

確かに、これも妹だろう。

ワンピースを着ている方の双子の『あやめ』が口を開いた。

「鳥達が言ってる。大きな破壊があったらしいよ」

夏の神様が予言をするようにぼそりとつぶやいた。

それから間もなく、夏離宮の管理者が持ってきた非常用ラジオから外の情報が確認出来た。

ここから離れた場所の発電所で爆発が起きたらしい。爆発の原因はさだかではないが、怪我人も出ているとのこと。発電所の機能が損なわれたのは一部ということだが、見渡す限りの景色は真暗闇に包まれていた。電力の復旧は当分見込めないだろう。

「信号機も消えているらしいです。此処を出ていくか、籠城して朝まで守るか……判断すべきでしょうね」

さくらの言葉に、あやめは頷き瑠璃に声をかけた。

「瑠璃、周囲はどういう状況かわかる？」

「……」

だが瑠璃はぷいっと顔をそむけた。

「瑠璃……！　こういう時くらいすねてないで答えて！」

基本的に穏やかなあやめが、みるみる怒りに顔を染めていく。

「すねてないもん……！」

「すねてるでしょ！　三ヶ月間ずっと！」

「だって……！」

瑠璃は肩を震わせ、絞り出すような声で言う。

「……教えてくれなかったじゃん……」

「はぁ……？」

聞き返されたことで、更に神経が逆撫でされたのか、瑠璃は涙目になりながら怒鳴る。

「彼氏居るって教えてくれなかったじゃん！」

瑠璃はまるでこの世の悲しみを一身に受けているかのように激しい身振り手振りで訴えた。

「……」

その場に居た者達は鳩が豆鉄砲を食ったような顔になった。

突然の停電。狙ったような賊の襲撃。緊迫した状況下。

そんな時に言う台詞が『彼氏居るって教えてくれなかったじゃん！』である。

「……いま、それ言いますか？」

さくらのツッコミに、あやめは羞恥のあまり顔を両手で覆った。

瑠璃は憤慨した様子のまま続けて言う。

「あたしには大問題なの！　いきなり結婚とか言われたら怒るに決まってるじゃん！」

「……瑠璃！」

「お姉ちゃんはあたしの従者なんだよ！　つーか、いつ彼氏と会ってたの？　何で隠してたの！　双子なのに、秘密とかなしじゃん！　あたしはずっと報告してたのに！」

「……瑠璃に教えたら邪魔するに決まってるからでしょ！　というかやめて。今はそういうこと言う場面じゃないから！」

「じゃあいつならいいのさ！」

「今以外に決まってるでしょ！」

白熱する姉妹喧嘩に、さくらは視線を右往左往させる。雛菊は何とかことを収めたかったのか、両手を広げて二人の間に立った。

「けんか、だめ、です。みんな、なか、よく」

――雛菊様、さすがです。

さくらは自分の主の振る舞いに心がしびれる。

自分より幼い春の神にたしなめられた瑠璃は、ようやく恥じ入る様子を見せた。

「……すみません。お恥ずかしい……瑠璃、今は春の代行者様達をお預かりしているのよ！貴方の異能が役に立つ時なのだから、現状くらい把握させて！　そうじゃないと守れないわ！」

あやめに肩をぱしんと叩かれてから、瑠璃は腕を組んで、不機嫌そうに言う。

「……追加の賊とかが、すぐに襲ってくる様子はない……でも、半径百メートル以内に一時間前から停車してる車があるらしいから警戒したほうがいい。この近くに棲む鳥が教えてくれた。あと、今は道路も車の事故が立て続けに起きてるから出ない方が良いって」

「わか、る、ん、ですか……？」

雛菊が驚いた様子で尋ねると、瑠璃はリビングを飛んでいた鳥を、手を少し高く上げるだけですべて自分の周囲に呼び寄せてしまった。

「みんな喋(しゃべ)ってるし、教えてくれる。友達だから」

そう言う瑠璃(るり)の体からは、夏の新緑の匂いが香っていた。

「停車中の車には近づいたら逃げられました。他に外からの侵入者があれば対応しますので、皆様はどうぞ中でお休みください」

「……よろしく頼む」

さくらは四季庁の春職員と玄関で話してから、扉を閉め施錠(せじょう)する。

――結局、一人では無理か。

少しため息が漏れた。自分だけで主(あるじ)を守れれば良いのにとどうしても思ってしまう。

夏離宮に滞在する者達は、避難ではなく待機することになった。大規模停電が起きている中、交通事故が多発している夜中に車で移動をするのも危険だという意見が出たからだ。

国家治安機構の判断も仰ぎ、一帯は急行してくれた国家治安機構員に守られている。動くとしても、夜闇に襲撃を受ける心配がない朝方になるだろう。幸い、侵入者の警戒以外に困るのは電灯や暖房がないことくらいだった。生命の危機がすぐ迫っている状況ではないというのが救いと言えば救いだ。

「納戸(なんど)にろうそくとランタンまだあったはずよね。取りに行きましょう」

「夜食作りましょうか。お米を炊いておいて良かった……」

「濡れタオルを姫鷹様に。せめてお顔を拭いてさしあげないと」

あやめは夏離宮で働く者達と忙しくしている。客人である雛菊とさくらはリビングで動物とじっとしているくらいしか出来ることがない。手伝いを申し出たが、出来ることは限られていた。勝手のわからぬ者が動くのも愚策だろうと大人しく従っている。

「……」

さくらは同じくじっとしている彼の娘を盗み見た。

――厨で会ったのは、確実にこっちだった。

混乱している頭を整理する。雛菊達を駅まで迎えに来てくれたのは、スーツ姿の清楚美人のあやめだった。だが、厨で会話をしたのはワンピースを着たあやめだった。

「瑠璃様」

さくらが声をかけると、瑠璃がぱっと顔を上げる。

「はい、姫鷹さま！　何ですか？」

元気よく返事をしてくれた彼女をさくらは数秒の内に検分した。絹のような長い黒髪、眼鏡をしていることはあやめと同じだ。だが他は違った。華奢な身を包むのはお嬢様然としたAラインワンピース。純白の生地にレースや小花、淡萌黄のリボンがあしらわれた夏の代行者らしい装いだ。髪は部分的に結われ、愛らしいピンで飾られている。夏の代行者の資質なのか、この格好でも寒そうにはしていない。あやめに着なさいと言われてカーディガンを渡されていたが結局着ずに肩にかけている。

――間違いない。この見るからに『陽』な感じは。

話しかけられたのが嬉しいのか、瑠璃は微笑んでいる。そんな彼女にさくらは言う。

「……厨でお会いした時は、あやめ様の振りをしていましたよね……」

「……」

「してましたよね？」

じっと見つめられ、瑠璃の笑顔はみるみるしぼんでいった。

「ごめん。騙すつもりはなかったんだけど、春の従者の人はどんなものなのか知りたくて……」

それまで取り繕われていたものはすべてその瞬間剝がれたと言ってもいいだろう。

いま目の前に居る、すねたように口をとがらせているのが夏の代行者、葉桜瑠璃なのだ。

「変装……ではないですね。あやめ様の振りを？」

瑠璃はこともなげに頷いた。

「あやめの真似は得意なの。お外に一人で行きたい時とかよくやるの。熟練の技ってやつよ」

「それ熟練しちゃだめなやつでしょう」

さくらが指摘すると、瑠璃はへへへと笑った。どうやらかなりの女優らしい。

「だって、そうでもしないと娯楽とか楽しめないもん。代行者なんて何をするにも監視がつくんだよ。でも年頃だし、買い物とかしたいじゃん……」

同情すべきところもあるが、さくらは自分の主ではないものの頭が痛くなる思いだった。

——我が主が雛菊様で良かった。

あやめの苦労が窺いしれる。

「何の……はな、し？」

さくらの後ろから雛菊がおずおずと話しかける。

「あやめの振りして、姫鷹さまを化かした話です。春の代行者さま。いま謝ったので、許して」

「……」

よくわからない、という顔を雛菊にされて、さくらも『よくわかりません』という顔で頷く。

「……春の従者の人ってどんな感じなのかなって、興味があって……でも、閉じこもった手前、出ていくのはしゃくだったからあやめの振りしたの。やなヤツだったらあやめの姿で迷惑かけてやろーって思ったんだけど……」

「えっ」

抗議しようとしたが、さくらよりも早く雛菊が身を乗り出して言った。

「さくら！　いい、こ！　だ、よ！」

世界中に宣言するような、その台詞に、さくらだけでなく瑠璃も驚く。

「ひ、雛菊様……さくらは、雛菊様専用の良い子ですので……対外的にはそんなに良い子ではないんですが……でも、嬉しいです」

「ううん。あたしにも良い従者さんだったよ。羨ましい……春の代行者さまの騎士さまだね」

さくらは、主に褒められ、夏の代行者に褒められ、何だかどうしていいかわからず顔を赤らめる。今が暗闇で良かったと心底思った。そして、さくらは照れながらも、瑠璃が声を暗くしたのを聞き逃さなかった。どうも気持ちがすれ違っているらしい姉妹は、口喧嘩をした後も仲直りする様子はない。今も、雛菊達と喋っているのに視線はあやめを追っている。

――姉を慕っているのは確かなのだろう。

そしてその気持ちは、あやめが受け止めきれる大きさではない。

だから、溢れて、溢れて、受け取って貰えなくて怒っている。それはとても自分勝手な感情ではあるが、瑠璃の生い立ちを考えると一刀両断することも出来なかった。

――代行者にとって、従者は一蓮托生の仲だ。

かけがえのない人が人生の途中で居なくなってしまうとしたら、夏の代行者でなくとも一波乱は起きることだろう。

――だが、あまり首を突っ込むべきではない。

二人が家族同士ということもあり、更にややこしい。しかもこんな事態だ。

どうしたものかとさくらが思案していると、雛菊が一念発起した様子で口を開いた。

「……夏の代行者さま……すこし、おはなし、して、も、いいです、か？」

「はい、どうせやることないですし……」

「明日になったら、雛菊たち、出ていき、ます」

「あ、はい……帝州を春にしなきゃいけないですもんね。それに、こんなことがあったし……」

瑠璃は少し残念そうに言う。

「……やだな。あたし達も里に戻される……また里の人達にお小言いわれる日々だ……あんな里に戻りたくないよ……」

本来なら自分達の故郷である『里』に複雑な気持ちを抱くのは、どうやら代行者共通のことのようだ。肩を落とす瑠璃に、雛菊は続けて言う。

「夏の代行者さま、里、戻った、ら、また、ひとり、で、お部屋、こもり、ます、か？」

「……わかんない」

「あやめ、さん、と、仲直り、しないまま、ですか」

雛菊の質問する様子が、あまりにも真剣なので瑠璃はふざけることも出来なかった。

「……」

考えあぐねているのか結局答えない。会話から逃げるように瑠璃は顔をそむけようとしたが、雛菊は口早に言う。

「雛菊、も、ね。お部屋、こもってた、こと、あります」

話を聞いて欲しい、と訴えるように言葉を継ぎ足す。

「さくらが毎日、とびら、たたいて、くれて、ました。あやめ、さん、みたいに……」

急に自分の名前が出て、さくらは居住まいを正す。

――雛菊様、何をしようと？

引っ込み思案の彼女が瑠璃に積極的に話しかけにいっているのはよほど伝えたいことがあるからだろう。さくらは先程の戦闘とは違う緊張を感じながら話の行方を見守る。

「……えっと……それ、姫鷹さまからちょっと聞きました……」

「雛菊、たち、代行者。……でも、ひと、です。つらいこと、あったら、逃げたい、です」

「……逃げたい」

「でも、ね、逃げる、と、拒絶、違い、ます。そうしてたら、ね、良くないこと、起きます」

それはまるで予言のようだった。

「雛菊、自分が、それ、知ってるから、夏の代行者、さま、このまま、残すの、不安、です」

未来を見通した賢者が、運命に翻弄される若者を諭すような予言だ。

――雛菊様。

さくらは、主が何の出来事を話そうとしているのかようやくわかった。

――貴方の口から、あのことを言うんですか。

わかったが、更に心配になる。

――貴方自身がそれを言うのは、自分で傷つきに行くようなものですよ。

さくらの視界に映る二人の少女は、薄暗い中、いくつかのろうそくの灯りに照らされている。

雛菊は真剣な顔だ。瑠璃は、眉を下げて顔をしかめていた。説教をされていると感じているのだろう。普段の雛菊なら、その顔を見て話すのを止めたかもしれない。

だが、今日の花葉雛菊は違った。

「雛菊、は、ね、そうやって、さくら、傷つけて、ちゃんと、罰が、きました。あるひ、とつぜん、さくら、とびら、たたかなく、なって、雛菊、びっくり、しました。嗚呼、さくら、ついに、雛菊のこと、みはなしたって、思った、の、です」

その言葉は、とても伽藍堂な響きだった。冷たい雪の世界に響くように、誰も居ない部屋に響くような音をしていた。静かな部屋に、あまりにも寂しく響いたので、その場に居る者達の動作が自然と話を聞くように手を止めてしまった。

「……」

先程まで歩き回っていたあやめ達も、怪訝な顔をして懐中電灯を持ったまま立ち尽くす。

「雛菊様、それは、御身が悪いわけでは……」

さくらは口を挟むが、雛菊は構わず瑠璃だけに語りかけるように喋り続ける。

「雛菊ね、もどってきて、春の代行者、やりたく、ありません、でした。この世界、嫌い、そう、思い、ました。夏の代行者、さま、も、ありません、か？　どうして、こんな、世界に、春、よばなきゃ、いけないの……って。今日も、おそわれ、て、もう、いや、です……」

その問いかけも、返事も代行者にとっては禁忌の言葉だ。

四季の力を司る神様達が言うべきではない。

「……うん、嫌だよ……こんな生活」

「そう、だよね……」

だが、二人だからこそ言ってしまえる言葉でもあった。

生活も、時間も、将来も、すべて季節を回す為に費やされる。その為に生きていて、責任は重大で、逃げることは許されない。

「雛菊、じぶんが……賊、に、襲われ、て、里に、たすけて……もらえなかった。みすてられた……それがすごく、つらくて、しかえし、みたいに、こばみました。春、あげないって」

四季の代行者という存在の、最たる不幸を味わった雛菊が言うとどんな言葉も重みが違った。

「……当然だよ。あたしだってそうするよ」

瑠璃は同意して頷く。しかし、雛菊は頭を振った。

「でも、ね。それは、だめなん、です。春をよぶの、義務、です」

たどたどしい口調で、それでも一生懸命に言葉を紡ぐ。

「おこめ、つくるひと、はたけ、たがやす、ひと、お花、育てるひと……虫の、研究、したり、動物の、研究、したり、観光、の、おしごと、で、生きてる、人も、います。春で、太陽、大地、空、たくさんのこと、かわり、ます。ひとのため、だけじゃない。どうぶつの、生活、安寧、も、大地の、呼吸も、季節、かかわって、る……雛菊は……つみびと、でした」

自身がどんな過失をしてしまったか、責めながら言う。

「雛菊、だめ、な、子、です。けど、さくら、だけは……そんな、わがまま、言う、雛菊をね、みはなさないで、くれた、ん、です。雛菊、が、誘拐、されて、た…………時、もさくら、だけ、は、捜して、くれて、いたか、見たら、わかり、ました。さくら、ぼろぼろ、で、どんなに、大変な中、捜してくれて、ました。再会、した時、さくら、の、人生、雛菊が、奪い、ました。だから、雛菊もね、少しずつ、さくら、だけは、信じようって……思いました」

「……姫鷹さんは、代行者想いの、良い従者さんだもんね」

「うん。でも、雛菊は、そうじゃなかった、です」

「……」

「……意地はる、時間、長すぎて……拒絶、つづけて、雛菊が、さくらの、がんばり、だめにした。雛菊が、春、呼ばないから、さくら、春の里、追い出され、ちゃった、の」

「雛菊様……」

さくらが顔色を窺うように雛菊の名を呼ぶ。雛菊は一度だけさくらの方を見て微笑んだ。それからさくらの手を握るとまた話し出す。もう互いの手を繋ぐのは意思疎通と同じことだった。

「ぜんぶ、雛菊の、せいだった。さくらじゃ、力不足、そう、里に、思われた」

雛菊が制するようにそうするので、さくらはハラハラしながら聞いているしかない。

「力不足、は、雛菊、なのに。さくらが、責任、とら、されてた。もう、新しい、従者、来るって、言われて……雛菊、そこで、やっと、自分が、馬鹿だって、わかったの」

　この体験談は現在の瑠璃にこそ刺さる話ではあった。雛菊はあまりおしゃべりな娘ではない。内気な部分がある。そんな少女が必死に話している。誰の為かといえば。

「この、世界、にね、雛菊のこと、本当に大事にしてくれる、ひと、少ない。そんな、ひと、困らせて、馬鹿でした」

　意地を張り姉を拒絶する瑠璃の為だ。

「……」

　だから、自分本位な彼女にしては珍しく、静かに聞いていた。

「馬鹿、でした。雛菊が、馬鹿な、せいで、いなく、なっちゃう。それが、ね、すごく痛くて、苦しくて、雛菊、泣きました」

　過去を思うように雛菊は一度目を伏せた。

「冬の、ね、寒い日だった。涙も、凍るくらい、寒かった、です」

「……それから、春の代行者さまはどうしたんですか」

　内緒話をするように、小さな声で尋ねる瑠璃に雛菊は弱々しく微笑んで言う。

「雛菊……さくら、のこと……だけは、世界が、嫌いで、も、信じられなく、ても……信じ、て、ました……。きっと、どこかで、待って、くれてる。そう思いました」

　吟遊詩人が物語を紡ぐような、そんな様子で雛菊は語る。

「だから、里のひと、みんなが、雛菊のこと、とめても、無視して、捜しに、いき、ました。夢中で、春を起こして。足を、ひっぱるひと、梅の木にとじこめ、からだ、はがいじめに、するひと、桜の、花吹雪で、めくらまし……もう、ね、なりふり、構わず、です。ただ、ひたすら……さくら、を、捜して、里を飛び出して……」

彼女の声で紡がれる、一音一音が、その場に居るみなの頭にある絵を浮かばせた。

打ちひしがれた春の少女神がたった一人の従者を泣きながら求める姿だ。少女神はそれまで人々に与えることを拒んだ奇跡の力を、ただ一人の娘を追いかける為だけには使った。

「でも、ね、そしたら……」

息が切れただろう。閉じこもった生活。心臓も足も急な運動に耐えきれなかったに違いない。けれども走った。もうそこで走らないと、一生後悔するとわかっていたから。

「そしたら、里を出て、長い、長い、石畳の階段、下りて、すぐの、門の奥から、声が、したの……」

そこからの物語は、さくらの物語でもあった。

「泣いてる、女の子、の声が」

さくらは雛菊の言葉で、過去の光景が頭に浮かんだ。

十九年という人生の中でも、特に鮮烈な記憶だ。いつだって思い出せる。

「ああ、雛菊の、さくらの、が泣いてる。さくらの、涙を、とめなきゃ」

——あの時飲み込んだ涙のしょっぱさ。

「そう思ったら、ね。雛菊（ひなぎく）もうそれ以外の、何もかも、すごく、どうでもよく、なってね」

——抱きしめた神様の体の小ささ。

「それで、もう、ためらいなく、さくらの、もとへ、行く道だけ、春を、敷きました」


——いつだって思い出せる。その冬の日がどれほど美しかったか。


さくらが、里の者に無理やり追い出されたのは極寒の日だった。

いまだ春の代行者が力を発揮せず、大和（やまと）の冬は極端に長引いていた。

山林の中に隠された春の里も例外ではなく、何もかもが凍るような寒さに包まれていた。

里へ続く唯一の道がある門は、非情にも閂（かんぬき）がされびくとも動かない。

荷物を勝手にまとめられ、門の外に投げられた。さくら自身も十数人がかりで締め出され、犬猫を捨てるように放られた。締め出した人々の冷たい横顔は目に焼き付いている。

『雛菊（ひなぎく）、さまぁ……』

涙が溢（あふ）れて仕方がなかった。これからだと、思っていた矢先だったのだ。

長い時間をかけて、ようやく信頼を勝ち取れた。

これからは命を救ってもらった恩返しが出来る。そう思っていたのに。

『ひな、ぎく、さまぁ……』

だというのに、隣に居る権利を剝奪された。

『誰か、開けてください……開けて……』

扉を叩く手に血が滲む。何度も叩きつけたせいか、地面にも血が滴り、扉も赤く濡れた。

それでも叩くことをやめられない。

『雛菊様……』

──誰があの伏魔殿で、守ってくれるのだ。

利権と私欲、目先の利益しか考えていない春の里の者達の中で、『春の代行者雛菊』ではなく『誘拐されて戻ってきた花葉雛菊』を見てくれる人は一人も居ない。

──居ないと知ったら、泣くにきまってる。

『開けて、開けて……開けて……』

──あの方は泣き虫で、怖がりで。

『開けて……開けてぇ……』

──けれども、誰よりも優しくて。

『……お願い、何も要らないから』

──でも、壊れてしまっていて。

『ただ、傍に……開けてぇ……』

――もう、戻らない。

『……雛菊様……』

――もう、以前とは違うけれど。でも。

『……お願い、開けて……』

――どれだけ変わっても、あの方は私の神なんだ。

まるで小さな子どものように、声を嗄らして泣いた。手がかじかんで、その内痛みも感じなくなった。誰かが門を開けてくれる気配はない。それでも、離れられず泣きわめき続ける。

どれくらいそうしていたかわからない。だが、突然、冬の寒空に鴉が大きく鳴く声が響いた。

何かを知らせるように頭上を旋回し続けた。

『……』

鴉の次は、狐が木々の間から走り抜けていった。周囲に異変が起き始めているのを感じた。

『雛菊様……！』

春の匂いが香ってきて、急に気温が暖かく感じられた。

門に刺々しく下がっていた氷柱から水滴が恐ろしいほどの勢いで流れていく。

『……雛菊、様……雛菊様っ！』

だから叩いた。門の扉を叩き続けた。

『此処です！』

自分の主に、存在を証明しなければならない。

『雛菊様っ！　さくらは此処におります！　雛菊様っ！』

春が来ているとわかった。雪花の中に、桜が混じっているのだ。カラン、コロン、と下駄の音が聞こえてくる。あの長い石畳の階段を、春の神様が駆け下りているのがわかる。歌っているのだ。泣きながら歌っている。

朧月夜　剣の鋭さ潜め

暗夜霞み揺蕩う

恋しさ堪え　春の宴　絢爛に

藤に彩られよ　山野　菜の花に染め上がれ　大地

永久に咲く花は無し　あはれいと恋し　冬の君よ

月の如く　その背を　永久に追う

『雛菊様！』

最後に大きく叫んでから、やがて門の閂が外れるまで、永遠のように時が長く感じられた。

開かれた扉の先には、見事なまでに、従者への一本道しか春が出来ておらず、思わず泣き笑いをしてしまった。

──春の顕現、出来ているじゃないですか。

あれほどまでに拒んだ春を、たかが従者一人を追いかける為だけに、この神様はいともたやすくこの場に召喚させた。

『……雛菊様……』

──そうだ。いつだってそうなんだ。

この少女神はいつも、誰かを助ける為になら躊躇いなくその力を振るうのだ。

愛する者の為なら、花を咲かせてくれる。

『さくら、みすて、ない、で』

最愛の神様は、髪もかんざしもぐちゃぐちゃで、同じくらい泣いていた。

きっと、たくさん捜してくれたのだろう。普段走ることもしないせいか、息が乱れている。

そして子どものようにわんわんと泣きながらさくらにすがりついた。

『みすて、ないで。さくら、が、いないと、もう立ち上がれ、ない』

もう、そうすることしか出来ないというように、すがりついた。さくらは手から血を流していたので抱擁を躊躇った。だが、躊躇いは一瞬だった。この神様を血まみれにしても良い、そんなことよりこの気持ちを受け止めたいと思って、手を伸ばし抱きしめた。二人で抱きしめ合うと、互いにようやく息が出来た。この世界は、雛菊とさくらには息苦しすぎる。

『もう、ね、立ち上がれ、ない、の』

二人で居ないと、もうお互いに駄目なのだ。

『自分もです、雛菊様が居ないと、生きている意味が……ありません』

それがこの非情な世界への唯一の対抗手段。

『いっしょに、いて、おねがい……なんでも、する、から』

『傍に居させてください。何でもします。貴方の為に、まだ何も出来ていない……』

自分達を攻撃する者達への抵抗だった。

雛菊とさくらは、その時から二人で一人のようなものだ。

『さくらのこと、守るから。雛菊が、守る、から』

『いいえ、自分が守ります……貴方が、九歳の私を守ってくれたように……』

『さくら……この世界が、こわい、よ……どうしたら、いいの。わからない……こわくても……いきて、いるの……まだ、いきなきゃ……いけないの……どうしたら、いいの……ねえ、もう……さくらと、いることしか、わかることが、ないの』

『雛菊様……』

『まだ、いきているの、どうしたらいいの……たすけて……さくら、しか、たすけて、くれる、ひと、いないの……おねがい……こわい、よ……生きるのが、こわい……』

『さくらが、守ります。必ず雛菊様を、怖いものから守りますから……』


それはいつまでもいつまでも、忘れられない、冬の日の思い出だ。


「そういう、ね、ことが……あって、から、雛菊……かわった、の」

大停電の夜に、春の神様は、年上の夏の神様に優しく語りかける。

そんな雛菊を見ているさくらは、視界が揺らいでいた。

――馬鹿、泣くな。

薺の時も視界が揺らいだ。実は自分はすごく泣き虫なのだと思い知らされる。

強くありたいけれど、この神様と居るとどうしようもなく少女になってしまうのだ。

――泣いたって、誰も守ってはくれないし、過去は変わらないんだぞ。

二人の間にあった出来事が、胸に去来しては涙腺を刺激する。

「かわったら、まえより、もっと……さくらと仲良く、なれた。すぐに……は、むり、でも……夏の代行者さまに、とって……世界一、好きな、女の子……が、お姉さんなら……」

最後の言葉は、一等優しく囁かれた。

「いじわる……しちゃ、だめ、だよ……」

瑠璃は、もう雛菊を見ていなかった。うつむいて、ぽたぽたと涙のしずくだけこぼし、小さく頷いている。何度も何度も頷いて、服の袖で顔を拭っている。

「本当に、会えなく、なること、世界には、あるんだよ……」

だから、後悔しないように、好きな人には優しくしてね、と雛菊は最後につぶやいた。

その日は全員、リビングに布団を持ってきて雑魚寝をしたが、瑠璃はあやめの隣で小さな子どものようにうずくまって寝ていた。

大停電の夜の翌日。春の代行者一行は夏離宮を後にすることとなった。

停電はまだ復旧していないが、交通機能は手信号などで運営されているという。雛菊達は一刻も早くこの地域を抜け出すべきだろうと四季庁職員を含めて決定が下された。夏離宮の者達も、昼過ぎには別地域へ移動するらしい。雛菊達が早朝出立の準備をすると、鳥や猫、犬に兎、様々な動物達が玄関から出て別れを惜しんでくれた。もちろん、夏の代行者姉妹も。

「雛菊さま、四季会議まで会えないから、携帯の連絡先教えてください」

双子の妹、瑠璃は雛菊の手を握り、ぶんぶんと振り回しながら言う。一晩明けて、瑠璃は雛菊を、雛菊は瑠璃を名前で呼ぶようになっていた。

「瑠璃、さま、雛菊、携帯、つかえ、ない、です」

雛菊は反動で揺れながらも何とか答える。

「え、まさか従者さまからの経済的虐待？　持ってないの？」

信じられない、という目つきでさくらが睨まれる。

「……失礼な！　違います。我が主はメールなどの文字入力が苦手で……いまは練習してる最中なんです……携帯電話のご用意はありますよ」

「あ、じゃあとりあえずさくらさまの番号教えてください。さくらさま経由で雛菊さまの番号も教えてヨロシク」

「了解しました」

雛菊は軽快なやりとりで会話する二人をぼうっと見る。

──そういえば、二人共、一歳しか、ちがわない、ん、だ、なあ。

さくらは別に嬉しそうではないが、雛菊は自分の従者に友達が出来ることが嬉しくなった。

同じことを、あやめも思っていたのか互いに微笑んでいるところ目が合う。姉妹は双子。十八歳、同じ顔をしているはずなのになぜかあやめの方は少し年重に見えてしまうから不思議だ。

「花葉様……旅のご無事を祈っております。次は四季会議ですね。私の任期は今年までですので在籍しています。また元気なお姿を見せてくださいね」

雛菊は、あやめの優しい笑みを真似するように自身もふんわりと微笑んだ。

「はい、あやめ、さんも、瑠璃(るり)、さま、と元気で、いて、ください」

　おっとり女子達(たち)がにこにことしている中、瑠璃(るり)とさくらは携帯電話の番号交換が終わったのか、手元から顔を上げた。

「完了です。私はあまり絵文字とか使いませんからそういうのは期待しないでください」

「何で？　持ってないの？　じゃあスタンプとかプレゼントしてあげるね」

「いや、要らないです、ちょ、要らないです、送らないでください」

「これでよし、雛菊(ひなぎく)さまは携帯マスターしたらあたしと連絡しよ？」

　雛菊(ひなぎく)は自信がないのか、首を傾けながら言う。

「……出来る、かな、ぁ……雛菊(ひなぎく)、六歳、から、色々、とまってるから……」

「ヨユーですよ。絶対出来る」

「いま、小学校、の、テキストで、ひらがな、漢字、やってる、ひと、でも、できる……？」

「学歴カンケーないです。つーか代行者は学歴とかないですし。さくらさま、絶対雛菊(ひなぎく)さまに携帯教えてくださいね？　あ、あたしがやってるゲームもやって欲しい！　通信対戦しよ！」

「そっか……あ、雛菊(ひなぎく)、ゲームはできる、よ！　ボタン、押すの、は、得意！」

「マジで！」

「雛菊(ひなぎく)様、リズムをとる音楽系のゲームが得意なんですよ。後で雛菊(ひなぎく)様がやってらっしゃるゲームをお伝えしますね」

もっと喋っていたいところだったが、『そろそろ』と春の四季庁職員から声がかかった。

昨日の襲撃のこともあり、安全な宿に着くまでは大人しく彼らに護送されることを雛菊もさくらも選んだのだ。冬の四季庁職員も、自分達の車の発進用意をしている。

「……ねえ、雛菊さま。これから帝州を終えたらエニシでしょう？　エニシは冬の里があるところだから……冬の代行者さまと会うの……？」

瑠璃は最後に切り出すように尋ねてきた。あやめの振りをして深い事情を聞いている。

彼女としては気になるところだったのだろう。

「え、えと……でも、狼星、さま、から……おたより、ない、から……たぶん、お会い、出来ても、四季会議……だと、思い、ます……」

「えー！　十年前助けてもらったのにあの人雛菊さまに文も出してないの？」

「……」

雛菊は黙ってしまう。さくらはぴくりと反応を示したが口は開かなかった。

「最低じゃん」

「ち、ちが……」

「じゃあ礼儀がない。あの人、すごく無愛想だし怖いし。良い印象ないんだよね」

「そんな、こと……」

「だって、十年前だけじゃなく冬は捜索をさ……ほら、五年で……」

途中まで黙って聞いていたさくらだったが、顔色を変えた。

「瑠璃様、そのへんで……」

狼星の悪口は聞きたいが雛菊が悲しむ話題は避けたい。

だが幸いなことに、雛菊は不快な思いをしている様子はなかった。

「……冬、は、大きな、捜査が、なくなった、だけで、ちゃんと、捜索、続けて、くれた、こと、国家、治安、機構の人から、後で、聞いて、ます……恨んで、ない、です……」

「ふうん………じゃあ、雛菊さまは冬の代行者さまのこと嫌いじゃないんだ」

「うん……」

さぐるように、瑠璃は雛菊を見つめる。

「……もしかして、むしろ会いたい……？」

「え、えっと……」

雛菊はたじろいだ。着物の袖で口元を隠し、目を伏せて睫毛を震わせる。

「それは……」

春の妖精のような姿をした娘が、困り顔を見せている。

代行者同士が親交を深めることは全く問題ないことだ。だがそれがもし恋なのであれば厄介なことになる。その感情が公務に差し障るだけではない。冬と春、双方の里からそれぞれ恋愛関係に口を出されることは確定事項だ。それは今の時点でも予想出来ることだろう。

適当な相手を見繕って恋をするほうが遥かにたやすく、穏やかな時を過ごせる。

雛菊は春の代行者として復帰した。好意を口にすること自体が意味をなし、影響力が出る。

それに何より、きっと、誰もこの恋を喜ばない。あまりにも傷が付きすぎた。

雛菊は、周囲の為にも自分の為にもそんな気持ちは捨てたほうがいい。だが。

「はい……あいたい、です」

まるで赦しを乞うような声音でそう囁いた。

その感情は、もう擦り切れたはずの『別の雛菊』の恋慕だけではないように見える。

「……あいたい、です……すごく……」

切なげに慕る思いを口にする雛菊は、苦しげだ。

「ずっと……『わたし』は、あいたかった、から……」

小さな雛菊は昔、恋をした。その恋心が十年の支えだったと言うのなら、どれほど愚かだとそしりを受けても、《花葉雛菊》は叶えたいのだろう。思う気持ちだけは制限できない。

「さくらさま……ちょっと」

「あ、はい。何ですか」

「……問題ですよ。良いんですかこれ？　こんな健気な乙女を……あのジメジメ男なんかに」

「ジメ……それ狼星のことですか？」

「そうですよ。寒椿狼星。ジメジメブリザードマン」

いつも暗くて口数が少なく、梅雨のような男だということからそう称したらしい。

「良くはありませんよ……ただ……少なくとも、冬の代行者本人から……儀礼的なやりとりではなく、電話や訪問などで誠意を持って連絡をとってこない限りは会わせたくはありません」

それを聞いて、雛菊は子犬がしょげるようにしゅんとした顔を見せた。見かねて、あやめが口を挟む。

「花葉様……第三者からの意見ですが、きっと冬の代行者様はどうお話ししたら良いかわからないのだと思いますよ」

「……あやめ、さん……」

「春復帰の触れは突然でした。それに、すぐに顕現を始められましたから旅程の邪魔をしないよう今は見守られているのだと思いますよ。私がその立場でしたら……電報は真っ先に送るでしょうが、お会いするのは時期を見計らいます」

雛菊が期待を込めてさくらを見る。さくらは言いたくなさそうな顔で『言ってはおりませんでしたが文はありました。でも、あいつの言葉ではなくただの挨拶文です』と返す。雛菊は顔を喜びに染めた。あやめは更に優しくさとすように言う。

「貴方様を気にされてないはずがありません。冬の護衛を割いているのがその証拠でしょう。普通は自陣の護衛を他の季節に差し出しませんから。特に、冬は賊からの襲撃が多いのですし……無理を通して、護衛の者達にも説得をしないと出来ることではありませんよ」

あやめのフォローは至極もっともで的確だった。雛菊(ひなぎく)は気を取り直したようにうんうんと頷(うなず)く。瑠璃(るり)は明らかに同意していなさそうな表情を見せたが渋々『わかった』と言う。

「ま、雛菊(ひなぎく)さまが良いならそれで良いけど……なんか嫌なことされたら、あたしに言ってね。さくらさまも。困ったことがあったら、夏は助けますよ。代行者の名にかけてお約束します」

どうやら、最終的にはそれが言いたいことだったらしい。雛菊(ひなぎく)は眉を下げて微笑(わら)う。さくらは腰を折って深々と礼をした。

瑠璃(るり)は、二人が車に乗ってからも、窓越しに話し続けた。

「山抜けるところまで、鳥達に見張らせますから。安心してくださいね」

「あり、がと、ございます」

「あと、食費かかりますけど春の方さえよければ今度あたしが面接した番犬とかそっちに派遣させますよ。めちゃ強いドーベルマンとかどうです？」

「要検討とさせてください」

「あと、あと！」

いつまで経(た)ってもお別れが出来ないので、やがて瑠璃(るり)はあやめによって羽交い締めにされた。

「すみません、瑠璃(るり)のことは私がどうにかしますから、行ってください」

「……やだぁ！　もっと喋(しゃべ)りたい……！」

あやめも武道の心得はあるようだ。瑠璃がどれだけ暴れようがあやめ自体はびくともせず、目で『行って』と訴えた。さくらは苦笑いしながら頷く。

「また、ね！」

雛菊が手を振ったので、ようやく瑠璃も観念してうなだれた。

「……また、四季会議で会いましょうね！」

「う、ん！　また、ね！」

雛菊と瑠璃は、互いに何度も『またね』と言い合い続けた。

それは夏離宮から車がすっかり見えなくなるまで続いた。

「……」

もう見送る人が居なくなっても、二人の姉妹はそこから立ち去る気が起きなかった。

あやめは瑠璃をとっくに離していたが、瑠璃はおもむろにあやめに抱きついた。

寂しさを紛らわせるようにぎゅっと腕を背に回す。この夏の代行者にとって、厳しさと優しさをくれた『春』はとても意味がある出会いだったのだろう。

「やっと、あたしを遠巻きにしない友達が出来たのに……」

言いながらあやめにすがりつく。

「……お姉ちゃんのこと、大嫌いなんじゃなかったの？」

あやめは、少し意地悪するように言った。

「………ケンカの時に言った台詞なんて無効だよ」

瑠璃は、すねた声で返した。

「そう？　私は真面目に言ってたわよ。祝福して欲しいって」

「……」

「私も瑠璃の結婚を祝福したいもの」

あやめもそこでようやく瑠璃の背に手を回した。

まるで母親が子にするように、泣いている赤子をなぐさめるように、トントンと背を叩く。

慣れた手付きだ。きっと何度もそうしてきたのだろう。まったく同じ顔で、同じ性別。けれども夏の代行者に選ばれてしまった、妹。彼女を支える為に、あやめは何もかも捧げてきた。

「あのね、必要としてくれるのは嬉しい。瑠璃を支えるのは使命のように感じてたから……」

瑠璃は抗議するように低い声を出す。

「じゃあ、せめてもう少し……」

「でもね、やっぱり今のままじゃだめ」

「……」

「お姉ちゃんが……？」

「私は、要領が良いから大丈夫」

「あたしの何がだめになるのさ……」

あやめは、そこでいつものようにどこが駄目なのか言おうとしたが、ふと、春の日向のように優しく語りかけていた神様の姿を思い返した。

「瑠璃の寂しさがどんどん大きくなってるのがわかる」

夏のように、苛烈に激励し、叱咤するのではなく。

「成長すればするほど、私じゃ埋められないものが増えてる」

ただ、そこにあるものを照らしていく言葉を選んだ。祈りを込めて。

「代行者としていろんな重圧がかかってつらいよね……」

「……つらいよ」

「そうだよね。瑠璃は、夏の代行者になんてなりたくなかった。それを知ってるし、それでも頑張る姿を見てきたからわかるよ。でもねたぶん……瑠璃の寂しさは、私じゃ埋めてあげられないわ。家族じゃない、他人に肯定してもらってようやく、少し楽になるものだと思う。そういう孤独もあるの。瑠璃は人よりそれが大きいのよ」

あやめが指摘していることは、瑠璃が昨晩体験したことに正に重なる。人は、自分とは違う人生を生きている人から、家族の輪だけでは得られない何かを獲得するものだ。

「きっと、そういうのを、承認されるって……言うんだと思う」

自分が何であるか、自分とはどうあるべきなのか。

そうしたものへの道筋が、別の観点から得られて、また歩くことが出来る。

少なくとも、あやめはそう思っている。それは、双子の間だけでは得られなかった感情を他で獲得したからだと理解していた。瑠璃は、小さくうめき声を上げる。

「そんな、難しいこと言われても、わかんないよ」

「嘘、わかるよ。瑠璃は馬鹿な振りをするけど、本当に馬鹿な女の子じゃない」

「……」

ここで何も言わないのは、指摘されていることがわかっているからだ。

「馬鹿な振りをするのはやめなさい。貴方は努力すれば自立出来る」

「……あたしは、お姉ちゃんと違うの……出来たとしても、まだ子どもなの。好きな人でも、まだ結婚なんてしたくないし……それより、友達が欲しいし……それより……」

あやめのスーツのシャツは、いつの間にか肩だけしっとりと濡れていた。

「それより、お姉ちゃんといつまでもいたいの……夏なんて、どうでもいい。お姉ちゃんが夏の花を見るのが好きって言うから……やってるだけだもん……」

瑠璃の涙が、ぽろりぽろりと零れていく。

「あたし、世界の為になんてやらないよ。お姉ちゃんが、夏を見せてって……言うから……」

「瑠璃、ごめん……」

「ずっと、そうだもん。それしか、やれる、元気、もらえなかった……」

「瑠璃、瑠璃」

「彼氏がいてもいい、結婚、しても、いいから……傍にいてよ……」

「……瑠璃、ごめんね」

「来年も、再来年も、おばあちゃんになっても……あたしに、夏を見せてって言ってよ……」

最後につぶやかれた言葉は、あやめの心を深く刺した。

「……」

──まるで、駄々をこねている子どもに、やる気を出させるようにずっと言ってきた。

『夏を見せてよ』

『瑠璃、夏を見せて』

『瑠璃がくれる夏が好きよ』

そうやって、何度も彼女を奮い立たせてきたのだ。魔法の言葉だった。二人にとって、必要な儀式だった。そうしてやらないと、瑠璃は『現人神』として機能しなかった。

──嗚呼、四季の神様。

神々がきっと、間違えて選んでしまったのだ。少なくとも、あやめはそう思っている。

──どうして妹を選んでしまったのですか。向いていません。

「お姉ちゃん、やだよぉ……お姉ちゃんの為以外に、神様なんて、やりたくない……」

──この娘は、甘えたで、責任感がなくて、自己主張も激しい。

「どうして変わっちゃうの？　今までは、あたしだけのお姉ちゃんだったのに」

──ただ『お姉ちゃん』が好きなだけの子どもだった。

「あたし、頑張りたいよ……でも」

──選ばれなければ、もっと自由に、伸び伸びと、生きられたはずなのに。

「でも……おねえちゃんが、いるから……」

神様に選ばれた女の子は、特別だ。

「おねえちゃんが、いないと……」

特別、可哀想で、守ってあげる者が必要だった。

「がんばる、意味が、ないの」

もしかしたら贖罪のつもりだったのかもしれない。

同じ顔をしているのに、自分は神様にならなくてよかった。

里に居る者なら誰もが次の神様になる可能性を持っていたが、選ばれたのは妹だった。

選ばれなかったら、きっと、もっと違う未来があったとはっきりと言える子なのに。

──里の楽団に入れたかも。歌が上手いもの。

──一生を捧げるような趣味に没頭したかもしれない。

──人と話すのが好きだから、それを活かす仕事はいくらだってあった。

だが、世界から拒否権は与えられなかった。

そんな未来は瑠璃にはない。結婚して従者を辞めるあやめには、まだ開かれている。

――ごめんね、瑠璃。

勿論、従者になる道を選んであやめも様々なものを我慢することになった。

青春は瑠璃に捧げた。そう言ってもいい。だが、あと少し、あと少し我慢すれば夏の神様の従者ではなくなる。解放されるのだ。もう頑張らなくて良い。自分の人生が始まる。

「瑠璃」

やっとこれで終わり。喜んだって良いはずだ。家族だからといって遠慮することはない。

――けど、不思議。いざ、自由が転がり込むと、どうして。

「今年で最後よ。里が決めたの。来年からは、私に夏を贈らないで。強くなるの」

――どうして、こんなにも、混乱してしまうのかしら。

「ねえ……貴方じゃなければよかったね」

――この神様から離れたかった。

「私が、代わりになってあげられたらよかった」

――妹が好きじゃなかった。

「貴方じゃなければ、よかったね」

――妹が嫌いだった。

「貴方じゃなければ、私は、もっと……」

――でも、妹を愛していた。

「……もっと、優しいお姉ちゃんに、なれたのかもしれない……」

あやめの片方の瞳から、しずくがこぼれ落ちる。この涙に、嘘偽り(うそいつわ)はない。

「瑠璃(るり)、ごめんね、お姉ちゃんが代わってあげられたらよかったね……」

誰かが世界のどこかで泣いていても、季節は巡る。

夏離宮の山々を、渡り鳥が過ぎ去っていく。


春の顕現を行った山々は、ところどころで雪混じりに桜の木が開花していた。

第四章　秋の代行者　祝月撫子

春爛漫(はるらんまん)の世界で、幼女の姿をした秋の神様が遊んでいる。

年の頃は七、八歳くらいだろう。

天使のような顔立ち、透き通るような白い肌、胡桃色(くるみいろ)の巻毛、青という青をかき集めて創られたような勿忘草色(わすれなぐさいろ)の瞳を生まれつき持っていた。

その身を包むのは花柄の金糸雀地(かなりあじ)の着物、銀杏飾(ぎんなんかざ)りがついた黄枯茶(きがらちゃ)の羽織(はおり)。頭に載せられたクラシカルなベレー帽は遊び心のあるリボンや飾りで彩(いろど)られている。秋色の中に差し色で使われている青は彼女の珍しい瞳を意識したものだろう。選び抜かれた装飾から、周囲にどれだけ愛されているかわかる。誰が見ても可愛(かわい)らしいと形容するであろう彼女は、今は室内で野掛けの真似事(まねごと)、いわゆるピクニックをしていた。

場所は創紫(つくし)。秋の保養所である秋離宮。

ガラス張りの天井に白塗りの壁、木目の床で出来た優雅なサンルームに居る。

外は快晴、本来なら外に出かけてもいい天気なのにわざわざ部屋の中でピクニックバスケットを広げていた。何か理由があるのだろう。外出出来ないのなら、せめて外が見える場所で気分だけでも。そういう大人の配慮が部屋の雰囲気には見え隠れしていた。

遊び盛りの子どもを閉じ込めているのは可哀想(かわいそう)とも言えるが、本人はこの遊びを楽しんでいるように見える。管理されながらも自分の世界で喜びを見つけることが得意なのだろう。よそ行きの服装は気分を味わう為、ラグの上にはリュックサックや玩具、ぬいぐるみが散乱している。一通りそれらで遊んだ上で飽きた経過が見て取れる。

今彼女はお絵かきに夢中になっていた。紅葉のような手はクレヨンを握りしめてひたすらに桜の花弁を描いていた。ひらり、ひらり、と舞い落ちる桜の花弁を、サンルーム越しに見ては模写している。大和に於いては十年ぶりの春。この神様も初めて春を知る子ども達の内の一人だ。降りゆく花弁の様子をあどけない声で『いちまい、にまい』と数えてつぶやく姿は微笑ましい。子守と思われる女性がウッドテーブルでお茶の用意をしながらその様子を笑って見守っている。正に、優しく暖かな春のひと時だった。

「りんどう、りんどう」

幼女は、ふと思い出したように後ろを振り返り誰かの名前を呼んだ。

サンルームの平和な世界から少し離れた場所で、日向とは隔絶された影に溶け込むように帯刀した一人の男が立っていた。

年は二十代前半か。褐色の肌、輝く白目の三白眼、若く凛々しい顔立ち。アシンメトリーにセットされた髪は秋の黄菊色で日に焼けた肌によく似合っている。引き締まった体躯を包むのは灰色のシャツに黒ベスト。榛摺色のスカーフタイを締め、磨かれた革靴を履く姿は威風堂々。

自分に自信がある様子が見て取れる男だが、それも納得の容姿だった。

「どうしましたか撫子」

一見、華美で軟派な男に見えるのだが、発する声は至極穏やかだ。撫子を甘やかそうとしているのがわかるベルベットボイスが静かなサンルームに優しく響く。

「あれはさくらって言うのね？」

「ええ、あれはさくらです……漢字だと……」

『りんどう』と呼ばれた彼が近寄って、自由帳の新しいページにクレヨンで文字を書いた。

「『桜』と書きます。春に咲くものです。撫子は初めて見ましたね。綺麗でしょう」

「うん、すごくきれいだわ……ねえ、わたくしのなまえ……なでしこは秋の花よね？」

「ええ、竜胆もそうです」

「春のだいこうしゃさまのお名前は……」

「雛菊様といいます」

「花のおなまえどうしだわ！」

「……四季の血族は概ね、季語からつけられますから、花が多くなります」

「でも夏のだいこうしゃさまは花じゃないのよ。冬のだいこうしゃさまも花じゃないの」

竜胆は、主が何を言いたいのかよくわからず、無表情のまま言葉を見守る。

「おそろいよ！　はじめてわたくしとおそろいよ！」

「それが嬉しかったのですか？」

「ええ！」

少しの間を置いて、仏頂面にも見える竜胆がうっすら微笑んだ。

「ようございました」

慈愛に溢れたまなざしを向けられて、撫子は惚けたように眺めてから同じく満面の笑みを返す。そして竜胆に両手を伸ばした。竜胆は何も言わずに自身も手を伸ばし、撫子を抱き上げた。

まるで年の離れた兄と妹のように仲睦まじい姿だ。

「りんどう、りんどう」

「何ですか、撫子」

耳元で名前を呼ばれて撫子は頬を薔薇色に染めながら微笑む。

「りんどうは撫子の王子さまね」

「……大和の王族支配はとっくの昔に終わっておりますが？」

上機嫌だったのに、冷静な返しをされて撫子は違うと口をとがらせる。

竜胆はわかっていて言ったのだろう。小さな主の予想通りの反応が面白くて笑い声が漏れる。

「あのね、すてきだっていいたかったの」

「俺がですか？」

「そうよ、りんどうは撫子の王子さまだもの」

「どちらかと言えば騎士がいいかと。姫君」

「撫子はお姫さま？」

「勿論、俺の秋は、俺の一等大切なお姫様ですよ」

その台詞が嬉しかったのか、撫子は一層竜胆に抱きついて頬に口づけまでした。

秋主従はしばらく騎士と姫のままごとをし続ける。

「阿左美様、警備部が呼んでおります」

すると、子守が声をかけた。よく見ると彼女の耳にはイヤホンマイクがついている。

「……りんどう、いってしまうの？」

「すみません撫子、すぐ戻ります」

「わたくしのこと、いちびょうも忘れないでね」

「ええ、貴方のことだけを毎秒考えていますよ。俺は離れますが、ここは防弾ガラスで出来ておりますし、終始監視が入っています。入れ替わりに警備部の護衛が入りますから引き続き午後の時間をお楽しみください」

「りんどうのお菓子、のこしておくわね。りんごのタルト！」

「ありがとうございます、撫子」

「こちらはお任せください、阿左美様。さあ撫子様、お茶の用意が出来ましたよ」

竜胆は撫子に背を向けた途端、先程まで浮かべていた笑顔を消して囁いた。

「警備部へ通達。『フェアリー』から離れる。今からそちらへ向かう」

胸ポケットにつけた小型マイクから短く応答が入る。竜胆は一度だけ撫子の方を振り返り見てから部屋を後にした。


秋離宮は一見近代建築に則った開放的な造りになっているが内装は違った。

サンルームは全面防弾ガラス。面した部屋から一歩出ればコンクリートの壁の廊下が広がる。数メートルごとに監視カメラが設置されており、それらはすべて地下にある警備部と呼ばれる部屋にてモニタリングされていた。

部屋を出て、地下の警備部に入ると竜胆を出迎えたのは小柄な白衣の女だった。竜胆よりは年上だろう。二十代後半といったところか。綺麗に染め上げられた金色の髪をポニーテールにしている。白衣の下も赤いワンピース。靴も赤。眼鏡のフレームも赤。好きな色がわかりやすい人物だ。

「ああ、来たね。四季会議に出す警備計画、出来てるよ。後は君に読んでもらって提出するだけ。締め切り間近だからいま読んで」

「わかった」

「それで阿左美、『フェアリー』のご機嫌はいかがかな？」

白衣の女からの問いに、竜胆はため息を吐いてから答えた。

「……問題ない。サンルームに連れて行ってから顔色が良くなった」

「良かった良かった。心配だったんだよ」

「だだをこねた時は適当に日を浴びさせて、好きな菓子でも食わせておけば機嫌が良いんだ。おい……長月、ここでカレーを食うのはやめろ。俺の服に匂いがつく」

竜胆は、サンルームに居た時とはまるで違う様子に豹変しているようだった。

長月と呼ばれた女はそのことについて、特に驚いた様子はなく、『違うよ、カレーうどんだよ』と笑みを浮かべて返す。

主の前では猫をかぶったように優しい男。陰ではくたびれて悪態をつく男。これが阿左美竜胆という男だ。彼は秋の代行者祝月撫子の従者をしていた。

秋の代行者の警備は、他とは少し違い、警備人員を限る代わりに監視やGPSに予算を割いていた。『フェアリー』は彼らの護衛対象のコードネームだ。竜胆の同僚の一人である長月はおもむろに近くにあった空気清浄機を起動させながら言う。

「『フェアリー』ちゃん。最近、散歩に行かせてあげられないからなぁ。あんな子どもなのにろくに日光浴もさせてやれない……可哀想だ。発電所の爆破事件……夏離宮の襲撃なんてなければ……今頃花見くらいは連れて行ってあげられたかもしれないのにね……」

竜胆は、同意するように頷いた。長月が言及しているのは先日起きた衣世での大停電事件のことだった。衣世の土地の一つである矢賀にて春の代行者一行が夏離宮に滞在していたこと、賊の襲撃があったことは四季庁から秋の関係者に報告が入っている。

「停電の原因である爆発も賊ならば、四季会議に向けたメッセージの可能性があるな。『お前達を常に見ている』と……。春には良いお灸になったんじゃないか。長月、お前聞いたか？」

「あ～あれでしょう。春の代行者様と従者が大観衆を前での儀式計画から逃げちゃったやつ」

「……ああ、呆れて物が言えない」

「本当にねぇ～」

『春の従者は馬鹿だっ』

『春の四季庁は馬鹿だねぇ』

二人同時に、他者を貶したのは同じだったが、相手は重ならなかった。

竜胆と長月はお互いに『本気か？』という顔で見つめ合う。

「……」

「……」

先に戦いの火蓋を切ったのは竜胆だった。

「おい、どう考えても春の従者が馬鹿だろう。代行者の手綱をとれていない」

竜胆は乱暴に近くにあったワークチェアに座り込む。そしてそのままぐるりと回って長月と向かい合った。腕を組んで言う。

「代行者は管理されるべきものだ。人ではなく重要文化財だ。黙って従わせるべきだった」

「代行者は人じゃない？」

「そうだ」

「代行者は重要文化財？」

「そうだ」

「おやおや、『フェアリー』に対してゲロ甘な態度で接してる竜胆がそれを言うかい？」

にやにやと笑いながら言われて、竜胆は苦い顔をする。

「……撫子は……わがままな時もあるが許容範囲だ。それに、心身の影響がすぐ体に出やすい。神通力の精度も体調や気分の良し悪しで大きく変わる。万全な状態で機能させる為にも気を遣うのは当たり前だろう。本だって湿気や日焼けからは守る。それと同じだ。管理する為にケアするのは従者としての仕事だ。俺はうまく代行者を手のひらの上で転がすことが出来ている」

チッチッチッと長月は軽快に唇で音を紡いだ。

「それだよ。代行者の方々は感情の揺れが神通力に作用すると実際に研究データが出てる。つまり、代行者の意に沿わないことを……大勢の客を前に踊って歌えだなんてアイドルに求めるなんてことは、ケアをする側から見ると最悪の発想だ。しかも相手は十年の時を経て戻ってきた誘拐被害者だよ？」

竜胆は痛いところを刺されて、反論せず眉だけ上げた。長月はワークチェアに座りながらリズミカルにポニーテールを揺らし、歌うように語りかける。

「あの方達はね、何をやるにも本当に気分次第なんだよ」

この分野に関しては饒舌にならざるを得ないのか、長月の語りには熱が入っている。

「こう言ってしまうと悪く聞こえるかもしれないけど、それだけ感情に左右されるってことさ。なり立てでも、老いていても、練度に拘わらず気持ちが高ぶればすごいことが出来る。過去の四季の代行者で、冬の代行者が里を守る為に氷の城を作り上げて籠城、挙げ句の果てに氷の巨兵を以て賊を退治なんてものも百年前にはあるんだよ。恐ろしいよね……」

竜胆は聞いたことのない事例だったのか、驚いた様子を見せた。

「冬は四季の中でも戦闘に特化した存在だからそういう逸話はかなりあるね……他の季節も過去を遡れば結構伝説級の逸話はあるよ。昨今だと、現在の春の代行者様が良い例だ。まだ四季降ろしも終わってない新米の状態で、巨大な桜の木を作り上げ、自分の従者と冬の主従を守護したっていうのは、正に『守りたい』の感情によるもんだとは思わないか？」

説き伏せられているこの状況が不服なのか、竜胆は若干不機嫌気味で答える。

「……まあ、根性はあるな」

「ばっか、根性で出来るもんか。花葉雛菊様……だったかな？　彼女は恐らく歴代の中でも類まれなお力を持つ方だ。しかもそれをやり遂げたのが弱冠六歳だよ？　我らがフェアリーちゃんと年の変わらぬ頃だ。こりゃあすごい」

竜胆は、その発言にはむっとした。

「……撫子を比較に使うのはやめろ」

自分が仕える者が卑下されるのは、自分も貶されているのと同じだと彼は思った。

しかし、長月は意に介さず、笑いながら言う。

「いやいや、比較して下げてるわけじゃなくてね。御年六歳でそれだけ力があったってこと。代行者の能力は経験値込みで年齢が上がる度に強まるから、今はどんだけの強さだって話になってくる。力があるってことは、それだけ暴走する可能性も高いんだ。だから従者も断固拒否したんでしょうよ」

ようやく、最初の討論テーマの回答に帰結したようである。

竜胆は顔色は変えなかったが、腹の中では『なるほど』と理解した。長月の主張の意味がわかった。竜胆は春の従者が代行者の機嫌取りで警護を軽視して儀式を行ったと推理したが、長月は儀式を成功させる為に感情を左右する不要なものは排除して万全の状態で十年ぶりの顕現に挑んだ、と推理したのだ。どちらが本当かは本人に会って聞いてみないとわからない。

「春の代行者、雛菊様だけど……公式記録ではどうやって誘拐された場所から出てきたか書かれてないんだけど、ここだけの話さ……」

長月は竜胆に互いの膝がぶつかるほど近づいて耳打ちした。

「賊の秘密基地を全壊させて出てきたらしいよ、すごくない？」

それを聞いて、竜胆は驚きで動きを停止させた。

「……」

「驚いてる、驚いてる。ねえ、すごいよね？　ぼくも驚いた」

「……」

「おーい、なんか考えてる？」

ややあって、竜胆はいかにも不可解そうな様子でつぶやいた。

「それだけのことが出来るなら、もっと早く出てこれたんじゃないのか？」

「……」

長月はあんぐりと口を開けて呆れた。呆れついでに、竜胆のワークチェアを赤いパンプスで蹴る。竜胆は島流しにされたように壁まで流れていった。

「おい！」

「君さあ、婦女暴行事件の被害者にも『抵抗出来たはずだろ』って言うタイプでしょ？」

さすがに竜胆もそれには反論した。

「そんなわけないだろ！」

「はーもう、話す気失せたわ～」

「おい、長月」

「うわっ近寄らないでください～他者への思いやりが死んでるクソ野郎～」

「いや、だってそうだろう。普通の人間ならまだわかるが、代行者は四季の力があるんだ。それを使っていつでも出られたはずだと思わないか？」

「……君はちょっと、本でも読んで感受性を養ったほうがいいよ。あと、貸してあげるから、特定環境下に於ける人間の心理を学びなさい。彼女は攫われた時に六歳だった。例えば、『大人しくしていなければまた冬の里を襲う』とでも言われれば従ってしまうだろうさ」

「……」

もう少し反論したい気持ちがあったが、竜胆は口を閉ざした。

——そうは言っても、意識が甘かったんだ。俺達はそんなヘマはしない。

そう思ったが、言わない方が良いことくらい、わかっていた。

「さ、やめやめ。仕事しよう？　早いとこ確認して、アラがあったら先方に伝えないと……なにせ、これは絶対に中止出来ない儀式なんだから」

「ああ、拝見しよう」

竜胆は警備部のパソコンデスクに座り、そう言って提示された文書ファイルを眺めた。

ファイルには四季会議の概要が書かれていた。古より行われてきた祈禱であること。

四季の代行者達が年に一度集まり、四季に祈りを捧げること。

これなくして季節は継承されず、これを放棄すればその国から四季の恩恵は途絶えると言い伝えられていることも。

——嘘くさいもんだ。

竜胆は読みながらそう思う。

――春の代行者が居ない間も四季会議は行われていた。それなら、今年は秋が居なくても良いんじゃないのか？

神代から伝わる神事に心の中でケチをつける。

実際、この十年花葉雛菊は四季会議に参加出来なかったが四季の代行者の異能は消える気配はない。だが、生物の生態系が変化しているという報告は増えている。

春が抜けていた間の季節の巡りは不安定で、年々作物の枯れが目立つ。

崩壊のほころびが見えてはいた。これが春の不在、四季会議の欠席のせいだというのなら、今年の実地でどうなるかが見ものだ。一通り読んで、竜胆は確認済みのチェックを入れた。

「終わった」

別の仕事をしていた長月に声をかける。先程は竜胆に不快感を示していた彼女だったが、もう平常時に戻っていた。

「了解、了解。じゃあこれで終わり。戻って良いよ」

「ああ……それにしても、例年に比べて警備が厚いな……」

「春と夏が襲われたからね。うちもこれくらい必要だよ」

「別に良いが……ここまでする必要あるか？　いざとなっても俺達が居るんだし……」

「油断は禁物だよ。秋は賊の襲撃が少ない季節とはいえ……うちが襲われない保証はない。ほら、戻ってあげて。フェアリーちゃんは君が居ないとすぐぐずるんだから」

もう少し、子どもとではなく大人と話していたい気分の竜胆だったが、仕方なく立ち上がる。ちらりとモニターを見たが、サンルームの中で撫子は大人しく絵を描いているようだ。

竜胆はまた子どものお守りかと少々うんざりしながら地下から一階までの階段を上っていく。歩きながらあくびが出た。

――今日は、この後家庭教師との学習時間か。

今は春。穏やかな陽気に包まれ雪の下に埋もれていた者達が顔を出す季節だ。秋の代行者が忙しくなるのは夏の代行者が夏の顕現を終えてからになる。

自分達の担当ではない季節が巡っている間、日々は単調になりがちだ。

――勉強させて、それから夕食。風呂に入れて、それから。

つまらないと言ってしまえばそれで終わりだが、しかし愛すべき日常でもある。

日常がつまらないのは、平和である証拠だ。こういったことは、何かが全て一変してしまってからよくわかる。

――俺の自由時間はどれくらい作れるかな。

阿左美竜胆は、それほど真面目な従者ではなかった。他の従者と比べて、代行者へのこだわりも少ない。従者の職務を仕事だと割り切っている人間だった。

――面倒だな、嗚呼、面倒だ。

だが、それでも、日常が壊れてしまえばいいと願うような者ではなかった。

「あれ……？」

階段を上がり終えた竜胆が、一階の廊下の窓から見える飛来物に気づき、声を上げた時には全てが一変した。

竜胆が飛来物の形を確認する間もなく、それは秋離宮に直撃した。大和では誘導飛翔体、広義ではミサイルと呼ばれるそれが昼下がりの平和な時間を破壊したのだ。

竜胆の体は秋離宮の爆破と共に衝撃波で壁にぶつかり、そのまま地下へ落ちた。

彼は幸運だったとも言える。

彼が奈落の底に落ちるように倒れていってから地下入り口は防火シャッターが作動し閉ざされた。一階にはすぐに代行者達が『賊』と呼ぶ集団が大挙して入ってきて、監視頼りの警護を問答無用で破り抜け、遭遇したものは武装した賊達の暴行を受けた。シャッターはそのまま素通りされたので命の危険に晒されるようなことはなかった。

だから、彼は幸運だった。何より幸運だったのはその間気絶して、何も見ずにすんだことだ。

サンルームはミサイル着弾直後に耐えきれなかった防弾ガラス達が雨あられのごとく降り注いだ。秋の代行者祝月撫子は驚いて何も出来ず、ただそのガラスの雨を受け入れた。その場に居た子守や護衛は運悪く壊れた壁の下敷きになり、すぐ意識を失った。

撫子が賊に発見された時、ただの血だらけの死体に見えた。

小さな人形が赤く染まって死んでいる。そんな様だ。

まるで軍隊のように武装した賊達が彼女の生死を確認する為に近づき、その中の一人、大柄な男が脈を確認する為に手に触れた。

すると、触れた賊は電気ショックを受けたかのように震えだした。

撫子の体がほのかに光を帯びるのを誰もが見た。彼女の意識は既になかったが、代行者の力が自動的に発現されていた。

秋の代行者の特殊能力は『生命腐敗』。それは木々や大地を腐食させ、冬への身支度へと世界を衣替えさせる為に必要とされることだ。しかし、いま撫子がしていることは少し違った。

「あ、ああ、あ、あ、ああ、あああああっ！」

撫子の手が触れた男の手を握り返して離さない。男は悲鳴を上げ続ける。

彼女は触れた賊の体の生命力を吸収し、自分へと循環させていた。

これこそが秋の代行者に備わった特別な力だ。撫子に意識はない。だが、撫子の体はいま大量に血液を失い、死を意識している。本能で体が能力を活性化させていた。

生きたいという思いが、全身を駆け抜け賊の生命力を吸収する。撫子の体は現代医療の常識を覆す、急速な自己治療を始め、みるみる内に傷口が塞がっていった。

ことり、ことり、とガラスの破片が傷口から『不要物』として抜け落ちていった。

その不思議な光景に、悪く言えば、神がかった恐ろしい力の前に武装した賊達も恐れ慄いた。

撫子が満足したように賊から手を離すと、生命腐敗の手に落ちた男はゆっくりと意識を失い倒れた。救護の手が必要と思われたが、それをしても救われるかどうかは疑問だった。

男はすっかり干からびたような肌に様変わりし、口元からはだらしなく舌が出て、全身の穴という穴から血が流れていた。まるで撫子の痛みを肩代わりしたかのように。

「……回収しましょう」

武装した一人が言った。女の声だった。

「御前、しかし……殺す予定で我々は……」

賊の中でも上背が一番高い者が一歩前に出て発言した。

「その通りよ。確保するつもりはなかった。でも……見て……」

御前と呼ばれた女の賊は撫子の前に膝をつく。

「こんなに小さいなんて……まるで……あの娘みたい……ねえ、美上」

その言葉に、美上と呼ばれた賊は微妙な反応を示した。

「また飼い犬に手を噛まれるおつもりですか、御前。一度で十分です。四季の代行者は我々が手駒に出来るような存在ではありません」

「でも、わからないじゃない。それに治癒が出来るのよ……うまく育てれば、人々の治療が出来る子になるわ……そうしたら助かる命が増える。活動していけば、私達がしていることが正しいとわかる人もきっと増える……！　間違ってるのは四季庁のほうだと……！」

「御前、しかし……！」

「連れていきます」

美上の言葉を無視して、賊の頭領と思われる女は撫子に手を伸ばす。撫子はもう満ち足りたのか、抱き上げた女の体に生命腐敗の神秘を仕掛けることはしなかった。くたりとした小さな体は、腕の中で浅く呼吸を繰り返す。


「撤収しましょう」

強襲を仕掛けた賊の一行は来た時と同じように風のようにその場を去った。


残された秋離宮の生き残り、運良く地下に閉じ込められた者達は緊急脱出用扉もシステムの誤作動でロックされ、助け出されたのはそれから約一日後だった。

至るところに設置されていたスプリンクラーが作動したおかげで火事にならなかったのが不幸中の幸いだろう。

しかし、それでも秋離宮はかつての原形を留めていなかった。竜胆が内心疎ましいと思っていた子どもが駆け回っていた秋離宮は半壊していた。

あの小さな背中を追いかけた廊下は強襲を受けた被害者の血痕で汚されている。

あの小さな手を握って寝かしつけた寝室は瓦礫に埋もれている。

あの小さな瞳にまぶしく見つめられたサンルームには、ちょうど彼女が居た場所に血溜まりが出来ていた。まるで焼き付いた焦げ跡のように痛々しく残っている。

「……阿左美……フェアリーが……撫子ちゃんが……」

共に助け出された長月が血溜まりを見て耐えきれず泣き出した。

竜胆はショックというよりも信じられないという気持ちの方が強かった。

こんなこと起こるはずがない。そうとしか思えなかった。

「嘘だ……」

阿左美竜胆が秋の従者を務めてまだ一年。代行者も従者も新米同士。年の離れた彼が従者に選ばれたのは、彼が里出身で一番の武芸の達人だったからだ。

「……だって、監視カメラも、それに……」

先祖が代行者の従者をしたことから、代々その役目を引き受けることが多い秋の里の名門とも言える家の出身だった。

「こんなの、何の、予兆も」

彼は最初の一年は立派に護衛官の役目を果たした。

陰で愚痴を言おうが、祝月撫子のことを彼なりに大事にしていた。彼女を騙すように、違う自分で接していたのも、その気持ちの現れだ。素の彼は子ども好きではない。

「……こんなのって……」

だが演じた。撫子の為に良い従者を演じた。その甲斐あって撫子は何時だって『りんどう、りんどう』と彼を慕ってくれた。多分、それがずっと続くと思っていた。危険なことがあっても、自分なら対処出来ると思っていた。その自信もあった。実際は、どうだ。

「撫子……」

戦う機会すら奪われ、彼が眠っている内に全てが終わっていた。

「撫子」

あるのは、小さな体の血の痕だけ。

「なで、しこ」

もうそこには何もない。


『……りんどう、いってしまうの？』

『すみません撫子、すぐ戻ります』

『わたくしのこと、いちびょうも忘れないでね』


もうそこにはなにもない。

何もかもない。償うべき存在も、癒やせるものも、何もかもない。

目の前の景色を見る自分にただただ無力を感じる。


――何も出来なかった。

――何も出来なかった。

――何も出来なかった。


なのに、目も、鼻も、口も、心臓の音すら正常に動いていて、外の世界を認識し、そして世界もまたこの惨劇があっても正しく動いている。

――こんなのはおかしいだろ。

どうして世界は呼吸をしているのだろう。いま、こんなにも酷（ひど）いことが起きているのに。


「なでしこ」

竜胆が呼んでも、彼の妖精は返事をしなかった。

第五章　狼星と雛菊

その日は特別な日でした。

五歳で春の代行者となった雛菊様が初めての『春顕現』を冬の里で行う日でした。
この日を迎える為に、雛菊様は修行をされてきました。
まだ六つだというのに、春の代行者としてふさわしい振る舞いをするお姿は、冬の里の者達にも敬いの念を抱かせていたように思います。

彼女が年相応に振る舞う時は、以前までなら私と一緒に居る時だけでしたが、冬の里に四季降ろしで滞在してからは変わりました。
同じく代行者職を務められる■■■■様と、従者である■■様と一緒に過ごす間は、雛菊様にとって特別な時間となったようです。

それが、良くなかった。あの人が自分を犠牲にしてしまう原因となった。

事件当時、雛菊様はお気に入りの着物を纏っていました。紅の地に菊の大輪が描かれたものです。冬の里は雪で真っ白だったのでよく映えていました。

一面銀世界の冬の里が血で真っ赤に染まったのは、何時だったか正確には思い出せません。昼過ぎだった気がします。

大きな破裂音の後に、悲鳴が聞こえました。はい、後でわかったことでしたがあれは銃声でした。続けてパアン、パアン、と破裂音が聞こえて、それからは怒濤の勢いで暴漢達が私達の居た部屋に乱入してきました。■■様と私は■■様と雛菊様をお守りする為、攻防を続けながら冬の里から逃げました。途中、■■様は腹に銃弾を受け、私も撃たれました。■■様は雛菊様をお守りする為力を尽くして下さっていましたがもはや我々は絶体絶命でした。追手はすぐ傍まで来ていた。

そこからは、はい、そこからは、春です。
雛菊様は、私達を守る為にすべてを春にしました。

黎明十年　事情聴取　「姫鷹さくら」

冬離宮は柔らかな春の兆しに包まれていた。

北の大地エニシ、エニシの中心都市である札宮から車でおよそ三時間ほどの距離の場所に不知火と呼ばれる土地がある。夏ともなれば薫衣草の花畑が咲き乱れる緑豊かな花の街だ。その土地に建設されたログハウス風の屋敷が冬の代行者の離宮だった。

不知火の山奥に、まるで隠されるように存在する冬離宮は木々の中にあってこそ映える外観をしている。海外の建築を参考にしたと思われる屋敷は、通常よく見られるログハウスの三倍の大きさはあるだろう。歴代の冬の代行者が愛したこの冬離宮には、当世の冬の代行者も滞在していた。

「……」

平時でも漆黒の着物を身に纏っている寒椿狼星は、自身の従者である寒月凍蝶が携帯端末で話している姿に注目していた。古めかしい暖炉の前に置かれた布張りの長椅子に腰掛けながらじっと話している内容を聞いている。

「……成程、報告感謝する」

電話相手に相づちをうつ従者の凍蝶の声はどこか堅い印象だ。

今現在、エニシを取り巻く季節は冬から春へと塗り替えられつつあった。

つまり、春の代行者達が冬の代行者がホームとする土地を訪れているのだ。

エニシの大地は広い為、各地を移動しなくてはならない。地元のニュースは久方ぶりの春の訪れを喜び、春の代行者の動きを桜前線にたとえて追うものばかりだ。

狼星は腹をくくって、このタイミングで春の主従に会談を持ちかけ、謝罪の場にすることを考えていた。もしかしたら断られるかもしれない。そうだとしても、この土地で雛菊がする春の顕現を見守るつもりだった。

「そうか……泣いてらっしゃったか……辛いな……」

しかし、事態は狼星の淡い願いすら許されぬことになっていた。

夏離宮の襲撃に続いて、秋離宮の大規模破壊、並びに秋の代行者の誘拐。この立て続けの賊からの攻撃に四季庁並びに代行者周辺は緊急事態に陥っていた。

警備はいつも以上に加えて、移動は最小限に制限。冬と春の交流など出来るような状況ではない。雛菊達も、春の顕現が終われば即時に春の里がある帝州に帰ることになっていた。

「引き続き頼む。雛菊様とさくらを第一優先に。ああ、春の四季庁よりも二人の意志を優先するよう動いてくれ。君達に警護をしてもらっていて良かった……」

凍蝶が携帯端末片手に話している相手は春の主従につけていた冬の里精鋭の護衛だ。

既に夏離宮襲撃の時点からその隠密行動は春側に露呈してしまっているが、春の四季庁職員からの引き留めもあり、同行に切り替えて護衛に当たらせている。

彼らに聞いているのは、勿論春の二人のことだった。

「……では数日以内に終わるな。何か必要なものがあれば遠慮なく経費で落としてくれ。彼女達が必要な物も……」

凍蝶の声には覇気がない。この事態を深く悲しんでいるのが伝わってくる。

――とにかく無事に終えてくれと祈るしか出来ない。

雛菊の精神状態があまりにも危うければ、春の顕現もままならなくなるはずだが、桜前線ならぬ雛菊の春前線は連日続いている。

本来であればエニシほど広大な島を回るには数週間の旅程で休みつつやるものだが、連日連夜、移動を繰り返し休む間もなく春の顕現を繰り返しているらしい。

『負けるものか』という声が聞こえてきそうだった。

――だというのに、俺はこんなところで何をやっているんだ。

狼星が夏離宮襲撃を聞かされた時は既に雛菊達が帝州に移動した後だった。

狼星と凍蝶は春の主従の直接警護を申し出たが、冬の里の者達、四季庁冬職員、国家治安機構からも賊の動向がつかめない現時点で動くなと必死の制止をかけられた。

狼星達が動けば、それに連なる職員達も動かざるを得ないからだ。

各機関が大慌てで警備を厚くしている正に今、更に手のかかる者達は無闇に動いてくれるなというのが本音というところだろう。致し方ない。大人の事情というよりは、緊急事態における要人警護として当然の処置だといえた。

雛菊の身が危険に晒され、あげく自分は待機を命じられ何も出来ない。それだけでも狼星にとっては忸怩たる思いだったというのに、今度は秋の代行者が誘拐された。

襲撃に加え、十年前の誘拐事件を彷彿とさせるようなこの悲劇に春の代行者の花葉雛菊が動揺していないはずがない。きっと恐怖を感じながら春を顕現しているはずだ。

――少しでも、役に立てることはないだろうか。

ここ数日、ずっと雛菊とさくらのことを考えている。

今頃どれだけ不安の中、春を呼んでいるのだろうかと心配で仕方がない。

――俺が、本当に何でも出来る神様なら良かったのに。

狼星のしていることといえば、冬離宮でじっとしていること、それだけだ。

事態が落ち着けばすぐにでも春の元へ行こうとなだめられて仕方なく冬離宮に籠もっている。

無力感に苛まれながら。

「旅程は、どうなったんだ？」

端末の通信を切った凍蝶に狼星は話しかける。

「急遽変更……異例の速さでやっているそうだ」

凍蝶は眉間のシワをほぐしながら答えた。普段はスマートな振る舞いが身についている彼だが、いまはそうしたことをする気力もないのか狼星の隣に脚を開いてどかりと座った。

「札宮から移動を開始し、今は箱島の港だそうだ。顕現の儀式込みで移動に八時間かかっているらしい……エニシは広いからな。箱島で顕現を済ませたらまた今日中に動くらしい。睡眠はとれているのだろうか……若いとはいえ、女の子だぞ……体調を崩すのでは……」

エニシは大和の列島群の中でも広大な面積を誇る。

帝州であれば主要な都市間移動は交通機関を利用して一時間程度だが、エニシの場合は農村地帯の者が主要都市に行くために車で三時間はかけていくのが常だ。ここ不知火から、箱島と呼ばれる同じエニシの土地まで移動する場合は五時間ほどかかる。何かあっても、すぐに駆けつけられないのが実際のところだ。

「大方、国家治安機構から、要請が来ているんだろう。春の顕現をさっさと済ませて、管理しやすい場所に居れとな……」

「恐らくな……」

言いはしないが、凍蝶の顔には『心配だ』と書かれてある。狼星もその気持ちが痛いほどわかった。

――こいつも、かなり参ってるな。

かつてないほど、精神疲労を滲ませている凍蝶は、狼星にとっては逆に自分が正気でいられる存在になりつつあった。だが、それはそれで辛いものだ。

凍蝶も狼星と同じくらい、春主従の帰還を喜び、その新しい旅路が成功するように祈ってきた。叶うならば、許しを乞い、長きに亘る悪夢に終止符を打ちたかったはずだ。

それがどんどん瓦解していく様は、運命があまりにも意地悪だとしか言いようがなかった。

しばし無言で居ると、暖炉があるリビングに四季庁派遣の冬職員、石原がやってきた。

「お二人共、お昼は召し上がりましたか？」

二人は無言で首を振る。

「……お気持ちはわかりますが、食べていただかないと。健康管理も私の仕事の内ですので。出前でもとりましょうか」

「そういう石原は食べたのか」

「食べていません……」

警戒態勢で護衛をしている石原も心労が体に現れているらしい。『それなら消化に良いうどんでもとるか』と最終的に凍蝶が地域の出前店を携帯端末で調べ始めた。

狼星は寝る前に睡眠薬を服用して寝るのが常だったが、その夜は心労のせいか寝台に入るとすぐに眠りについてしまった。

春の宵の中、狼星は夢を見た。

それは、過去の風景を思い出しているかのような夢だった。

冬の里で、空が珍しく晴れていた。

曇天の中から降りゆく六花の姿に見慣れた雪国の民に快晴は久しい。

雪は降っていないが、代わりにびしりと身体にひびが入りそうなほど厳しい寒さが冬の里に降りていた。夢の中の狼星は、そんな空模様をぼうっと眺めていたら、従者の凍蝶にせっつかれるように朝食を食べさせられ、間もなく到着するという春の代行者の出迎えの為に外に出された。冬の里の者達はこの厳寒の中随分前から里の門前で待機している。

凍蝶に手を引かれ、進んでいく。皆、狼星に一応の敬意を見せてはくれるが所詮は子どもと思っているのか雑談は止まらない。

『前任は亡くなった時期が、こう言っては何だが良かったな』

『一年、修行期間がある。顕現を終わらせてから死んでくれてよかったよ』

『ああ、ちょうど春不在じゃなく回せる』

『しかし……あの噂本当なのかねえ』

『さあ、何にせよ、前任より長く生きてくれると助かる』

白い息がそこら中に紫煙のように舞う。

――また、俺達を道具のように。

狼星はうんざりした様子で舌打ちした。それを見て凍蝶が励ますようにぎゅっと手を強く握ってくれる。

——死んだ代行者を悼む気持ちはないのか。

先代の春の代行者は大和全域に春を齎してから役目を終えたように亡くなった。次代の代行者は慣例通り約一年の修行を終え、これから冬の里で一月ほど狼星と過ごす。四季の巡りとしては空きが無い状態なので『顕現を終わらせてから死んでくれてよかった』という意見が出る。四季の巡りが一つでも欠ければ大和の民の生活、ひいては様々な事業に支障が出るからだ。狼星もそう言われる理屈はわかっていたが、理解はしたくなかった。

——子どもがまだ小さいと聞いていた。さぞ心残りだろうに。

先代の春の代行者と狼星はそれほど親しいわけではなかったが、同胞の死を悼む気持ちは此処に居る大人達よりはあった。

——雪柳様、お可哀そうに。

亡くなったその人は三十代半ばの女性で、薄幸美人という言葉が似合いの容姿をしていた。訃報を聞いた時、あんなに儚げだったから、命もそうであったのだろうかと思ってしまったほどだ。そして間を空けずに聞かされたのが次代の春の代行者の就任だった。狼星はこれからその新任の春の現人神と会う。季節の祖である冬と過ごすことで神話の体現を成すという神事、『四季降ろし』を行う。

とは言っても、それほど格式張ったものではない。四季の代行者同士の交流を担う行事でもあるので、迎えてしまえば後は日常生活に一ヶ月だけ見知らぬ他人が居るだけのことだ。

――次の代行者は年が近いと聞いたが。

狼星は自身を守るように囲う冬の里の者達を眺めた。壮年の男性が多い。それも総じて強面の貫禄のある男揃いだ。この当時十九歳の凍蝶は若輩者の部類に入るだろう。

『凍蝶』

小さな声で狼星は呼んだ。凍蝶はすかさず腰を折って耳を近づけてくれる。

『なあ……春の、代行者は何歳なんだ』

『狼星……ちゃんと話を聞いてなかったのか。御年六歳になられる』

『子どもか』

『お前も子どもだ』

言われてむっとした。五歳から冬の代行者として活躍し、現在十歳の狼星にとって、六歳の四季の代行者というのは自分の過去に当たった。気分はもう大人だった。

『年が近い子と過ごすのは初めてじゃないか？　仲良くなれるといいな』

凍蝶は微笑みかけながらそう言ったが、狼星は同じく笑みを返すことは出来なかった。

『女の子なんだろ』

『ああ』

『……仲良くできるかな……』

　冬の里は男系の家が多く、女性自体が少ない。狼星は年上の男に囲まれた生活に慣れきっていたので、今更その生活に異物が入ることへの拒絶感があった。

『いいか狼星。春の御方だって来たくて来るわけじゃない。仲良く出来るか、じゃない。するんだ。優しくしてあげなさい』

『何で……じゃあ来なきゃいいだろ』

『……神事なのに拒否権があるわけないだろ。しかもあちらは自分の育った場所とは違う所にぽんっと放り出されるんだぞ？　お前は祖である冬だから四季降ろしを経験してないが、相手の立場になってみろ。知らない家に一月住むのはなんだか気が重いだろう』

『……たしかに……想像すると死ぬほどいやだ』

　たしなめるように言われて少し苛ついたが、凍蝶のたとえはわかりやすかった。狼星は素直に同意する。

『それに、もしかしたら生涯の友になるかもしれないぞ……』

　次に凍蝶の唇から降ってきた言葉は、狼星に少しの混乱を与えた。

『何だそれ……友達なんて、俺、生まれてこの方居ないぞ』

　今まで無かったものを与えられても困る、というのが狼星の素直な気持ちだ。友達が居ないという自覚は、狼星を傷つけることはもうなかったが、凍蝶を少しだけ傷つけた。

『……私は違うか』

『だって……お前は、保護者で、従者だし……兄、みたいなもん、だろ……』

『……そうだな、どちらかと言えばそうだ。だからこそ……だ。代行者の……お前と同じ立場の苦しみや悲しみを分かち合えるのは、この国ではお前を含め四人しか居ない』

『居なくても平気だ。今までも居なかった』

『……わかった。無理にとは言わない。だが仏頂面はやめなさい。相手に失礼だぞ』

『こういう顔なんだよ。お前、俺が生まれた時から見て知ってるだろ』

凍蝶は何を言っても憎まれ口の狼星にお仕置きをしたくなったのか、鼻を指でつまんだ。狼星はすかさず凍蝶のすねに蹴りを入れる。次に凍蝶が狼星の頰をつねった。すると狼星がミトンに包まれた手で凍蝶の腰に拳を当てる。冬主従が恒例となっている肉体言語での会話をしている内に、門の外から車の停止する音が聞こえた。門の閂が外される。

『春の代行者、花葉雛菊様。並びに従者の姫鷹さくら様のお成りです』

仰々しく到着の口上が上がり、ついに門が開かれた。不思議なことに、春の代行者というのはどの代の者でもその身からかぐわしい花の香りをさせる。門が開け放たれた瞬間から、春の香りが辺りを充満した。ひと目見た瞬間、ほうと息が漏れた。

——これが、新しい春。

五感を刺激する神性、とでも言えばいいのだろうか。他の代行者を知っている狼星でも、たじろぎするほどの雰囲気に気圧された。その神秘的なオーラを纏っているのは御年六歳の少女のはずだが娘は二名居た。黒曜石と琥珀、髪色がそれぞれ違う。

どちらも美しく可憐だったが、春の化身が琥珀色の髪をした娘だというのは直感でわかった。あちらも狼星が冬の代行者だというのは説明されずとも理解出来たようだ。何故か、夢の中の彼女の顔は真っ黒に塗りつぶされて見えない。

だが、見つめられてどういう心地だったかは覚えている。


『冬の代行者さま。おめどおりが叶い嬉しく存じます……』


心奪われるということを、狼星はその時初めて体験した。彼女は妖精のように愛らしかったが、それだけが理由ではなかったように思える。

——俺の春だ。

何故か、そう思ったのだ。理由はわからない。前の春の代行者にはそんなことは思わなかった。ただ、雪の中に佇むその人の、足の爪先から頭のてっぺんに至るまで、自分の春だと思った。血がそう感じたというのが、正しい表現かもしれない。きっと誰に話しても、それは一目惚れというものだと言われただろうが、狼星はもっと違うものに感じた。

——待ってた。

　運命を感じた。恐らくは生まれた時からこの娘が自分の前に現れるのを待っていた気がした。

『春の里から参りました。代行者雛菊、これよりひとつきこちらでお世話になります。従者のさくら共々ふつつか者ではございますが、どうぞよろしくお願いいたします』

　まるで嫁入りのような口上だった。

　狼星は雛菊を凝視したまま動かない。可哀想に、見知らぬ土地にやってきた少女二人は、何か失敗をしただろうかと互いに不安そうに顔を見合わせている。

『狼星、挨拶をしろ。狼星』

　凍蝶に何度か名前を呼ばれて、ややあって狼星も返礼の口上を返した。

　その時、花葉雛菊は微笑みかけてくれたはずなのだが、やはり顔は見えない。

　いつしか夢の中の彼女は桜の花弁となって消えてしまった。


　場面が突然変わった。冬の里の道場の中だ。雛菊の顔は見えない。

　狼星は氷の剣を作っていた。古より、冬の代行者は賊との戦いに備えて氷の武器を作ることが初歩の神通力訓練として適用されている。その練習風景を見学しているのだろう。

　さくらと凍蝶は竹刀を持って剣稽古をしようとしている。

『寒月流を春に教えて良いのだろうか……』

『やはり、里が違う者を弟子とするのは規則違反になりますか？』

『いや、そういう規則はない。勉強熱心な弟子は歓迎なんだが……春の里の者達の逆鱗に触れないかがその……中々過激な殺法だし女の子に教えて良いものかという点もだな……』

躊躇う凍蝶に対して、さくらの瞳には一切の曇りがない。

『雛菊様を守る為に覚えるのですから、春の里のおとなが怒るのはへんです。それに剣術を覚えることに女だからだめというのは時代遅れです。けれど、凍蝶様のお立場が悪くなると困るので……ないしょじゃ、だめですか？　見て覚えたことにします。ご迷惑はおかけしません』

『……いや、それは……ちゃんと弟子にしたいじゃないか、しかし春に教えて良いものか……』

『凍蝶様、また話が最初に戻っています』

新しく結ばれた師弟関係はどうやら弟子の方が師を押している。

乞うように稽古をねだるさくらは、凍蝶にとって相性の良い弟子だった。面倒見が良い彼は人の世話をするのが好きなのだ。一方、雛菊はというとそんな二人の稽古風景を大人しく見守っていた。暇そうにしている彼女に、狼星はつい視線をやる。偶々、雛菊も狼星の方を見たので二人のまなざしはばちりと交わった。狼星は変に意識してすぐ顔をそむける。

『狼星、雛菊様のお相手もしろよ』

凍蝶が竹刀を振り回しながら、目ざとく言う。こちらはホスト、あちらはゲストなのだから当たり前と言えば当たり前だ。

しかし女の子と何を話して良いかもよくわからない狼星は、露骨に渋い顔をしてしまう。仕方なく、道場の床にちょこんと座っている雛菊に近寄って声をかけた。

『……寒くないか』

エニシに住まう狼星には普段と変わらぬ気温だが、外は氷点下だ。雛菊は寒そうだった。

雛菊は気を遣わせてはならないと思っているのか首を横に振る。狼星は頭をぼりぼりとかいてから、道場の床に脱ぎ捨てていた自分の羽織を拾って渡した。

『んっ』

『え……』

雛菊が一度で受け取らないので、狼星はむきになって羽織を握った拳を突き出す。

『女の子に貸すのだから埃くらい払いなさいっ！』

後ろから凍蝶の指導が入り、すかさず狼星は『うるさいんだよ！』と返した。

『ほら、早く着ろ。凍蝶がうるさい』

『は、はい。申し訳ありません』

言われて雛菊は羽織を受け取り慌てて着る。彼女にとって少し大きめの羽織はすっぽりと身体を包んでくれた。

『お前、小さいな』

『え、すみません』

『何であやまるんだよ。というか、お前は春の代行者なんだからなんか暖かくすればいいんじゃないのか？』

『練習以外でそういうことをしちゃいけないと習いましたが……』

『じゃあ練習すりゃいいじゃん』

『……そ、そうですね。でも部分的にここだけ春……というのは難しいですし……まだ顕現する日じゃないのにやるのは……』

『ふーん。春って細かい作業出来ないんだな』

『……すみません』

だからあやまるなよ、と狼星は思ったが、それを言っても雛菊は謝罪を口にしそうだ。

『なあ、律儀に見学してなくてもいいんだぞ。つまんないだろ。どこか別の場所に行くか？』

『さくらが頑張ってるところを見ていたいんです……お邪魔でなければ……』

『……別に邪魔じゃないけど』

そこで会話が終了した。狼星はこれで義務は果たしたとばかりに踵を返したが、何か言いたげにしている凍蝶とさくらの視線攻撃を受ける。

『凍蝶様、さすがにあれは従者として見逃せないのですが……いくら狼星様と言えど』

『待て、さくら。狼星にもう少し時間をくれないか。年の近い女の子と話すのはほぼ初めてなんだ……情けない……許してやってくれ』

——失礼な奴らだな。

しかし、従者同士はすぐに打ち解けているというのに、主同士がこれではいけない。

それくらいは幼い狼星もわかっていた。凍蝶に口うるさく『優しくしろ』、『仲良くしろ』と言われているのだ。狼星は仕方なくまた雛菊に向き合った。

雛菊はびくりと震えた。怯えている。こちらが立って見下ろしながら話すのも悪いのかもしれない。狼星はそう思い、隣に腰掛けた。しかし会話はすぐに思い浮かばない。既に気温の話はしてしまった。元々狼星は口が達者な男でもない。

『……』

苦肉の策で、凍蝶の悪口でも言おうかと思ったその時。

『狼星さま』

雛菊のほうが声をかけた。着物の袖をぎゅっと掴みながら、もじもじとした様子を見せる。それから勇気を出したように続けて言った。

『あの……冬の代行者さまのおみわざはなんでもつくれるのですか？』

雛菊は緊張のあまり声が裏返っていた。顔も赤くなっている。

狼星は最初質問の意味がわからず、ややあって氷の剣の創造のことを指しているのだとわかった。彼女は初めて見たのだから、物珍しかったのだろう。狼星は少し得意になる。

『剣と弓と槍ならすぐ作れるぞ』

『お花とか、お星さまとかはできますか……？』

『……ええ？』

狼星は意表を突く問いに固まった。花を作るという発想が彼にはなかった。いや、冬の里にもなかった。この練習では武器以外のものを作るという観点がそもそもない。

『作ったことはないが……作ってほしいのか？』

『い、いえ。すみません……ばかなことをもうしました。おゆるしください』

雛菊は慌てて深々と頭を下げる。それから二人の間にはまた沈黙が降りてしまった。

——これじゃあ、俺が冷たくしたみたいじゃないか。

また凍蝶とさくらがこちらをじっと見ている。非難されかねない状況だ。

それに『出来るか？』と問われたことに出来ないとは言いたくなかった。冬の代行者としての矜持ではなく寒椿狼星としての意地だ。狼星は雛菊の着物を軽くつまんで引っ張った。雛菊が眉を下げてこちらを見る。勇気を出して声をかけたのに、失敗したことを悔いているのだ。

狼星は殊更自信ありげに言った。

『できる、まっていろ』

とは言ったもののそれからすぐに作れたわけではなかった。試行錯誤を重ね、狼星はなんとか一輪の花を作り上げた。そして、雛菊に差し出す。少女に花を渡すという行為は何とも照れくさくてむずがゆく、しかし誇らしいものだ。不格好なその花を、雛菊は恐る恐る手に取った。

『一応、花梨の花。屋敷の庭にあるんだ。毎年咲く。他は……あまり知らないからこれで許せ』

狼星がそう言うと、感動した様子で雛菊は言った。

『つめたい……きれい……』

雛菊はよほど嬉しかったのか、稽古をしているさくらのところまで見せに行った。そして、玩具をもらって喜ぶ子どもの如くまた戻ってくると、自身もおもむろに何やら春の異能を使い出した。

『春も、細かい作業……ちょっとだけできます』

着物の袖に隠していた巾着から花の種を取り出し握る。すると、まるで彼女の手から花が咲いたかのように一輪の花が芽吹いた。

『これ、ひなぎくです』

少し照れくさそうに、雛菊は言う。

『わたしの名前のお花です……よかったら、もらってください……いらなかったら……』

本物の生花。それも春の代行者が目の前で開花させてくれたことに狼星は瞳を輝かせた。

『すごい、すごいっ』

『い、いえ。狼星さまのほうがすごいです』

『いいや、こっちのほうがすごい……そうか、こんな風に出来るのか。俺は凍らせるばかりだから、こういうことは出来ないんだ』

『……』

『どうした？』

『前の代行者は……春の……代行者はこういうのをお見せしたりはしなかったのですか……』

『ああ、会議で話はするが互いの異能を見せあったりはしない。みんな、俺以外大人だしな』

『そうですか……』

『だからお前が初めてだ。雛菊、ありがとうな』

狼星はその時、初めて雛菊の名前を呼んだ。雛菊は確か、その時微笑ったはずだ。

『はい、狼星さま』

だが、夢の中では微笑う前に桜の花弁となって消えた。

夢は次々と場面を変えていった。

四季降ろしの一ヶ月の間、共に過ごした日々が浮かんでは消えていく。

雛菊に雪うさぎを作ってやったこと。凍蝶に見守られながらソリ遊びをしたこと。さくらと剣稽古で勝負をしたこと。そんな他愛もない日々だ。他の同世代の子どもなら当然のように味わうものかもしれない。狼星にとってはとても貴重なものだった。当時の代行者事情はというと、秋の代行者と夏の代行者は現行の代行者とは別の神であり、老齢の者が務めていた。

季節同士の交流は元々それほど活発ではなく、世代も違うとなると更に隔たりは大きい。彼にとって、雛菊は初めて出来た同世代の神だったのだ。

『狼星さま……もっとこわいかたなのかと思っていました』

ある時、ぽつりと雛菊がつぶやいた。二人で行動し、後ろで凍蝶とさくらが見守るという構図がお決まりになってきた頃だ。遊ぶ場所もない厳寒の地で、子ども達はただ外の空気を吸いたくて散歩をしている。

里の周りの鎮守の森を散策し、少し形の良い木の棒を見つけたら持って帰るのが日課だ。

『俺、こわいか？　めつきは……わるいっていわれるけど……』

『い、いえ。思っていただけで、おやさしいです。冬のかたは、みなさんやさしいですね……』

『そんなことない。やなやつだっているぞ』

『でも、凍蝶お兄さまもおやさしいです……』

雛菊がちらりと後ろを振り向く。すかさずさくらと凍蝶が雑談をやめて手を振ってきた。過保護な従者達は主達が何かすればすぐに反応してくれる。雛菊もゆるやかに手を振り返す。

最初の頃からは想像もつかないほど、穏やかで優しい時間を過ごしていた。

『お前達だからやさしくしているだけだ。あいつ俺にはこうるさいぞ』

凍蝶はやんちゃで口の悪い小僧ぶりを発揮している狼星に慣れているせいか、雛菊やさくらといった女の子達が新鮮らしく、兄が妹を愛でるように可愛がっている。

――まあ、わからなくもないが。

狼星は横目で雛菊を見る。顔はやはり見えないが、見ていると胸の内がほんのりと暖かくなり、自然と笑みが浮かんでくるのだ。

――俺も結構、俗物なのかも。

自分がそういう風になるとは想像もしていなかったが、狼星も雛菊を愛おしく感じていた。

最初は離れていた距離が今は縮まって、隣で普通に話してくれることが嬉しい。

『春はきびしいのか？』

単純に、話題を返すつもりでそう言ったのだが、雛菊は一瞬顔をこわばらせた。狼星は怪訝な表情を浮かべる。雛菊にとって、その話題はもしかしたら禁句だったのかもしれない。

『まさか……言いたくないことされてるのか？』

思わず、雛菊の手をとった。

『……い、いえ』

狼星はむくむくと守護の気持ちが湧いてくる。

『何かいじめられているなら、言え。俺から春の里に言ってやるぞ』

『本当に大丈夫なんです』

雛菊は、片方の手で着物の袖をぎゅっと握って言う。

『……ただ、わたしは……妾……の子……だから……じぶんにやさしいひとにであったのは、さくらが初めてで……だから……ここが……すごく……』

この時、狼星は自分が俗物ではなかったことを後ほど悔いることになる。

『めかけって何だ？』

『……し、しらなくていいです』

そう言うと、雛菊はまた桜の花弁となって消えた。


夢の行く先はまた流れる。今度は先程の場面からそう離れてはいなかった。狼星は厨がある廊下から中を覗いている。さくらと凍蝶が野菜の皮むきをしていた。

『……やはり……先代様にどこか面差しが似ていると思った』

二人は何か暗い話をしている。

『前代未聞、だそうです。普通はこうも続かないと』

『血が濃いのだろうか』

『……わかりません。なので、あまり雛菊様の前で春の里や、先代様のお話はしないでいただけると……本人が言い出したのなら、打ち解けている証拠なので良いのですが……』

『そうか……わかった』

狼星は、雛菊の為に冷蔵庫からジュースを取り出したいだけだった。

しかし、その場に影が縫い付けられてしまったかのように中に入っていけなかった。


『……しかし、亡くなった先代様が、雛菊様のお母上とは……』


入っていけなかった。心臓がごとりと嫌な音を立てた。

『名前が違うのは……何か事情が？　先代様は雪柳紅梅様だったと……』

『雛菊様も本当は雪柳雛菊様です。認知されてから名字が変わりました。花葉は春の里でも名門。里長も花葉の者で雛菊様の祖母にあたります。現当主は既婚者でお子様もいらっしゃいますが……紅梅様は花葉の現当主と……不義の……恋に落ちて……雛菊様を身ごもり……』

狼星は頭の奥が静かに冷たくなっていくのを感じた。キィン、と凍てつく音がする。

──俺、あいつが。

心も吹雪の中に佇んでいるかのように凍てついていく。

──雛菊が大事なことを言おうとしていたのに、聞いてやれなかった。

その時、狼星はようやく『めかけ』というのが何を指すのかわかった。

雛菊が春の里のことを聞かれて、うまく答えられない理由も。狼星や凍蝶との、何気ない生活を『優しい』と表現する意味も。何もかも、すべてわかったからこそ。

『雛菊様は、妾腹の子扱いだったと……』

ふらつくほど目眩がした。六歳で代行者になる雛菊は、一年間修行をしてこの冬の里に来た。

つまりは五歳で母を亡くした計算になる。

『……そうなのですが、紅梅様は雛菊様を産まれる前から代行者としてご活躍されていましたから、お立場ははれもの扱いというか……非常に微妙なものに……』

先代が不義の子である自分を産んだ母親。そして次代が何の因果か、娘である雛菊に代行者の能力が自然譲渡された。代行者の代替わりに血筋は関係ない。ただ、その時最もふさわしいと判断されたのが五歳の雛菊だったということになる。

『そうだな……国を背負う立場上、おおっぴらに批判する者は居ないだろうが……』

『はい、代行者の面汚しだとか、そういうことを言われていたようです。花葉の奥方様がそれはお怒りで……壮絶な虐めがあったと……』

『父親への非難はないのか……』

『ありましたが、ああいうことはなぜか男より女が悪く言われますから……』

『紅梅様は嫌がらせから雛菊様を守る為にご自分はあまり家に寄り付かなかったと聞いています。だから……死に目にもあえなくて……遺書が残されていたのですが、主に雛菊様のことを花葉の当主に任せると依頼したものだったようです。それで雪柳から花葉に』

『待て……遺書ということは、つまり……』

母親も、想像もしていなかったのだろう。

『…………はい。自殺だそうです』

きっと、死んだら解決すると思っていたのだ。だが、そうはならなかった。

まさか自分の娘が代行者になってしまうとは、想像もできなかっただろう。

『お亡くなりになられてから、雛菊様は……誰がお世話を……』

『雪柳と花葉、両家の遠縁であるうちが……あの二つの家からは人が出せなかったので……』

『なるほど、そこでさくらに繋がるのか』

『あ、いや。私はお屋敷の庭の桃を盗みに行って雛菊様と知り合ったので、出会いは偶然なんです。後で繋がっていたことを知りました』

『……』

『……怒らないでください』

『怒らないよ』

凍蝶とさくらは、それから違う話題へと移ったが、狼星は切り替えることが出来なかった。

——それで、いまの雛菊は？

残された娘は、まだ居心地の悪い状態で生きている。もし春の代行者に選ばれなければ、ひっそりとどこかで人生をやり直せたかもしれない。自分の母親の陰口や噂、そうしたものを聞かなくても良い土地で普通の娘として暮らしていただろう。

だが、神様は残酷で、運命は残された少女に優しくはしなかった。

――母親と同じなんじゃないのか？

立場があるから崇められてはいる。それは狼星が冬の里の大人達に道具扱いされているのと同じく、表面的なものだろう。彼女は狼星の質問に口ごもっていた。人の口に戸は立てられない。人間はすぐには良くならない。春の里に醜聞を撒き散らした女の娘として、しかし同じく代行者として異能を授けられた奇異なる存在として、孤立し、疎外されているであろうことは外野に居る狼星でも察することが出来た。

――どうして。

狼星は、誰かにそう尋ねたかった。

誰も答えてはくれないのはわかっていたが、尋ねたかった。理不尽なことを目の当たりにすると、人はどうしても思ってしまう。

――神様、どうして。

答えはないので、狼星は空のコップを一つ持ったまま踵を返した。

すると、そこに雛菊が居た。

『雛菊』

ぽたり、と床に涙のしずくが落ちたのが見えた。狼星が手を伸ばす。雛菊は一歩下がった。

だが狼星はもう一歩進み、腕を掴んだ。一刻も早く彼女を何処かに連れて行ってあげたかった。

何処(どこ)でも良(い)い。彼女が思う存分泣ける、自分達二人だけになれるところへ。

そんな場所がこの世にあるのかわからなくても、行きたかった。

逃避行するようにそのまま走ったが、気づけば雛菊(ひなぎく)は桜の花弁になって消えた。


場面は桜吹雪に漂白されるように変わっていく。


どうやら夢は佳境に入ったようだ。今度の景色は室内ではなく外だった。

冬の里を囲う鎮守の森を、狼星(ろうせい)は必死に走っている。狼星(ろうせい)の悪夢はいつも必ずこの場面を経て終わりを迎える。忌々(いまいま)しい、十年前の惨劇だ。

狼星(ろうせい)は銀世界を息を切らして走る。後ろを振り向くと凍蝶(いてちょう)が雛菊(ひなぎく)を抱えて走っていた。さくらが後に続いている。その更に後ろ、木々の合間から追跡者達の姿が見える。震える手付きで氷の壁をつくり行く手を阻(はば)むが、何度もやっていく内に意識が朦朧(もうろう)としてきた。息が苦しい。


ハッハッハ。

ハッハッハ。

ハッハッハ。

ハッハッハ。

『狼星！』

喉から血が溢れそうなほど息が苦しかった。息が切れるので足ももつれる。うまく走れない。走るのを止めてしまいたいと何度も狼星は思う。

『狼星！　頑張れ！　走れ！』

凍蝶が怒鳴るように言う。

『狼星さま……！』

雛菊が泣きそうな顔で名前を呼んでいる。狼星も泣きたかった。どうしてこんなことになったのだと頭の中で誰かが叫んでいる。

『回れ、回れ、先回りしろ！　冬の代行者は少年だ！　少年を殺せ！』

その言葉で、この賊達の狙いが自分だと狼星はわかった。

今、狼星を含む四人は必死に里への不法侵入者から逃げている。

——冬潰しが目的の根絶派か？

生け捕りではなく、殺せと言っていることから、冬の代行者の異能狙いの者達ではないだろう。特定の季節を『害悪』として認定し排除しようとする過激派の賊だ。

雛菊のことに触れていないのは、あちら側の情報不足か。もしかしたら春の代行者が小さな娘だということはまだ賊側も摑んでいないのかもしれない。雛菊が春の代行者として世界に羽ばたくのは狼星と過ごしているこの四季降ろしを終えた後だ。

つまり、雛菊は狙われていない可能性が高い。一緒に逃げるべきではなかった。屋敷内に突然銃声を鳴らして現れた賊達から、守るように連れてきてしまったのだ。

——ぜんぶ、俺のせいだ。

狼星は夢の中の景色を見渡す。子ども達を守りながら走る凍蝶の体から血が滴っている。それが雪を染めていく様が、何とも奇妙だと狼星は思った。兄のように慕っている凍蝶が血を流しているのは狼星の命を狙った賊と交戦したせいだ。走る四人の歩行を困難にしているのは雪のせいだ。喉を食い破るように痛くするのは寒さのせいでもある。だがこの雪も、この寒さも、狼星が齎したものなのだ。雛菊が泣いているのは、狼星の暗殺に巻き込まれているせいだ。

『……危ないっ！』

今度はさくらが狼星を庇って撃たれた。これも狼星のせいである。

『雛菊様を……！』

何もかも狼星のせいだ。

『いって！　はやく！』

何もかも、そう、何もかも、奇妙なほどに。

『さくらぁ……！』

狼星のせいですべて起こった。冬の神様に選ばれた男の子だから。

狼星の前の冬の代行者も、その前の冬の代行者も、ずっとずっとこのいたちごっこを続けてきた。今より文明が開けていない時代、病人は冬を越せなければ死ぬと言われていた。そのせいで冬の代行者は特に四季の中でも忌み嫌われていた。

奇跡を起こしに来たとは思われず、厄災扱いで石を投げられ、矢を射られて殺されていたと聞く。だから四季の代行者の中で一番代替わりが早い。文字通り狩られるからだ。

今も冬で閉ざされると生活が困難になる閑散地帯からは歓迎されない。古い慣習のままに嫌がらせをされることもある。人間は簡単に平和主義にはならない。思想は変えない。思いは受け継がれる。

——でもそれは俺のせいなのか。

本当は冬のせいであって、『寒椿狼星』のせいではない。

——でも、今は俺のせいだ。

だが、『寒椿狼星』は『冬の代行者』なのでこの事態が引き起こされる。

——俺がいなくなれば解決するのか。

少なくとも、賊は満足して引き揚げるかもしれない。狼星は決断を迫られていた。

それは十歳の少年が下すべき決断ではなかったが、彼はそうすべき立場にあった。

皮肉なことに、神様が愛の為に人間に仕事を任せてから、季節を行使する人間は愛の為に惑うばかりだ。

──俺が、出来ることは何だ？

自分で自分に問いかける。心の内に潜むもう一人の自分ははっきりと答えた。

──賊の注意を引きつける。さもなくば、満足させること。

その為に何をすればいいかと、狼星はまた問いかけた。答えはまたすぐ返ってくる。

──死んでみせよう。

もはやそれ以外に方法が浮かばなかった。

感情を排したこの結論は、外の空気と同じくひんやりとしていた。

──他の命乞いをしてから死ねば、雛菊達は見逃してもらえるかもしれない。

頼みの綱の凍蝶は重傷。後は子ども三人。誰かが捕まるのは時間の問題だ。それが自分ならば良い。運命だと受け入れよう。だが、それが自分以外の者ならば。

──雛菊とさくら。

道連れは許されない。

命を懸けると誓ってくれた、凍蝶以外、棺桶に連れて行くことは出来ない。

──俺が死ぬしかない。

可能性があるなら賭けるべきだ。賊も長居をするつもりはないはず。

──死ぬしかない。

ならば決断は速やかに、実行は確実にせねばならない。

狼星は凍蝶を見た。さくらを見て、それから雛菊を見た。夢の中の雛菊はやはり顔が見えない。ただ、泣いているのはわかる。

ぼろぼろと、涙をこぼして怯えている。恐怖と寒さで震えている。

——雛菊。

狼星の心の中に、言い表しようもない、守護の気持ちが溢れた。

この娘は、いつも何かに巻き込まれている。しかもそれは本人がどうすることも出来ない理由によるものばかりで。

——何があっても、雛菊だけは。

そうして、いつも不安げに揺れているのだ。

——守って、やりたい。

もう、この感情はただの同情だけだとは言い切れなかった。

最初はそうだったと思う。彼女の生い立ちや境遇が可哀想だった。庇護欲をそそった。だが、それだけで今この時命を差し出せられない。

——雛菊。

一緒に冬の間遊んだ。初めての友達になれた。

——雛菊。

神様にしかわからない悩みを分かち合えた。彼女の苦しみが自分の苦しみになった。

彼女が笑えば、無愛想な自分も笑えた。楽しかった。この冬が、恐らくは狼星のまだ短い人生の中で最も素晴らしい時間だった。

——雛菊、雛菊。

もし狼星の人生の中で、一度だけ誰かを救ってやれるのならば。

——雛菊、お前を守りたい。

この少女を選びたい。

——お前を守りたい。


狼星はこの時、恋をしていたのだ。


冬の代行者だからではない。寒椿狼星として、花葉雛菊に恋をした。

『凍蝶！　さくらを守れ！』

夢の中の狼星は当時のままに最大限大きな氷の壁をその時作った。

背後に迫っていた賊達からどよめきの声が上がる。氷壁を作る狼星、その後ろにさくら、凍蝶、雛菊といった順で距離が出来ていた。全員を守るには高さと強度がある氷壁でなくてはならない。術者として高度な技術が必要とされた。

瞬間、雛菊が凍蝶に抱かれていた手から飛び出しさくらの元へ走る。

一歩出遅れた凍蝶は撃たれた傷の激痛に耐えながら、歯を食いしばって駆け寄った。

『雛菊様！　私がさくらを担ぎます。申し訳ありません……ご自分で走れますか？』

『はい！』

二人の連携した様子を見て、狼星は緊張下の中、少しほっとする。

——それで良い。これは大いなる時間稼ぎだ。

氷壁は今も銃撃を受けている。破られてしまうのは時間の問題だった。

——集中しろ、硬度を保て。

狼星の手が震えた。だが、指先からは神通力による青い光がほとばしり、冷気が発せられ形を成していく。何度も何度もやってきたことだ。これだけは恐怖で錯乱していても出来る。

——一瞬で終わるような、そういうものを作れ。

今までたくさんの剣を作ってきた。それは戦うためのもので刃渡りは長かった。

今はそんな物は必要ない。小ぶりで、両手で持てて、心臓を一気に貫けるような、そんな長さで良い。短すぎても駄目だ。心臓に届かない。求めるは、持ちやすく、勢いよく振れるもの。

——しっかりと自分を殺せるものを作らなくては。

『狼星、何してる！　行くぞ！　子どもが氷剣で勝てるわけない！』

凍蝶が狼星を見て声を上げた。彼は狼星が接近戦で戦う気なのだと思った。

今はそれよりも逃げるべきだと諭そうとしたが、狼星の表情を見て何かが違うと感じた。

狼星がぎこちない笑みを顔に貼り付けているからだ。うまく笑えていないのが格好悪いと狼星は自分でも思った。しかし、その下手くそな笑顔のままに、言い放つ。

『凍蝶、君命を下す。そのまま走れ』

主として、従者に命令した。

『……狼星？』

凍蝶は、呆然とした声を出す。

『言っている意味、わかるよな？』

狼星は釘を刺すように言った。

『待てっ』

凍蝶はその意味がわかったが、理解したくはなかった。取捨選択なのだ。

とてもこの十九歳の青年だけで、子ども三人を守護することは出来ない。

『女ふたり、お前なら守って走れるな？』

捨てるなら、自陣から犠牲を。

犠牲にするなら、代替がきくものを。そうすれば、世界はうまく調和する。

『狼星、待て……！』

そしてその対象は、彼が手塩にかけて育ててきた十歳の少年であるべきなのだ。

主自身がそれを理解していた。

『最後に吹雪を起こす。やってみる。血の痕は隠しきれないかもしれない。でもお願いだ。なんとか逃げてくれ。お前達の命乞いをしてみる。もうこれしかない』

『馬鹿なこと言うな！　いいから今のうちに逃げるぞっ！』

その時の狼星は震えていて、怯える子どもの顔をしていたが振る舞いは君主だった。

『二度言わせるな凍蝶。君命だ。雛菊とさくらを連れて逃げろ。俺は逃げない。ここで死ぬ。そうしたらあいつらは満足するんだ』

狼星がそう告げると、凍蝶が怒号を飛ばすと同時に雛菊が叫んだ。

『狼星っ‼』

『だめ……！』

雛菊のそれは、まるで悲鳴のような、世界を切り裂くような声だった。

『だめです、絶対にだめ！』

その時、夢の中でずっと顔にモヤがかかっていた雛菊の表情が、ようやく見えた。

――雛菊。

霧が晴れるように映し出された彼女の顔は、春の化身そのもの。

愛らしくて、儚げで、それでいて。

『狼星さま』

野に咲く花のような強さがある。雛菊の、世にも珍しい黄水晶の瞳がらんと光った。

『あきらめないで！　そんなのだめ、逃げて生きるの！』

まるで、機械が壊れたかのような声音で雛菊はまた言った。

それから、傷つき倒れているさくらに雛菊は触れた。そっと、ただ触れた。

『さくら、だいじょうぶよ。きっと助かる……』

凍蝶もさくらも呆気にとられている。

この春の代行者が何を根拠にそう言っているかわからなかった。

『雛菊、お前……』

瞬間、銃弾が耳元をかすめた。氷壁が破られたのだ。鏡が割れるように背後から氷の破片が狼星に降り注いだ。もう一度意識を集中させ氷壁を作り直さなくてはならない。

──少しくらい待てないのか！

まだ三人が逃げていない。説得も出来ていない。早く死ななくてはいけないのに、雛菊が人が変わったように言ってくる。それはまるで、強迫観念で追い詰められている者のように。

『凍蝶お兄さま、さくらをたのみます！』

その場に留まってくれていればいいのに、雛菊は狼星のほうに駆けてくる。

狼星は怒鳴り返したいのをぐっと堪えて再度氷壁を編み出した。目の前の娘を銃弾から守らなくてはならない。猶予はあまりない。高さも横幅も広く、自分達を囲うようにU字で作り続ける。賊がそれに気づけば、回り込まれて終わりだ。

雛菊は狼星の元へ駆け寄ると、勢い余って胸にぶつかった。狼星は片手で抱きとめる。

もうすぐ死ぬのに、女の子を抱きしめるなんて何だか変だと頭の片隅で思った。

氷壁を貫こうとする銃弾に耐える狼星の腕の中で、雛菊は必死に言う。

『だれもしんではいけません……！　狼星さまも凍蝶お兄さまもさくらも、冬の里のひとも、だれもしんではだめ。そんなことはぜったいにだめなんです……！』

今にも雛菊のほうが死んでしまいそうな顔をしている。

『雛菊、良いから……！　お前は関係ないんだ……』

『関係あります！』

『関係ない！』

『あります！　狼星さまはわたしの……わたしの大切なひとですっ……！』

『……っ』

『わたしとまた遊んでくださるんですよね？　この前、そう言って……！』

『ごめん……無理になった……次の冬の代行者と仲良くしてくれ』

突き放すように言ったが、それでもなお雛菊はあきらめなかった。

『簡単にそんなこと言わないで……わたしは狼星さまとしか……狼星さまじゃないと……それに……しんだ後のこと、狼星さましらないでしょう？』

『は……？』

――何を。

『……わたしは知ってます……』

何を言っているんだと、狼星は思った。

雛菊は、自身の満月のような瞳からぼろぼろ涙をこぼして訴えてくる。

今、死のうとしている人間に、死んだ後を知っているのかと、不可思議なことを聞いてくる。

『狼星さま……わたしのおかあさまは狼星さまと同じように、しんでなんとかしようとした方なのです……』

――嗚呼、やめろ。

『ゆるされないいことをしたから、みんなから、目の敵にされていました』

――聞きたくない。

『おまえはいらないと、なんども、なんども言われていました。わたしのこともです』

――もう、俺は決めたんだ。何も言うな。

『だからおかあさまは解決しようとしたのです。じゃまだといわれたのならいなくなればいいと。そうしたら、娘の暮らしも少しはよくなる。そうねがって……』

――揺るがそうとするな。

『けれど、いざ箱をひらけばわたしは里できらわれたまま……！　傷つける誰かがいて、いいなりになっても、それで救われるのは、しんだそのひとのおこころだけなんです……！』

——俺は決めたんだ、覚悟を決めた。

『傷つけたそのひとたちは、狼星さまがしんだあとで笑うんです！　ざまあみろって……！言いなりになったって！　馬鹿だ、馬鹿だって！　わたし、しってるんです……！』

——だからお願いだ。言わないでくれ。

『……わたし……しってるんです……たくさん、そういうひとをみているんです……！』

その言葉は、今も残されて苦しんでいる雛菊が吐くからこそ狼星の胸を貫いた。

いま、狼星は同じ苦しみをまた雛菊に与えようとしている。

『……だがっ、賊からお前たちを守るにはしかたない！』

『方法は他にもあります！』

『無いっ！　いずれ全員つかまる！』

『あります！　逃げましょう……！　戦えないなら、みっともなくたって……逃げる道を選ぶんです！　だって……狼星さま……』

——俺は死ぬと決めた。

『狼星さま……』

——決めたんだ、心をくじかないでくれ。

『いま死にたいわけじゃないでしょう⁉』

雛菊の黄水晶の瞳が、声が、その存在すべてが、狼星の決心を揺るがした。

この土壇場で、それを言う。無垢な言葉は鋭い剣のよう。

――どうしてそんなことを。

そんなのは偽善だとか、死ぬ日をいつ選ぼうが勝手だとか、言いたいことはいくつもあった。

――いま、言うんだ。

『……じゃあ、どうしろって……』

決意をくじかれて、腹が立つ。涙も雛菊に負けないほどに溢れてきた。

息が苦しい。涙が、我慢出来ない。

――嗚呼、そうだよ。

守ろうとしている女の子に言われたことが図星で泣けてくる。

『どうしろって言うんだよっ‼』

まるで癇癪を起こしたように怒鳴ってしまう。

――死にたくない。いま辛いだけだ、死にたいわけじゃない。

『俺だって、死にたくない！　でもお前らが死ぬほうが耐えられない！』

――楽になれるなら、もっと、生きていたいよ。

『耐えられないんだよ！　みんなで死ぬより、俺だけ死ぬほうがいいだろっ！』

――でも他の方法が思いつかないんだ。

それに何より、君を救いたいと狼星は思う。

その時、背にしていた氷壁がびしり、と音を立てたのが聞こえた。

もうすべてが限界だった。氷壁が割れれば全員が蜂の巣にされる。

――雛菊！

狼星は怯えた表情を浮かべながらも雛菊を更に抱きかかえようとした。

守りたい、その一心で。だが、雛菊はその手を振り払った。

拒絶するようなその態度。狼星の腕をほどいて、代わりに乱暴に摑む。全身の力を込めて、狼星の体を自分の居た位置と反転させた。そして、畳み掛けるように両手で突き飛ばす。

狼星はよろめいて柔らかな雪の上に倒れてしまった。崩れ行く氷壁という最後の守りを背にしているのは雛菊になった。怒ったのか、それとも錯乱したのか。何がしたいのかわからない。

狼星は呆然と雛菊を見つめる。

『狼星さま。なら、ぜんいんで逃げましょう……これは負けじゃありません。ぜんいんで……逃げて、逃げて、逃げて』

氷が割れていく中で、雛菊は着物の袖から巾着を取り出した。種子を摑み、狼星のほうを射るように見る。

『たえしのび、戦機をまつのです』

その時の雛菊は、本当に神様だったのかもしれない。

とても、六歳の女の子には見えなかった。

【耐え忍び、戦機を待つ】。そんな言葉がこの状況下で口から出て、他者を制したのだから。

この娘は狼星に、再び戦える状況まで待てと言っているのだ。

雛菊の足元から、突如木々が生まれて巨大な影を作ったのはその時だった。

そこに立つ雛菊の姿は、少女というよりは正に少女神だった。

影はすぐ狼星達を呑み込んだ。春の代行者の想いを受けて、超常の力を得た植物達はその場にいた者達の頬や体を切り裂くように急生長していく。

それはまるで襲いかかるが如くの勢いだった。もし、植物が意のままに使役されたならば。

『ひな、ぎく……』

こんな風に、すべてを呑み込む化け物になってしまうのだろうか。

詠唱も舞踊もなし。感情の発露だけでそれらはすべて行われた。

タガが外れたとしか言いようがない。

急速な生長により地面から生えた木々は蛇のようにうねり、狼星達を牢に閉じ込めるように囲んでいく。木々の枝が、葉が、見る見る間に外界との隙間を埋めた。やがて枝には蕾がなり、蕾は花を咲かせる。神様の力によって顕現した桜の木々は、まるで雛菊が守りたいものだけ閉じ込めた桜の木の砦のようだった。

狼星は何が起こっているか、すぐには理解出来なかった。

——何故、俺は閉じ込められている。

狼星は後ろを見た。出血しながら意識が朦朧としているさくらが泣きわめいている。

凍蝶は事態を把握して、抵抗するように手近な枝を折っているがそれはすぐに再生した。

狼星達の視界には美しい桜色しかない。いかに重火器を使用していようとも、この緑と花の木々の要塞をすぐ破るのは困難だろう。

代わりにどうだ。中からはもう怖いものは見えない。綺麗な、綺麗な、桜の花だけ。

代行者花葉雛菊が、『守りたい』の一心で作った春の砦。そこには雛菊の姿だけがない。編み出した術者は、砦の外に居て、声だけが聞こえてくる。

『お願いです……さくらを殺さないで。狼星さまを殺さないで……』

苦しげな声をしていた。

『凍蝶お兄さまをもう撃たないで』

これだけの荒業を一瞬でやってしまった。

神通力使用の体の負担は計り知れない。きっと息も絶え絶えなはずだ。

——待て、雛菊。

狼星は、無言で手に握られたままだった氷の小刀を振り上げた。

振り上げると、反動で自分の頬を伝う涙が飛び散った。

『……くっ……うっ』

聞こえてくる声に焦燥を感じながら何度も振り上げて、木を削る。何度も、何度も、何度も。

その度に涙は飛び散る。

──待て、待ってくれ。

だが、木々は削られたところからまた新たな枝が生まれて花が咲くだけだった。この花の孤城に閉じ込められた今をもって、狼星(ろうせい)達は完璧に守られたと言える。術者が倒れれば、みなぎる神通力(じんつうりき)で動いているこの要塞ももろくも崩れるだろうが、雛菊(ひなぎく)はそれを許さないだろう。

──嫌だ、嫌だ、待ってくれ。

雛菊(ひなぎく)はつたない言葉で、賊を言いくるめようと必死に話していた。

これだけの騒ぎになればもうすぐ国家治安機構が来る。

貴方(あなた)達は逃げなくてはならない。冬の里の襲撃成功だけで満足したほうがいい。

今なら、自分が撤退を成功させる為に人質になる。

この身を差し出す。無抵抗に。冬の代行者は殺してもまた生まれる。それを知っているはず。

今日はこれで十分だろう。これはきっと歴史に刻まれる事件となる。

ここで妥協したほうがいい。ここで捕まっては意味がない。それではこの襲撃は失敗だ。

今なら全員が確実に逃げられる算段がつくのだ、自分を攫(さら)うことで。

だから、もう誰も傷つけないで。そう、訴えている。

さくらが木々の牢の中で叫んだ。叫び声が届いたのか、雛菊は励ますように返事をする。

『雛菊様、やだぁっ！　やだ、やだ、やだああああああっ！』

『さくら、きっと助かるよ。だいじょうぶ。わたしが守る』

すぐ傍に彼女が居るのに、姿は見えない。

『嫌です、嫌です、自分が人質になります！　自分が！』

姿は見えない。そこに居るのに。

『ごめんね……さくらじゃだめなの。さくら、わたしがいなくなったら頑張って助けをよんで
……きっと、いきのこった冬の里の人達が捜してくれるから……』

『やだぁああ！　雛菊様、雛菊さまぁっ！』

もう手が届かない。声は聞こえるのに。

『君が行く必要はない！　駄目だ！　雛菊様、私達は良いから逃げなさい……！』

狼星の視界が涙で滲んでいく。

桜の花弁が舞い落ちる速度より早く、ほろり、ほろりと涙のしずくは落ち続ける。持っていた氷の小刀が手の中から落ちて雪の結晶となり消えた。手も足も、力が入らない。急速に生産されていく悲しみと絶望が何もかも奪っていく。

——何故。

世界への疑問がその時頭に浮かんだ。

――どうして。

運命に問いかける。もう何度目かわからない問いかけだ。

何故こんなことが起きてしまっているのかわからない。

自分という存在が、どうして此処まで人を不幸にするのか、それがわからない。

いや、わかっていたとしても理解したくない。

『凍蝶お兄さま……わたし……もう、へとへとで……これが精一杯なんです……』

この世に産み落とされ、息をして、歩き始め。

『さくらをお願いします。お願いです』

使命を与えられ、その為に生きてきた。

『きっと、きっと、生き延びてくださいね』

幼くして何もかも決まり、だがそれを拒絶することなく受け入れることを強要された。

精一杯、やってきた。それなのに、これほどまでに悲運が人生に降りかかる。

――どうして。

繰り返す疑問は無意味で感傷でしかない。そんなことは今この場で起きている事態を解決してはくれない。だが、その時十歳だった狼星は、目まぐるしく起こるあらゆる事柄にもはや為す術もなく、ただ滂沱の涙を流すことしか出来なくなっていた。

『雛菊……』

桜の花が邪魔だ。木々も邪魔だ。
『ひな、ぎく、俺……』
彼女が齎す花が好きだったのに、今は全部凍らせてしまいたい。
『いやだ、お願いだ』
狼星は、自分を守ろうとする桜の木々にすがって泣いた。
『雛菊、いくな。嫌だ……俺、お前が好きなんだ』

すがって、泣いた。
――どうして。
答えのない問いは、頭の中で無意味に回り続ける。
心臓も眼球も今すぐ停止してくれないかと狼星は思う。煩わしい。こんなのは邪魔だ。
『好きだよ……』
今は涙よりももっと役に立つものが欲しい。
『……冬の神様が、春の神様を好きになったみたいに、お前が好きだ』
何か、すべてを変えるような奇跡が欲しい。
『だから行くな。俺は、そんなの嬉しくない。嬉しくないんだ』

何か、ないのか。この事態を解決する何かが。

――神様。

狼星は心の中で、その大いなる何かの名前を呼んでみた。

――神様。

だが、何も起こりはしない。

――神様。

現人神である狼星が、祈るのはどの神になるのだろう。

――誰か。

冬の神だろうか。だが、彼の恩寵がいまの事態を齎している。

――誰か。

狼星に救いはない。

――誰か、お願いだ。お願いだよ。

冬の代行者に、祈る誰かなど存在しないのだ。

『狼星さま……』

初恋の女の子に名前を呼ばれて、喉がぐうと鳴った。呑み込む涙が、塩辛い。

『待ってくれ。なあ、聞いてるだろ。お願いだ……俺、好きって、いま……言ってるじゃないか……』

『……すごくうれしいです……狼星さま……』

雛菊は、本当に嬉しそうな声でそう言った。

『お願いだから、待ってくれ……』

それが嫌に狼星の心を刺して、もうこのまま死んでしまいたいとすら思う。

『狼星さま』

『待ってくれ。行くな』

『…………狼星さま。この冬、楽しかったですね。いっしょに遊んでくれてありがとう』

どうして、こんなことになったのか。

『雛菊、聞いてくれ。いいか、俺はさっき、死のうとしてたんだ。それで解決するはずだった』

何が悪かったのか。

『氷の花をくれて、ありがとう』

『待て。いま、死ぬから』

誰が悪かったのか。

『たくさん優しくしてくれてありがとう、狼星さま』

『いま、俺が死ぬから。すぐ、死ぬから。そうしたらお前はいかなくていいんだ』

生まれてきたこと、それ自体なのかもしれない。

『きっとわたしも助かります。だから』

──嗚呼(ああ)、こんな思いをするなら。

『またわたしと遊んでくれますか』

──俺なんか、生まれてこなければよかった。

『なあ、待ってくれ。俺が交渉する……』

誰に祈ることも出来ない狼星(ろうせい)は祈った。

『俺が、俺が、俺が死ぬところを見せるから……いま見せるからと、言ってくれ』

この春の少女神に祈った。

『お願いだ。ごめん、雛菊(ひなぎく)……俺が馬鹿をした』

他に祈る相手を知らない。いまこの時は、彼女しかいなかった。

『もっと早く、決断できたら……お願いだ、嫌だ、何をされるかわからない。お前が何をされるか、わからないんだ』

罰を与えるように、守るのも、愛するように、遠ざけたのも、彼女だから。

『そんなのは嫌だ、嫌だ……嫌なんだ、雛菊(ひなぎく)……俺、お前が……』

この桜の木々の向こうにいる初恋の女の子に、言えることは限られている。

だからせめて、少しでも多く、伝えたい。

『好きだって、言ってるだろ……好きなんだよ』

祈るように、好きだと。行って欲しくないと。

『狼星さま……』

雛菊の声は途中で止まった。賊の男に声をかけられている。

立ち去る算段がついたのだろう。賊は交渉に応じた。

遠くでサイレンが鳴っている。国家治安機構が出動したのだ。もう終わりだ。彼女が連れ去られてしまう。雪を踏む音が遠ざかる。

『狼星さま、狼星さま！　おへんじを、かならずします！』

連れ去られていきながら、叫ぶ雛菊の声が耳に張り付く。

『だから、狼星さま……』

夢はいつも、正しく現実と同じ終わりを告げる。

繰り返される悪夢に変化はない。

まるで罰のように、何度も、何度も、狼星はこの夢を見る。


『しないで、生きてくれますか』

心を切り裂くような優しさで、彼を守った女の子の夢を見る。

見た後は、無力な自分がいつも残っているのだ。

「……っ」

狼星は揺り起こされるように夢から醒めて、現実を確認した。

手を伸ばして顔に触れる。もう十歳の小さな手ではない。顔も、大人の骨格だ。

だが涙が溢れているのは子どもの時のままだった。

「狼星、どうした。また怖い夢を見たか」

寝台の横には、やはり変わらず凍蝶が居た。悪夢から目覚めさせてくれたのは彼だったようだ。大方狼星がうなされているのを監視カメラで見て、起こしに来たのだろう。

十年間、彼はずっとこうしている。

子ども達を守れなかった罪を背負って、贖罪のように人生を擦り減らして生きている。十年前は十九歳だった。二十九歳の彼は、今も狼星を守ってくれている。呪いのように。

その優しさが時にうざったく、時に傷つく原因でもあった。

「……凍蝶」

そして狼星は今や二十歳だ。年を経てわかる。十九歳の凍蝶がどれだけの重荷を背負わされて生きてきたかを。夜闇の中で、一つだけ点けられた寝台横のランプの灯りに照らされた凍蝶は光そのものに見えた。狼星の真暗闇の人生を、ずっと、優しく照らしてくれる。

「大丈夫だ、狼星。いま、春は戻ってきているぞ」

彼がいるから、湧いてくる勇気がある。

——もう、こんな日々はやめよう。

狼星は、この時やっとそう思えた。

もはやあらゆることが限界に達したとも言えるかもしれない。

いまの状況も、過去も、未来も。涙で濡れている顔も、震える手も。呑まなくてはいけない薬も。誰かに頭を押さえつけられる日々も。何もかも嫌だと思った。この人生が嫌いだ。

——糞食らえだ。

現在は最悪で、運命は残酷だ。

未来は絶望で、過去は廃棄したい。

冬の神様として生きるいまの生に、ろくなことはない。

誰のせいなのか、間違い探しをするように犯人を求めるのにも嫌気が差した。

もはや何度目かわからない希死念慮が腹の中から肉体を喰い破り、頭からつま先まで支配している。死んだほうがいいのかもしれない。いつだって少しだけ死にたい。だが。

——今じゃないだろ。

『死にたい』に負けたくない。

どうせいつかは死ぬ。それがいつかはわからない。

死だけは本当に平等だ。賊に殺されるかもしれない。病気で死ぬかもしれない。自分で死ぬ確率のほうが今のところは高い。

——それでも、今じゃない。為すべきことを為してない。

いま、狼星は生きている。

——春が帰ってきたんだ。動かないでどうする。

この命は、人からもらった命だ。良いことに使うべきだ。恥じぬ生き方をしたい。

そしてその誇りある姿を見せたい人は帰ってきている。

——立ち上がれ。

彼の初恋の人は言ったのだ。『耐え忍び、戦機を待て』と。

——充分に耐え忍んだ。戦機は今だ。

生かしてもらったのだ。負けるためじゃない。勝つために生かしてもらった。

ならば、今こそ運命に勝負を挑み、復讐してやりたい。

自分達を苦しめる、何もかもに声を荒らげて訴えたかった。中指を突き立てて、はっきりと。

『よくもやってくれたな、今度はこちらの番だぞ』と。

「凍蝶。俺が馬鹿なことをしたいって言ったら、お前、ついてきてくれるか？」

一体何に対して、どんな要求でそれを言っているのか。言葉足らずで随分と不親切な台詞だった。しかし、狼星の従者は、その言葉に首をかしげるでもなく、思案する様子もなく、こともなげに頷いた。

「お前が望むなら、どこまでも」

凍蝶もこの時を待っていたのかもしれない。主が立ち上がるこの瞬間を。

さて、何から始めようかと当然のように聞き返すので、狼星はこの男をやはり自分の棺桶まで連れていきたいなと思った。


翌日、狼星は春の代行者護衛官の姫鷹さくらに連絡をとった。


冬の里の護衛を経由して、実に五年ぶりに携帯電話越しに彼女と会話した。

もう数年は声を聞いていない。だが、かつては共に暮らし、そして別れた。

「さくら、聞こえているか」

別れた後も尚ずっと心の中に置いていた娘の驚いた息遣いが聞こえる。

『狼星……』

裏切り者、と罵られた記憶はまだ新しい。最後に顔を見た時は冬の里長が大規模捜査の中止を決定した時だった。信じていたのにと泣いて責める彼女の顔は凍蝶のみならず狼星にも刻まれている。抗議を続けるから待っていてくれ、と懇願した次の日にさくらは消えていた。

『何の用だ……』

電話に出てくれただけでも、奇跡だと言えるだろう。

「正式な手続きもせず、不意打ちで連絡してすまない。本来なら謝罪の場を設けて、直接話したかった。だが、それが叶わない状況になっているのでこの手段をとらせてもらった」

緊張で、端末を持つ手が、強くなる。

「……雛菊も、そこにいるんだろう？」

ずっと彼女達の声を聞きたいと思っていた。

『……』

「わかってる。話すならば、こんなやり方ではお前が許さないことを。俺と喋りたくなければ、聞いているだけでも良い。少しだけ耳を貸してくれ」

謝りたいと思っていた。支えられなくてすまないと。

「件の誘拐事件のことは春も当然耳にしているな？……こんなことになって、残念だ……秋の代行者とは、四季降ろしで一月生活を共にした。甘ったれの……本当にまだ小さな子どもだよ。寂しがり屋で、いつも従者の名前を呼んでるような女の子だった」

見捨てるつもりはなかった。捜査規模が縮小されても、個人としては諦めるつもりはなく、調査をしていた。

「……雛菊が、この事件で心を痛めているのは聞いている」

この広い世界で、草の根をかきわけて一人の娘を捜すなどというのは途方も無い話だ。

さくらが落胆し、説得に応じず、冬の里から離れていったのもわかる。

「……俺も、可哀想だと思うが……正直、何かしようと最初は思えなかった。雛菊が拐かされた際に先代の秋と夏は何もしなかったからだ」

だが、許されるならば。

『……当然だ。私にもそんな義理はない』

許されるならば。

「ああ。それに、お前達も大人しくしていろと言われているのだろう？　俺達は駒だからな。管理されるべき駒が勝手に何かすることは許されない。此度の惨劇は非常に残念だと言えるが、不幸だったと終わらせるしかない……それが一番楽だ……」

『……』

「だが、な」

許されるならば。

「俺は……あの時、助けて欲しかったんだ」

今ここで立ち上がりたい。

「世界中に助けて欲しかった。雛菊を助けてくれと願っていた」

何度、心をくじかれたとしても、立ち上がりたい。

負けたくない。いま、黙ったままでは、絶対に駄目だとわかっているから。

「俺のせいで攫われた。俺の好きな女の子なんだ。俺はどうなってもいい。お願いだ、助けてくれと……心の中では思ってた。きっと、秋は今そうなってる。見捨てることは、過去の自分達を見捨てるに等しい。そう思わないか？」

『……』

「……すぐには、そう思えないだろうが……」

『……お前』

「何だ？」

『お前、まだ好きなのか、雛菊様のことが』

聞くのはそこなのか、と狼星は思ったが、包み隠さず答えた。

「好きだ」

間髪入れずに言った。

電話越しに、少し長い沈黙が流れる。辛抱強く待っていると、さくらがまた口を開いた。

『雛菊様は、誘拐されて変わられた。お前の求める雛菊様はもはや世界に存在しない。それでも好きと言えるのか？』

試すような言葉だった。

「言える」

だが、それにも狼星はすぐに答えた。

「俺が好きなのは、花葉雛菊という人生を生きてる女だ。姿形や、他の何が変わろうが関係ない。好きだ」

『まったく違うぞ。喋り方も雰囲気も違う』

「構わない」

『本当に違うんだ。きっと驚く』

「そうか、問題ない」

『会ってもいないくせに……お前はわかっていない……これがどういうことか……』

「……そう思われても仕方がない。でも好きな気持ちはずっと変わっていないのも事実だ」

『……』

　さくらは、納得したのかあきらめたのかは不明だったが『秋を助けるつもりなのか』と続けて尋ねてきた。

「そうしたい。俺は……十年前助けてくれなかった、とさっき言ったが、そんなの秋の代行者には……撫子には関係ない。当代の夏の代行者もそうだろう。十年前就任してもいなかった奴らを所属してる何かに当てはめるのは……賊がやってることと同じだ。俺は冬の代行者だが、その前に寒椿狼星だ。狼星として、七歳の撫子を助けたい……お前は……お前と、雛菊は……それを、どう思う？　お前個人でも、代行者の護衛官としても、どちらの立場でも良い。意見を聞きたい」

『……私に個人としての側面はない。この身を雛菊様に捧げている。意見は……一つだけだ』

前置きをしてから、さくらはまたしばしの沈黙を置いた。

狼星に話すかどうか、ためらっている様子が見えた。

その沈黙の中で、狼星はかすかに漏れ聞こえる少女の声を聞いた。

――雛菊？

十年、声を聞いていなかった娘が電話の先で何か言っている。

――声が、声が聞きたい。

さくらは、寝かしつけるようにひどく甘く優しい声を返して、それから移動したようだった。

「雛菊が何か言っているのか？」

緊張して、こわばる声で狼星が聞くと、さくらは『もう傍を離れた』と返した。

疲労で寝てしまっていたらしい。話し声で起きたから、部屋の外へ出たと言われる。狼星は焦燥にかられながらせっつくように尋ねる。

「俺と話していることを言ったのか？」

『言ってない。言うわけないだろ。お前から電話が来たなんて言えば、御心を乱してしまう』

「……」

『先程の問いだが……秋の件に関しては知らぬ存ぜぬを通したいところだがそうもいかない
……というのが私の意見だ……雛菊様は今、非常に不安定な状態にある。全部、一連の賊の攻撃のせいだ……秋の代行者も関係している。ひどく疲れているはずなのに眠りも断続的で先程のようにすぐ起きてしまう。お体の具合も悪い……それに……』

　さくらは最後の方は言葉を濁らせた。

『泣きながら言うんだ。撫子様が可哀想だと』

声が、鼻声になっていることに狼星はその時ようやく気がついた。

もしかしたら、最初からそうだったのかもしれない。疲れている声だとは思ったが、これは泣いた後の声だ。

――さくら。

　安眠の出来ない状況下、やっと帰ってきた主を傍で守るこの娘はどれほど不安に感じていることだろう。頼れる大人は周りにいない。

　それでもさくらは自分のことは語らないのだ。雛菊のことばかり言う。雛菊を捜している間どんな暮らしをしていたのか、どれほど辛酸を嘗めたのか、そして今も、どれだけ心細いかは口にしない。本当は泣きたいのは自分だろうにそれはしない。

『言うんだ。きっと今も泣いているはずだと。大丈夫だと言ってあげたいと、関係ない雛菊様が言って、泣くんだ』

　誇り高い娘なのだ。友の為なら、自分の春の為なら、感情を押し殺して何でもする。

　そんな娘が崩れかけている。

『……今日も泣き疲れて寝てしまった。こんな姿は見ていられない。あんまりだ……やっと、立ち直られたと思ったのに……これでは十年前と同じだ。立場が違うだけで、同じものを見せられている……私は、あの方が苦しむことすべてを取り除かなくてはならない。あの方を泣かせる者があれば断罪し、あの方を傷つける者があれば、退けなくてはならない。我が主を泣かせるということは、四季の神への冒瀆と一緒だ。仕える者としても……あの方の友としても看過できない。だから……なんとかしたい。日数が経てば経つほど捜索は困難になる』

「……完全に同意する」

『お前達は、動くのか』

「ああ、動く。我ら冬は……いや、俺と凍蝶は秋の捜索を手助けすることに決めた。四季庁や里が何か言うだろうが独断でも決行する」

『それで私達にも動けと？』

「いいや。お前達の意向は聞いたが、実行を求めているわけではない。ただ、俺達はそうすると言っておきたかっただけだ。お前達には安全なところにいてほしい。俺達が、動くから……だから、少しでも安心して欲しいと……」

『馬鹿め。冬だけ動いて何になる』

「……」

『狼星。お前はいつも、段取りが悪い。それに大抵のことが後手後手に回る。あの凍蝶を従えているとは思えん鈍臭さだ』

結構な皮肉を言われたが、狼星は返す言葉がなかった。

『おまけに性格もひねくれているし、暗いし、常に葬式にいるような顔つきをしているし、とてもじゃないが、我が主を恋い慕う許しは与えたくない』

「おい、そこまで言うか……？」

『加えて、この私を傷ついた娘扱いするところが腹が立つ』

さくらの声音が先程とは少し変わった。

『……この私が』

ぶっきらぼうで、かすれ声だが。

『雛菊様の従者であるこの私が、屈辱を受けたまま黙っているわけないだろう』

その台詞の端々に力強さを纏い出している。

『何もかも遅いんだよ。既に我々春は動く算段が出来ている。夏の代行者葉桜瑠璃様にもお声がけをして承諾をいただいた。春と夏は連携して秋を救う』

予想外の名前が出てきて、狼星は驚いた。葉桜瑠璃、四季会議で毎年一回は必ず会っているので狼星とも見知った仲ではある。だが、親交はほとんどない。

「夏というと……あの、いつも姉妹喧嘩しているやかましい葉桜姉妹を説得出来たのか？」

『……その認識はどうかと思うが、そうだ』

「何か取引を……いや、協定を組んだのか？」

『そんなものはない。あるとすれば……友達協定だ』

さくらはふふん、と狼星を鼻で笑った。何だそれは、と狼星は更に混乱する。

「お前達、時系列でいうと、この前出会ったばかりのはずだろう！」

声を荒らげて言った。この言葉には、少しの嫉妬が含まれていた。

狼星にとっての友人は未だに雛菊とさくらだけだからだ。

『女同士、打ち解ければ結束は固い。雛菊様のお人柄のせいもあるな。その点、お前は駄目だ。瑠璃様も冬の代行者は暗くてジメジメしていると評されていたぞ』

「……俺の与り知らぬところで悪口を言うな」

『悪口ではない。事実だ。そうやって一人でジメジメしているから段取りが悪いというのだ。私はお前が迷っている間にもう動いていた』

「……」

じゃあ最初からそう言ってくれればいいのにと思いつつ、狼星は黙って話の続きを聞く。

『それにな……』

しかし聞いていると、少しだけ、高揚感が湧いてきた。

この娘が、現状をあきらめていないという事実がこんなにも心強い。

『秋を救うこの戦いは……十年前の屈辱を、清算出来る好機なのかもしれない。私はあの時九歳だった。だが、今は十九歳だ。あの頃よりもっと、戦えるようになった。賊と渡り合えるだけの武芸を備えた。雛菊様も、憔悴してはおられるが、戦う意志をお持ちだ』

あの桜の木に閉じ込められた日、共に泣いていた娘が、今は敵に向かって牙を剝こうとしている。それが、狼星に勇気をくれる。

『なれば、今こそ、復讐の時』

春の護衛官、姫鷹さくらはけして運命から逃げない。

『我ら春はエニシにて顕現を済ませた後に、隠密に帝州へと向かう』

その頑固とも言える真っ直ぐさは、純粋に強い。

『狼星……今更だが、私はお前達が嫌いだ。お前達のせいで雛菊様が攫われた。大規模捜査が途中で打ち切られた時に、冬の里の決定を覆してくれなかったことも恨んでいる。だが、路頭に迷った私を保護してくれたこと。戦い方を教えてくれたこと。護衛官として強くしてくれたことは今でも感謝している……それは私の財産であり、雛菊様をお守りする糧となった。だから……与えてやる気はなかったが、挽回の機会をくれてやる。これは十年前の汚名をすすぐ機会だ。捜索は人海戦術。助けはいくらあっても足りない。なので、あえて、私から言おう』

狼星はいまこの時、この瞬間。

『冬の代行者様。我々は充分に耐え忍びました。今こそ、戦う時ではありませんか？』

灰色の十年の中で今ほど、色づいた瞬間はないと感じた。

『共にこの戦に挑みましょう』

人生の道筋が、はっきりと決まった気がした。暗闇で見えなかった視界が晴れていく。

『春夏秋冬の共同戦線を組み、拐かされた秋を救うのです』

それもすべて十年前の悲劇を耐え忍び全員で生き残ったからだ。

十年。文字で書いてしまえば短いが、それを味わうほうは永遠もの長さを感じる月日。その途方も無い時をみなで耐えた。

雛菊が身を挺して作ってくれたその時間で、それぞれがそれぞれに成長した。

もう、あの頃のようにただ傷つけられるだけの弱者ではない。

「狼星」

急に横から名前を呼ばれて、狼星は端末を持ったまま凍蝶のほうに顔を向けた。

凍蝶は、狼星に深く頷いて見せる。瞳が『やれ』と言っている。この慎重な男がこの場、この時に熱に浮かされるように戦いに挑めと視線を注いでくることに狼星は震えた。

病める時も、健やかなる時も支えてくれた従者。

彼の存在に感謝しながら頷いて狼星は答えた。

「……春の護衛官、姫鷹さくら殿。遺恨を越えて、協定を申し出てくださったことに感謝する。貴女の言うように我々は十分に耐えた。共に戦旗をあげよう。我ら冬は、これより春の要請に全力で応えよう……さくら、雛菊と共に待っていてくれ」

かくして、冬主従は帝州帝都（ていしゅうていと）に向かうこととなる。

この年、大和で起きた四季を揺るがす乱は四季庁経由で様々な場所へ伝えられた。
秋の代行者祝月撫子の失踪は、正に春の代行者花葉雛菊の事件の再来と言える。
代行者が崩御した場合、新しい代行者が誕生するのが四季の代行者の仕組みだ。
新しい代行者に授けられる御印は季節によって違う。

春ならば桜の花を。
夏ならば百合の花を。
秋ならば菊の花を。
冬ならば牡丹の花を。

神痣と呼ばれる聖痕が身体に浮かび上がり、代行者に選ばれた者は言い逃れが出来なくなる。
まずは、それが第一報。次に神に任ぜられた者の場所に呼び声が現れる。四季の声と呼ばれる呼び声は、対象者に呪いをかけるが如くその者の名を呼び、やがてはその者の意志に関係なく自然と顕現の力を発露させてしまう。しかし、撫子の失踪後、そのどれも世に示されずに三日が過ぎた。つまりは生存が確定したまま、行方が途絶えた。国家治安機構並びに四季庁総出で捜索が開始されているが足取りはつかめない。

帝州の中心地『帝都』。帝都のオフィス街に居を構えるのは大和の四季を管理する独立機関四季庁。ここでは連日捜査会議が開かれた。事件の発生現場に居た警備担当の長月と竜胆も捜査本部が設置された四季庁に出向し捜査にあたった。事件発生からちょうど一週間、何の進展も見られない状況は、とある訪問者の存在によって変わる。疲労と不安、焦燥に苛まれていた捜査本部を訪れたのはエニシにて春の顕現を終え、里に帰還することなく駆けつけた春の主従だった。

その時初めて彼女達は復讐と再生をすべき運命と対面を果たす。

「自分は姫鷹さくら。身分は四季の代行者護衛官。そしてこちらにいらっしゃるのが花葉雛菊様。この国の春の代行者であらせられる」

誰からも見捨てられた娘達は、だが誰よりも強く。

「花葉、雛菊、と、申します」

凛とした様子で、名を告げた。

あとがき

拝啓、お元気ですか。いつの季節にこの文をご覧になっているでしょうか。

春は桜、夏は向日葵、秋は紅葉、冬は菊。

近くに季節が感じられるものはありますか、花は咲いているでしょうか。

貴方が何処に居ても寄り添うのが季節です。そんな作品を届けられたらと願って、この文を書いています。貴方が受け取る頃には私がいま見ている季節も変わっていることでしょう。

そう思うと少し不思議ですね。本というものは、私から貴方に贈る気持ちは、夜空に浮かぶ星のように随分前に光り輝いた残光なのです。


さて、本作はこれから失われてゆくであろう四季というものを多く描きました。

私が幼かった頃より、四季というものはどんどん曖昧なものになっています。きっと、私が十歳で見た春や、十五歳で見た冬は二度と戻らない。そういうものを物語の中だけでも留めたかったという気持ちがまずありました。

ですが、主題はいつも物語を紡ぐ時に掲げているものと同じです。

『それでも生きる』という方々を応援しています。

読み終わった後、貴方の世界が少しだけ優しくなればいいと願って、刺繍をするように物語を紡ぎました。貴方に、何か素敵なものを届けたかった。

でも最初はうまくいきませんでした。三年ほど、雛菊という女の子をどうやって世界に羽ばたかせるか、四季の代行者という世界観をどう届けるか、試行錯誤していました。

これで本当に貴方に届くのか。貴方はこの文章を読んで悲しまないか、何度も何度も自分で読みすぎて、しまいには何もかもわからなくなってしまいそうなほどに悩みました。素敵なものを届けたいのですが、私自身は素敵な人間ではないのです。

不出来な身の上なのに大望だけはある。そして結局は捨てきれずあがいて毎日書いてしまう。貴方が何処に居て、何をしているかもわからないのに、いつか読んでくれる貴方に向けて文字を紡いでしまう。短い人生の中で、あと何作物語を紡げるのか。

その何作の内の一作がこれで良いのか。そういうことをずっと考えて、考えて。

でもわからなくて、泣きそうになりながら、それでも出来ました。

今は少しほっとしています。どんな形であっても、貴方に届けられて本当によかった。

書店様、出版社様、担当様、様々な過程で共に貴方への配達人になってくれた方々へ感謝を。

物語を素晴らしいイラストで彩ってくださったスオウ様。玉砕覚悟でご依頼したにも拘わらず受けてくださった時の喜びは筆舌に尽くしがたいものでした。ありがとうございます。

そして今読んでいる貴方へ。ありがとう。貴方に届けたいから、私、まだ頑張ります。

また下巻でお会いしましょう。

◉暁 佳奈著作リスト

「春夏秋冬代行者 春の舞 上」（電撃文庫）
「春夏秋冬代行者 春の舞 下」（同）

本書に対するご意見、ご感想をお寄せください。

ファンレターあて先
〒102-8177　東京都千代田区富士見 2-13-3
電撃文庫編集部
「暁 佳奈先生」係
「スオウ先生」係

本書は書き下ろしです。

電撃文庫

春夏秋冬代行者(しゅんかしゅうとうだいこうしゃ)
春の舞(はるのまい) 上(じょう)

暁 佳奈(あかつき かな)

2021年4月10日　初版発行
2022年11月25日　11版発行

発行者　山下直久
発行　株式会社KADOKAWA
〒102-8177　東京都千代田区富士見2-13-3
0570-002-301（ナビダイヤル）
装丁者　荻窪裕司（META＋MANIERA）
印刷　株式会社暁印刷
製本　株式会社暁印刷

●お問い合わせ
https://www.kadokawa.co.jp/（「お問い合わせ」へお進みください）
※内容によっては、お答えできない場合があります。
※サポートは日本国内のみとさせていただきます。
※ Japanese text only

※定価はカバーに表示してあります。

ISBN978-4-04-913584-8　C0193　Printed in Japan

電撃文庫　https://dengekibunko.jp/

電撃文庫創刊に際して

文庫は、我が国にとどまらず、世界の書籍の流れのなかで〝小さな巨人〟としての地位を築いてきた。古今東西の名著を、廉価で手に入りやすい形で提供してきたからこそ、人は文庫を自分の師として、また青春の想い出として、語りついできたのである。

その源を、文化的にはドイツのレクラム文庫に求めるにせよ、規模の上でイギリスのペンギンブックスに求めるにせよ、いま文庫は知識人の層の多様化に従って、ますますその意義を大きくしていると言ってよい。

文庫出版の意味するものは、激動の現代のみならず将来にわたって、大きくなることはあっても、小さくなることはないだろう。

「電撃文庫」は、そのように多様化した対象に応え、歴史に耐えうる作品を収録するのはもちろん、新しい世紀を迎えるにあたって、既成の枠をこえる新鮮で強烈なアイ・オープナーたりたい。

その特異さ故に、この存在は、かつて文庫がはじめて出版世界に登場したときと、同じ戸惑いを読書人に与えるかもしれない。

しかし、〈Changing Times,Changing Publishing〉時代は変わって、出版も変わる。時を重ねるなかで、精神の糧として、心の一隅を占めるものとして、次なる文化の担い手の若者たちに確かな評価を得られると信じて、ここに「電撃文庫」を出版する。

1993年6月10日
角川歴彦